U0906758

书有道 · 阅无界

策划出品 | YUEKE 阅客

若雪無聲

花落寂寂◎著

陕西新华出版传媒集团
太白文艺出版社

图书在版编目（CIP）数据

若雪无声 / 花落寂寂著 . — 西安 : 太白文艺出版社，2019.12
ISBN 978-7-5513-1728-3

Ⅰ . ①若… Ⅱ . ①花… Ⅲ . ①中篇小说 – 中国 – 当代 ②短篇小说 – 小说集 – 中国 – 当代 Ⅳ . ① I247.7

中国版本图书馆 CIP 数据核字（2019）第 250607 号

若雪无声
RUO XUE WUSHENG

作　　者　花落寂寂
责任编辑　李明婕
特约编辑　张雪婷
整体设计　阅客 · 书筑设计
出版发行　陕西新华出版传媒集团
　　　　　太 白 文 艺 出 版 社
经　　销　新华书店
印　　刷　广州广禾科技股份有限公司
开　　本　710mm × 1000mm　1/16
字　　数　240 千字
印　　张　14
版　　次　2019 年 12 月第 1 版
印　　次　2019 年 12 月第 1 次印刷
书　　号　ISBN 978-7-5513-1728-3
定　　价　48.00 元

联系电话：029-81206800
出版社地址：西安市曲江新区登高路 1388 号（邮编：710061）
营销中心电话：029-87277748　029-87217872

目　录

若雪无声　001

青衣　097

十里桃花十里雪　119

娑婆　139

香十九　173

小鹿六六　183

一叶知秋在四夕　203

若雪无声

原来，这思念竟如酒，浓烈绵长！

1

十步杀一人，千里不留行

晋城素有“北方江南”之称，春有烟柳画桥，云树绕堤沙；夏有十里荷花，泛舟唱渔歌；秋来袅袅秋风，金桂暗飘香。此际虽已十二月，却没有北方的冰天雪地，城外呼啸的北风到了这里也减缓了脚步，变得温柔起来，似乎这里有什么魔力能让粗犷的汉子也变得细致体贴。

如意酒馆就坐落在晋城东南角的街市上，招牌不大，门面也小，门口的酒幡已有了些年头，白底渐成灰色，红色的“如意酒馆”四个字也褪色不少，像蒙了一层灰般，没有一丝鲜亮。

进到店里，更是可见此店不大，满打满算也就五张台，却每张台面皆坐满了人：行脚挑夫、江湖侠客、商贾文人。奇的是，人虽多，却无多少声响。每人面前有一个粗瓷碗，小二来回穿梭却只在碗中倒入三两酒，酒色呈清澈的碧绿色，这便是如意酒馆的招牌酒“绿漪酒”了。此酒色奇已是一绝，而另一绝则是香气馥郁，闻之欲醉，且此酒不冷饮，非要煮了来喝方才尽得其味。

唯一不足之处便是不管过往行人还是晋城本地人，来此店饮酒，都不得大声喧哗、行令，每人三两酒，尽兴也好，不尽兴也罢，不再伺候。据小二说，此酒难酿，数量不多，命有一条，多一两酒却是没有！

掌柜的是个瘸子，无家无室无儿女，一头灰白的头发乱糟糟地顶在头上，似多年未清洗，眼睛似闭非闭，永远像是坐在柜台后面打瞌睡。客人落座前先到柜台放下三两酒的酒钱，此时掌柜好像一下子清醒了，却不作声，只伸出一双鸡爪子般枯瘦灰黑的手一划拉，铜钱便“叮叮当当”落到柜台里的抽屉里，然后便接着打瞌睡。来往的客人从未见过掌柜的睁开过眼睛。

眼看天色已晚，打烊的时辰要到了，喝酒的人三三两两又回味无穷地渐次离开酒馆，没喝尽兴的自己咕哝几句，却也没有大声说不满。

客人走光后，店里一下子空了起来。小二正要关门打烊，却见一个白衣人一闪便进得门来，快得小二连愣神都来不及，待回过神来，白衣人已经稳稳坐在靠西角落的位置。

“客官，不好意思，时辰已晚，小店已打烊，客官喜好小店的‘绿漪酒’，烦请明儿再来。”小二赶忙走到白衣人面前，弯腰道歉道。

白衣人却未有任何回应。

小二诧异地抬起头，此时才看清白衣人头上戴了一顶常见的斗笠，脸上却蒙了一层面纱，不知是为挡城外的风还是怎样，只是又并未见赶路的风尘仆仆之态。

来者是客。见惯各色人等的小二并不恼，正待再次解释时，柜台后的掌柜发话了：“你且回去，这位客人我是认识的。”

小二诧异地看了掌柜一眼，又看了白衣人一眼，掌柜多年未出晋城，这些年来，也未有人与之来往，怎的突然来了个相识的人？只是掌柜的话不能不听，遂到后屋简单收拾了下，道了声别，走出了酒馆，顺手关了酒馆的门，只是走出门的小二未见到柜台后的掌柜的那双常年似睁非睁的双眼此时正爆出两股精芒。

“你倒是心慈，救他一命。”白衣人的声音不带一丝温度，如同树梢上的冰凌，冰冷坚硬。

“你要找的是我。”柜台后的掌柜缓缓站起来。

“你是自己交出东西再死，还是先死了我再找东西。”白衣人的声音响起。

“我倒是想知道影子阁派了哪个影子杀手来杀我。”

“这个你无须知道，你只需知道你活不过今晚。如果不是要你交出东西，你现在已经是具尸体了。”

“没想到过了十八年，他居然还是找到了我。”

“阁主很是佩服你，居然在他眼皮底下藏了十八年。”

“哈哈哈！这不还是被他找到了吗？他这十八年只怕寝食不安吧？”

“你死了，一切便结束了。”

“即使是影子阁的剑一来杀我，也不一定是我死。”

“那你大可以试一试。”

白衣人话音未落，便见白影一闪，一缕剑光如一道白光贯入柜台一侧，眨眼间，白影与剑光似是合而为一，迅疾而去。却不承想正要刺中柜台后的掌柜时，柜台上面落下一物，横挡在掌柜面前。白衣人急转身，于刹那间收回剑芒，站定正待看清是何物时，却听左右侧面及后面传来“嗖嗖”声响。白衣人知情况不妙，酒馆内空间本小，此时三面皆是乱箭，无奈之下，他身如鹞鹤陡直拔高，半空中一个折身，如灵猴般贴上屋梁。一切只在电光石火之间。

白衣人在屋梁稍稍一借力，躲过这阵箭雨，剑光闪过，正待又向掌柜刺去，地上的木板却突然片片掀起，又是一阵急雨般的羽箭直射向屋顶。白衣人回剑飞舞，顿时剑光四散，震落无数羽箭。

黑暗似墨，浓浓地淹没了酒馆，酒馆内一片死寂！

一股浓郁的酒香轰然爆炸在空气里！

“嚓”一声响，打破了死寂的空气，墙边的一盏灯被点亮！

乱箭满地，被斩成几截的、完整的，密密地落了一地；掀起的地板不知何时又恢复了原样。许是乱箭射穿了酒坛，平日里点滴都珍贵的“绿漪酒”流了一地，酒香熏得人欲醉。

“没想到你会像乌龟一样龟缩在这里。”白衣人平静地站在乱箭之中，仔细看去，却见他身上插入了几支羽箭。任是他剑术超绝，终究没有躲过这密集的箭雨。

“怎样活着不要紧，只要他没有得逞。”掌柜依然站在柜台后，面前已没有阻挡之物。

白衣人却不答话，全然不管身中多支羽箭，再次举剑，身如一阵清风，迅疾无比，直扑柜台。

影动，风动，柜台后的掌柜在白衣人动时亦如猿猱般飞射向白衣人。

只听一阵清脆的声响交错，一灰一白两个身影各自向后飞射出去，随着“砰”的一声响，掌柜砸进柜台，只砸得三尺柜台木屑纷飞。

白衣人却在被击飞的过程中，以剑抵地，地板被划出深深的刻痕，止住了他继续后退的身影。在激战中，他的胸口被拍了一掌，白衣被震破，一片一片染着血迹垂在胸前。

“你是剑一？”掌柜的眼神再次黯淡下去，用嘶哑的声音问道。

“我是谁你不用知道，东西在哪里？”白衣人缓步走到掌柜跟前，用剑指着掌柜。

“传说，杀手剑一都是一剑封喉的，今天留我半口气喘着，是想逼问了？”

“你如果爽快说了，倒是可以省掉一些痛苦。”

“哈哈哈哈！传说中冰冷如雪山的剑一也会有怜悯之心？”

白衣人不答话，一双寒如万年冰的眼睛盯着掌柜。

“你得不到的。”

听到此话，白衣人猛然一惊，也顾不得其他，猛蹲下身，扼住掌柜的喉咙，却已迟了。

掌柜的双眼戏谑地盯着白衣人，眼珠转动间看到白衣人衣衫褴褛的胸口时，猛然一怔，顿时，眼中的戏谑变作震惊、惊喜、痛苦。

“你……你……你是？”掌柜用尽力气想要说什么，可是被扼住的喉咙发不出完整的声音。

白衣人顺着掌柜的视线低头看向自己的胸口，被一掌打中的胸口已呈紫黑色，掌印旁一只被文在皮肤上的鹞鹰正欲展翅飞翔，姿态栩栩如生。

“掌……毒。”掌柜喉间毒药发作，一口一口的鲜血喷了出来。

白衣人心中莫名地生出一股烦躁。

“黄泉路上记住，今日虽不是我亲自送你，却也是我造成你的死。若你想寻仇，就在黄泉路等着，在这阳间，只怕是不能了。我是剑一。”

“沉……香……谷。”掌柜却再也不管他是不是剑一，只是用尽最后一丝气力，右手颤颤地举起一枚方形玉牌看似要给白衣人，却未如愿，口中再次喷出一大口鲜血，头一歪，倒向一边，玉牌也顺势落在地上。

剑一捡起玉牌，拿在手中细看，只见玉牌一面刻有“沉香谷”三字，另一面却是光滑平整，这居然是沉香谷发放到江湖的最高级别的免死医牌。

沉香谷发到江湖的医牌分三个等级，最高级别为玉，二级为铜，三级为铁。江湖传言，若持此玉牌去沉香谷求医，死的也可以医活。只是这十多年来，铜牌、铁牌可见，玉牌却只存在于传说中。渐渐地，江湖人士便不再相信真有玉牌存在。却不承想，在这十多年前闻名江湖，后来消失无踪的“圣手”百里宗身上却有一枚沉香谷的玉牌。

只是他为何要给我？

剑一压制住心底的烦躁，站起来，用剑挑开百里宗的衣服，这一看过去，剑一多年古井无波如万年寒潭的心里却掀起了狂涛巨浪！

百里宗的胸口文有一只与自己身上一模一样的鹞鹰！

2

醉酒宜阳渡，童叟思无邪

宜阳河边宜阳渡，在此南渡，过了宜阳河便是温暖的晋城。

只是一到冬天，大雪封路，宜阳河结冰，船只无法行驶，商旅行人稀少，宜阳渡形如虚设，平日里热闹的渡口如今冷冷清清。

此时是正午时分，外面虽未再飘雪，却朔风猎猎，天空阴沉。

渡口前有一酒馆，平日里来往的客人都在此酒馆打尖歇息，然后再各自往北或南。今日只有寥寥几人，因为天冷，桌前都有一壶温好的热酒，一碗下去，暖身暖胃，顿时驱赶了冬日里的寒气。

客人正默默饮酒间，酒馆门帘被掀开，透进一片明晃晃的雪光，几人迎着光看过去，门口站着两个年轻姑娘，其中一个绿色衣衫的姑娘掀起门帘，侧身让一穿蓝色缎子棉袄的姑娘进门，随即又放下门帘跟着进来。两人进到酒馆内，找干净桌椅坐下。没有了门口的逆光，再看这两个姑娘时，大家不禁眼前一亮。绿衣姑娘自不必说，杏眼桃腮，清丽秀气。穿蓝色缎子棉袄的姑娘更是明艳至极，眉宇间又隐隐透着一股洒脱清隽之气。

“店家，有什么好酒，给我上一坛。”蓝衣姑娘一开口，声音清脆悦耳，如同银铃叮当，入耳舒服至极。

“姑娘，出门在外，不比在家里，少喝点。”绿衣姑娘小声劝道。

“丁香，你家姑娘什么酒量，你还不清楚啊！”蓝衣姑娘不以为意地笑道。

“姑娘家，出门在外，还是少喝点好。”旁边一客人好心提醒。

“多谢这位伯伯，我自有分寸。”蓝衣姑娘展颜一笑，谢道。

店家抱来一坛酒，打开封口。丁香嗅了嗅，皱眉小声嘀咕道：“比我们家的‘醉西风’差多啦！”

“出门在外，哪里那么多讲究。先喝酒暖暖身子，在雪地里行了这半天，你冻坏了吧！”蓝衣姑娘笑道。

“那还不是姑娘害的，大雪天的，非要偷偷溜出来玩。”丁香撇撇嘴。

店家倒出一壶酒，到炉间温热再端上来，蓝衣姑娘仰脖一碗倒进嘴里，然后用衣袖擦擦嘴，惬意道：“这一碗酒下去，身子热乎许多。丁香，你也来一碗。”

丁香看着她，无奈地摇摇头，端起酒碗，一小口一小口地啜了几口。

“这姑娘倒是豪爽，却不知能否与你同饮几碗。”角落里传来一个声音。

蓝衣姑娘转头看过去，见角落里坐着一个穿青衫、文士模样的中年人，温文儒雅，相貌堂堂。

“大叔若是酒量好，杜蘅倒是不嫌弃与你同饮。”

酒馆内其他几人听这姑娘如此说，不禁都诧异地看过去，蓝衣姑娘却是神情自若，如水银里盛着两颗黑珍珠般的细长眸子里满是笑意，许是刚才那一碗酒喝得急，双颊微红，朱颜酡色，俏丽如三春之桃。

这姑娘倒是奇！众人心中暗道，只是不知那中年文士听到此话怎生回答。

“哈哈哈！姑娘果然与众不同，那我就冒着被你嫌弃的危险与你共饮几碗了。”更奇的是这中年文士不仅没有生气，反而端着自己桌上的酒碗，往蓝衣姑娘这张桌走过来。

“再来一坛酒，温好，我与姑娘共饮。”中年文士对店家叫道。

店家立即又拿过一坛酒，开了封，倒入那火炉上的壶中温起来。

“店家原来藏私啊，这酒可好了不止十倍。”蓝衣姑娘似笑非笑地说道。

“姑娘叫杜蘅？”中年人问道。

“不错，师傅起的名。”叫杜蘅的蓝衣姑娘说道。

“这名字奇，取了植物的名。”

“不知大叔叫什么？”杜蘅又倒了一碗酒，眼神清澈明亮，竟无一丝醉意。

“我姓萧，虚长多岁，称我‘萧叔’即可。”中年文士也不示弱，见杜蘅一碗一碗地喝，也仰脖几碗下去，面色如常，丝毫不变。

不一会儿，两人面前已经空了一坛。酒馆里零零星星的几个客人渐次离去，唯有两人你一碗我一碗地喝着。

“对酒当歌，人生几何。譬如朝露，去日苦多……”许是有些醉意，中年文士举碗高吟，说不出的恣意潇洒。

“呵呵！你难道不知‘人生得意须尽欢，莫使金樽空对月，天生我材必有用，千金散尽还复来。烹羊宰牛且为乐，会须一饮三百杯’？”杜蘅斜着一双眼，面色酡红，笑道。

“哈哈！这倒也是，姑娘豪气不让须眉，真性情，值得浮一大白。”

“来、来、来，‘岑夫子，丹丘生，将进酒，杯莫停’。”杜蘅又倒一碗，举碗对中年文士敬道。

“与君歌一曲，请君为我倾耳听。钟鼓馔玉不足贵，但愿长醉不复醒。古来圣贤皆寂寞，惟有饮者留其名。陈王昔时宴平乐，斗酒十千恣欢谑。主人何为言少钱，径须沽取对君酌。五花马，千金裘，呼儿将出换美酒，与尔同销万古愁。”

喝到尽兴处，两人竟举箸敲坛，高声吟唱，杜蘅只觉畅怀无限，是以前在谷中自己一人喝酒比不了的开心乐怀。在谷中憋闷多日的阴霾一扫而光，心里暗想着以后趁师傅不在，还要多出谷几趟，只是再碰到如此有趣的人只怕是难了。正自怅然间，中年文士道：“姑娘以后如果想喝酒了，尽管到这里来，我陪姑娘喝个尽兴。”

杜蘅一喜，道：“那你怎知我来？”

“你来，我便知你来，你信是不信？”

“我信，那说话算话。”

“大丈夫，一言既出，驷马难追。”

“击掌为誓。”杜蘅豪气地伸出纤纤细掌，与中年文士一击。

“哈哈哈！人生若此，不亦乐乎！”中年文士豪爽大笑。

“我从小没有爹娘，是师傅把我养大的。师傅对我严格，平日里不准我出门，不过，师傅经常不在家，我总是偷偷溜出来。”杜蘅已有些醉意，伏在桌子上，嘴里嘀咕道。

“杜蘅，我的女儿叫阿蘅，如果她还在，只怕与你相同大小。”中年文士似乎也有些醉意。

“你女儿不在了？”

“一岁多，我的阿蘅就不在了。阿蘅、阿蘅，爹记得你圆圆的眼睛、肥嘟嘟的小脸，以及小嘴巴叫‘爹爹’的模样。阿蘅、阿蘅，你怪爹爹去晚了吗？你在那边和你娘亲可还好？你娘亲只怕恨死爹爹了吧？”中年文士许是喝醉了，竟不胜酒力，趴在桌子上，眼睛已经闭上，嘴里呢喃道。

杜蘅趴在他的右边，醉眼蒙眬中，似乎看到有一滴泪滑过他的脸颊，她没来由一阵心疼，抬手拂去那滴眼泪，不由自主地说道：“萧叔以后可把我当成你的阿蘅。你想喝酒了，阿蘅就陪你喝，好不好？”

“好、好、好。”中年文士一连说了三声“好”，虽已醉，亦不知是否听清了杜蘅的话，回答的语气里却是无限的欢喜。

“姑娘，你喝多了，我们可怎么走啊？”丁香眼见天色越来越暗，又看看醉醺醺的杜蘅，无可奈何地道。

“走？去哪里？酒还没有喝完呢！”杜蘅却不依，摇摇晃晃撑起身子，说，“来，再倒一碗。”

“姑娘，天晚啦！”丁香见杜蘅这模样，只急得要哭起来，任是她平日里在谷中处理事情有条不紊，可是对杜蘅，她却是束手无策。

“晚了怕什么？你不知道天为被、地为床吗？古有刘伶，以天地为一朝，万朝为须臾，日月为扃牖，八荒为庭衢。行无辙迹，居无室庐，幕天席地，纵意所如。今我杜蘅也可学得古人潇洒风流。”

“来，再满饮此杯。”话未说完，只见杜蘅头一歪，“扑通”一声，倒在地上不省人事了。手中的一碗酒也随之洒了一地，粗瓷碗骨碌骨碌滚得老远。

丁香这下真要急得哭起来，看着地上如一朵春睡海棠的杜蘅，弯下身子将她抱了起来，放到凳子上坐着，回头问酒馆老板：“请问老板，这里有无可以歇息的客房？”

“后院倒是有几间房舍，平日里是不待客的，只怕简陋，怠慢了姑娘。”酒馆老板走过来，引丁香往后院走去。

“老板，这位大叔也喝多了，麻烦您给这位大叔安排一下才好。”丁香走了几步，又转头看看趴在桌子上的中年文士，请求道。

“姑娘不必挂心，我自晓得如何安排。”

随着酒馆老板掀开通往后面的棉布帘，丁香眼前一亮，一片靠院墙的竹林在白雪的映衬下更显青翠，白雪绿竹，如同白玉绿翡翠交相辉映，雅致高洁。竹林边的石凳石桌上却未积雪，想是店家时时打扫，石桌上面摆放着一套古陶的茶具，好似刚才还有人在这里饮茶赏雪。

这酒馆老板倒是个雅人，没想到小小一个打尖的酒馆后面还别有洞天，丁香心下暗想。

酒馆老板引丁香进了靠左首的一间屋子，里面正燃烧的炭炉隐隐泛着红光，房间内的摆设虽简单，却干净整齐。丁香环视一周，心里暗暗吃惊了。丁香在谷中处理事务也算是有些见识，见这屋内的桌椅床铺博物架皆是紫檀木所打造，博物架上的瓷器花瓶也都价值不菲。

她知道这里绝对不仅仅是简单的打尖酒馆了，心下暗暗着急，只是此刻杜蘅酒醉未醒，一时也想不到好主意，只能走一步看一步了。如若店家有什么问题，自己也只有拼了这条命了。

她扶杜蘅躺到床上，转头笑着对酒馆老板说："真是麻烦老板了，不知道有无醒酒汤，我想给我家姑娘喝点，怕她明儿早上起来头痛。"

"姑娘不用客气，我转头叫小二煮了送来给你家姑娘。"

"那就多谢了。"

酒馆老板转身离开，丁香坐在床沿上，看着床上沉睡不醒的杜蘅，心下暗自盘算，无论如何得让杜蘅早点醒来才好，只是这里不是沉香谷，没有就手的药，醒酒汤也没有那么快起效用，况且这醒酒汤能不能喝还不是个定数。

正沉吟间，敲门声响起，丁香走到门口，掀开厚厚的防风门帘，门口站着一个眉清目秀的小二打扮的少年人，他一只手举着一个托盘，盘内放着一碗汤药。

"姑娘的醒酒汤。"小二递给丁香。

"多谢店家了。"丁香接过来，正准备放下门帘，复又问道，"不知道前面那位大叔如何了？"

"姑娘放心，已经安顿好了。"

丁香接了托盘转回屋内，端起那碗醒酒汤，仔细地闻了闻，不仅未发现异常，还从汤里闻出了几味酒后滋补肝脾的名贵药材，丁香心下更是奇怪。

这一夜，她守在杜蘅身边一夜未敢睡。

3

黄鹤去无影，桃李与琼琚

第二日一早，杜蘅醒来的时候，发现身上沉沉的，想起身却被什么重物给压得起不来，探头看去，看见丁香半个身子歪在自己身上。茫然了半天才想起，昨晚自己好像喝得不省人事，难道这丫头也喝得不省人事？

她动了动腿，还没有开口叫，丁香一个翻身，弹射起来，手上已经多了一柄寒光四射的剑，颤抖着发出“嗡嗡”声，剑光如虹，罩住了自己与杜蘅的面门。

杜蘅看着丁香这一系列的动作，顿时目瞪口呆，愣了半晌，结结巴巴地问道：“那个……丁香……你这是做……做什么？”

丁香四下看看，似乎回过神来，昨晚精神紧张，却没想到最后还是撑不住睡着了，不禁自责不已。再看杜蘅，一双眼睛无比诧异地瞪着自己，不禁有些来气，埋怨道：“姑娘，你就不能让丁香省省心吗？”

“我很好啊，你看看，毫发无伤，不就是多喝点酒嘛，也值得你生气？对啦，我们这是在哪儿啊？”杜蘅伸个懒腰，慢腾腾地从床上爬起来，随即像发现新奇玩意似的，东摸摸西摸摸，嘀咕道：“这可是上好的紫檀木啊！我们这是借宿在哪个富贵人家啊？”

“昨儿你喝酒的酒馆后院。”丁香没好气地答道。

“这可就奇了！看来这家酒馆不简单啊！”

“姑娘，祖奶奶，下次你可别这么折腾了，丁香的小命可给你折腾不了几次。这次回去非要跟夫人说说，让夫人以后禁你的足。”

“罚就罚吧，顶多到书阁去抄医书啦，比起能够痛快地喝一场酒，抄书就不值一提了。”杜蘅满不在乎，随即又兴奋地说，“走，我们到前面去，看看这酒家是何方神圣。”

丁香无可奈何地收了软剑围在腰间，随着满脸兴奋好奇的杜蘅走了出去。

“天气这么冷，也不知道萧叔昨天怎样了，我得问问酒馆老板去。”杜蘅一边走，一边嘀咕。

因为是大清早，酒馆内寂静无人，亦不见酒馆老板的身影。杜蘅和丁香在空空如也的酒馆内转悠了几圈也未见半个人影。虽然昨夜无事，丁香却不敢放松警惕，紧紧地跟在杜蘅身边。见不着人影，杜蘅索性找了个凳子坐下来，百无聊赖地托着腮，身子不安分地晃来晃去。

猛听后面响起脚步声，杜蘅偏过头去看，只见她们出来的那道门被推开，一个小二模样的少年人端了一个托盘进来。

“姑娘起得早！”少年人直直地走到她们的桌前，放下托盘，托盘内放着精致的碗碟，碗里盛着热腾腾的鱼片粥，配有几碟可口小菜。

“这是我们老板吩咐下来的，务必请姑娘吃了早餐再走。”少年人摆好碗碟，恭敬地说道。

“你们老板呢？”杜蘅问道。

“老板一大早有要事出去了。”

丁香却在一边仔细看碗碟内的食物，拿起汤匙舀了一勺粥在嘴边吹吹，却暗自闻了闻粥的味道。以她从小在沉香谷所学到的医术与辨别毒的能力，这天下间也没有多少毒是她辨认不出的了，更何况还有杜蘅在一旁。

“这冰天雪地里，却是哪里来的鱼片熬粥？”丁香疑道。

“姑娘有所不知，虽然这河中冰厚几尺，但如果凿冰放网，倒是可以拉许多鱼上来。”

“昨天那位与我一同喝醉的大叔呢？”杜蘅不关心这鱼怎么上来的，但却无比牵挂昨天那个中年文士。

少年人听杜蘅提起昨天的中年文士，赶忙走到柜台里，取出一个丝袋恭敬地放在桌上，说道：“这个我也不知，不过老板临出门时交代说那人留了一样东西给姑娘，说是想喝酒了，到这里来，拿出这个，他便会赶来陪姑娘。”

杜蘅打开丝袋，抽出一样东西，是一支翠绿的玉笛，却比寻常的笛子短了些许。她想起萧叔昨晚承诺陪她喝酒的话，原来竟不是醉酒之言，心里顿时无限欢喜起来，把玩着玉笛，爱不释手。

用过早餐，丁香便催着要走。虽然这里的人对她们恭敬如贵宾，但正是因为如此，才让她心里总有些忐忑难安。

杜蘅拗不过丁香，这里的老板不在，想要问点什么也无从问起，萧叔也如黄鹤般去无踪影，实在觉得无趣，遂怏怏地与小二告辞，准备离开。

“二位姑娘且慢，还有一样东西是留给你们的。”

杜蘅与丁香诧异地互相看了一眼，还有东西？这次出门可真是奇了！

酒馆门前，一个未曾见过的黝黑少年手中牵着两匹马，这马纯白无杂色，与大地白雪浑然一体，高大神俊，双眼有神，一看就是良驹。

“老板说，姑娘若是回家，有马匹代劳，可以省下力气，速度快些，少在风雪里冻着。”

“送给我们代步？”丁香张大了嘴巴。

“替我多谢你们老板，来而不往非礼也，这个替我给你们老板，以后若有需要，尽管拿这个去找我。不过，我倒是希望他永不拿此信物来找我。呵呵呵！”杜蘅倒是不纠结于此，拿出沉香谷的医牌递到少年人的手里。

杜蘅接过少年人递过来的缰绳，如轻盈的鹞子般翻身上马，高唱一声：“高歌取醉欲自慰，起舞落日争光辉。游说万乘苦不早，著鞭跨马涉远道。”打马而去。

天地间白雪茫茫，白马驮着一蓝一绿两道身影，如流光一样渐行渐远。

看着渐渐消失在远方的身影，眉目清秀的少年人把杜蘅留给他的医牌递给黝黑少年，说道：“把这个送到阁中，一定要亲手交到阁主手上。”

“是。”黝黑少年答应一声，转身朝晋城方向掠去，几个起落间，也消失在远方。

杜蘅打马飞驰一段路程，勒住缰绳，让马缓缓在雪地里行走，一边哼着歌儿，一边四下观望，但见天地间银装素裹，远处山脉洁白蜿蜒，山舞银蛇，好一个纯净的琉璃世界。

“姑娘，酒馆的来历还不清楚，你就贸然送出沉香谷的医牌，这不像是姑娘所为啊！”丁香拉住缰绳，骑行在杜蘅身边，有些不解地问道。

“这酒馆只怕是个幌子，该是哪个门派的哨子吧。”杜蘅不以为意道。

“那姑娘的行为却是何解？”

“这只怕要问昨儿个喝酒的萧叔了，他绝不会是普通的打尖过客那么简单。”杜蘅哂然一笑，想起昨晚与萧叔喝酒的情景，内心竟有无限的想念。

“姑娘既然明白，为何还如此大意。”丁香正奇怪杜蘅异于往日的行径。

“不知道什么原因，我对萧叔有说不出来的亲近之感，只觉着跟他在一起很开心、很快乐、很安全。沈爷爷对我已是极好，可跟这是完全不同的感受，我想了许久也没有想明白。但我感觉得到，萧叔绝不会对我有恶意，所以便不担心。”杜蘅眯起一双狭长的眼睛，看着远处白雪覆盖、蜿蜒起伏的山峦，困惑地说道，想想萧叔，又开心地笑起来。

“我从小没有爹爹，让萧叔做爹爹肯定不错。”她嘻嘻笑道。

丁香见杜蘅开心，心里有些疼惜，从小陪着她长大，虽然是夫人的徒弟，可夫人对杜蘅比对她和紫苏更加严厉，练功、学医，从不准杜衡懈怠，稍微顽皮便被罚到谷后的山洞里抄医书，面壁禁足。偏偏杜蘅是个野性子，从小调皮捣蛋无数，自然也被夫人罚了无数次，如果不是沈管家在旁边遮着挡着疼着，只怕被罚得更多。

想到这里，丁香的心忽然就软了下来，十多年相处下来，她早已把杜蘅当成了妹妹，杜蘅也把她当姐姐般依赖尊敬。如果杜衡想在谷外多玩几天就让她玩吧，回去若碰到夫人已回谷，甘愿陪她一起受罚。

“姑娘，从这里回沉香谷，如果快的话，半天时间就够了，如果你还不想回的话，那我们就不走这条路，且这路还要经过别庄，就担心夫人在别庄，碰上了，你又要挨骂了。”

“还是先回谷。出来多日，师傅与我都不在谷内，紫苏与你亦不在，不知是否有要事要处理。”杜蘅沉吟一会儿，说道。

4

梅下初相逢，谁记竹马时

两人一时无话，不多时，行到一处蜡梅林，却不知是何人所栽，看枝干枯瘦遒劲，傲骨峥嵘，只怕是有些年月了。

还未进林，便闻得一股梅香，沁人心脾，浓浓地萦绕在身侧。杜蘅乍见这一片奇景，一阵欢喜，快马行进林间，顿觉眼睛不够使，前面后面、左边右边，金黄的花朵簇在枝头，金光烨烨，明丽娇俏。

“姑娘，你看，林子前面有一个人影，看样子有些不对劲。”正在兴头上，杜蘅忽听丁香说道。

杜蘅顺着她手指的方向看过去，果然有一人在雪地里踉踉跄跄地走着，一身白衣沾满鲜血，看来是个受伤的年轻人。

杜蘅见那人行走困难，已有摇摇欲倒的趋势，出于医者的本能，她收了看花的心思，行到年轻人身边，只见那年轻人浑身是伤，吃力地在雪地上行走着，似是已耗尽力气。

杜蘅看着不忍，在年轻人身边停下马来，柔声说道："你伤得很重，我这里有药，可以让你多支撑些时间，然后，你去找大夫医治吧！"说完，从随身的行囊内拿出一个瓷瓶，递给眼前的年轻人。

沉香谷几十年来偏安一隅，不理江湖纷争，亦不随意救治他人，与人医治也是凭沉香谷一年发放出去的十五枚医牌，但是要收取高昂的医资。如若持有医牌而无医资，那么便要承诺沉香谷一件事情，具体是什么事情，只有等沉香谷的人持着当初承诺时的凭证上门才知道。

江湖中人虽顾忌此事，可是与自己的性命比起来，便什么都不重要了。何况，沉香谷的沉香夫人真有世间罕见的医术，无论你伤得多重、病得多重，只要还吊着一口气走进沉香谷，那么出来便生龙活虎。只是世上无人见过沉香夫人的真实面目，治愈出谷的人对沉香夫人的所有一切皆守口如瓶，据说这也是被医治的条件之一。除了这些外，无论你如何恳求，支付多少金银财宝，一概拒之谷外，是以沉香谷虽然不像其他帮派在江湖中呼风唤雨，势力庞大，但是江湖地位卓然，无人敢动。试想，身在江湖中，打打杀杀自是难免，谁会去把自己有可能再活一次的机会毁掉呢?

杜蘅此举已是破例，只是医者仁心，她不忍看着这年轻人在未找到大夫前就倒在雪地里死掉，是以施以援手，延缓此人的性命，总有更大活命的机会。

雪地里的年轻人见杜蘅递过来瓷瓶，并没有马上接，而是抬起头来看去，只见两个年轻姑娘端坐马上，递给他瓷瓶的姑娘身着蓝色夹袄，领前一圈白色狐狸毛围领衬得肌肤莹白似雪，一双明亮清澈的眼睛正看着他，眼神温柔。

白衣年轻人正是从晋城出来的剑一，百里宗死之前说过中毒与沉香谷，开始他并没有意识到自己中毒，只是在走出晋城准备回到影子阁复命时，毒开始发作，才明白百里宗是在告诉他，他中了毒，拿着那枚百里宗手上的医牌可以到沉香谷，凭此找沉香夫人医治。

在毒发的那一刻，剑一曾想过放弃，这么多年的杀手生涯他已厌倦，如果就此毒发身亡也可算是一种解脱。只是百里宗身上与他身上一样的文身到底有什么关联？他是谁？从哪里来？这么多年来，剑一的记忆只从影子阁开始，从未想过自己来自哪里，父母是谁。

百里宗身上与自己一样的文身给他封闭的内心打开了一扇渴望认清自己的门。他不能死，他封住身上穴位，控制毒性蔓延，挣扎着往沉香谷方向走，只是这毒逐渐侵蚀到四肢百骸，他渐渐力不从心。

看着蓝衣姑娘手中的瓷瓶，剑一冷冷地道了声：“不用。”说完便没有再理会她们，支撑着身体在雪地里艰难地行走。

“你这人怎么这样，我家姑娘好心给你药，你怎么这么不领情呢？”丁香见这人居然如此不识抬举，不禁有些恼火。

剑一抬眼淡淡看了看丁香，没有说话，继续向前走。

杜蘅却在他抬头的那一刻看到他脸上泛起的青紫色，心下一惊：这人不仅身上有伤，竟然还中了毒！

“你已身中剧毒，如果不是你功力深厚，强行逼出一些毒素，并且封住穴位不让剧毒蔓延，只怕你现在已经死了。”杜蘅下马来，走到剑一的身边，将手中的瓷瓶再次递了过去。

剑一惊讶地看了看杜蘅，他没料到这个美丽年轻的女子居然能看出他身中剧毒。

他迟疑了一会儿，终究是接过了杜蘅手中的瓷瓶。此去沉香谷还有些距离，如果不能控制毒性蔓延，只怕难以支撑。若是以往，死了便也死了，可现在他有一股强烈的求生欲望，想弄明白自己未曾想过的一些事。

“多谢！”剑一平生未曾说出过这两个字，此次说来未免生涩。

“不用，限于规矩，我不能帮你更多，你自求多福吧！”杜蘅看了他一眼，转身上马，与丁香缓缓出了梅林。

走了一阵儿，杜蘅只觉心里慌乱不安，眼前总是浮现那个白衣男子的身影，他身中剧毒，浑身是伤，且此时冰天雪地，寒冷彻骨，她的心里竟异样地生出莫名的牵挂来。

她猛地掉转马头，往来路奔驰而去。丁香一愣，见杜蘅已经驾马往回驰去，不敢有停留，也打马追过去。

“姑娘，你这是做什么？”丁香追上去，问道。

“丁香，我要带他回谷医治。”

“姑娘，你疯了？谷规不可破，你若明知故犯，夫人罚的可不是抄医书、面壁了。”丁香大吃一惊，赶紧劝道。

“这人中的毒，只怕寻常郎中根本不可解。丁香，我只是不想他死，却不知道为什么。”

“那谷中规矩怎么办？”丁香急道。

“管不了那么多，到时候再想办法吧。”

不多时，果然见那个白衣人在雪地里支撑着行走，许是瓷瓶里的药丸起了作用，他看上去不像刚才那般萎靡欲倒。

剑一见这两人去而复返，不知是何原因，瞬间全身警戒，手缓缓地扶在腰间，摸向藏在身上的剑柄。此剑是影子阁特制的机巧弹簧剑，平日里只是剑柄藏身腰间，刺杀时，瞬间弹出，让对手防不胜防。

两人下马走到他的面前。他站直身子，冷冷地看着这两个女子。

“喂，你那个样子看着我们干吗？我们又不能吃了你。”丁香见他一副戒备敌人的冰冷眼神，顿时气不打一处来，心想，姑娘不顾谷中规矩转回来带你回谷医治，你却像看敌人似的，真是气人。她只想着姑娘好心，却没有想到对方根本就不知她们转回的来意，在江湖中，本能地戒备是人之常情。

“你跟我走吧。”杜蘅看着他，轻轻说道。

剑一诧异地看向她，面前的这个女子眼神温柔、语气温暖，竟有一种奇异的力量让他想去亲近她。他缓缓放下放在剑柄上的手，心里没来由地袭来一股暖意，这股暖意让他不忍拒绝这个女子。

“你还能上马吗？”杜蘅柔声问道。

“可以。”剑一想也没想就答道，然后心里一惊：自己真要跟她走吗？那么沉香谷还去不去？

杜蘅却未想那么多，见他答应，顿时笑开来，把手中的缰绳递到剑一手中，说道：“那你自己上马啊！”

剑一忽而一阵儿迷糊，眼前女子的展颜一笑让他有恍然梦中的温柔喜悦。

一旁的丁香气鼓鼓地让杜蘅上了自己的马，才再上马与杜蘅合骑一骑。

剑一提一口气，翻身上马，顿时扯动身上的箭伤，他紧皱眉头，忍住疼痛。

杜蘅见他脸色愈加难看，心里一紧，又递过去一个瓷瓶，说道："这个可以缓解你身上的伤口溃烂。如果快马加鞭，我们很快就可以到了。"

剑一默默接过来，倒出一粒棕色药丸吞下，对这个女子，他有一种说不出来的信任与放心，没多想这药丸有毒还是没毒。

杜蘅见他毫不犹疑吞下药丸，微微一笑，心下欢喜。

丁香见他冷冷如冰，如一根冰溜子杵在马背上，又想着惹来这事，杜蘅不知道要承担什么样的后果，心里更是窝火，冷冷道："冰溜子，这是我沉香谷的'养元丹'，配料昂贵，你就这样吃了，也不谢谢我家姑娘？"

"沉香谷？"剑一一惊，问道。

"那你以为碰上了谁？她就是沉香谷少谷主杜蘅姑娘，都不知道你是走了什么运，竟然碰上了她，要是碰上其他人，你这条命可就交待在这冰天雪地里啦。"

"贵谷中是否有规矩需要医牌凭证才可入内医治？"

"天下人皆知，你还问什么？"丁香被触到痛处，没好气地回答。

"丁香，你就不能少说几句？"杜蘅劝道。

"那我若无医牌，可是无法进谷？"

"你无须着急，我带你进谷便可。"杜蘅爽朗一笑。

5

素手拔恶疾，毒去情根留

一轮金黄的落日，在西天一点点地坠到山那边，霞光映得雪白山顶金光耀眼，灿烂炫目。茫茫雪原，寂静，旷远。

夕阳下，远远驰来两匹雪白的骏马，打破了雪原的宁静，落日余晖里，两匹骏马好似被镀上了一层金光，更显高大神俊。

前面一骑上一人白衣染血，弯着身子伏在马背上；后面一骑，一蓝一绿两个身影合骑。正是往沉香谷方向赶路的杜蘅等三人，眼看离沉香谷已然不远，马背上的剑一却已经支撑不住，伏在马背上摇摇欲坠。

杜蘅在后面看着焦急，行走了一阵儿，她担心剑一无人扶持跌下马来，遂顾不得其他，纵马上前，飞身一跃，如一只轻悠悠的蝴蝶般落在剑一的后面，接过剑一手上的缰绳，双手环过剑一的腰间，让剑一的身子靠在自己胸前，不至于跌下马去。杜蘅刚才飞身跃上此马时，只是担心剑一摔下马去，未曾想太多，此时剑一靠在自己身前，一股男子的气息猛地扑面而来，纵是杜蘅磊落潇洒、坦荡大方，不像其他女子般扭捏羞涩，可此时一个陌生男子靠在自己胸前，心中仍是如鹿撞。

迷迷糊糊中，剑一只觉自己蓦地撞进一个温软的怀抱，清新，带着淡淡的药香，一时心里温暖安宁，不再苦苦支撑，沉沉睡去。

天黑时分，杜蘅与丁香带着剑一穿过毒瘴地，此时虽是严冬，诸多毒物冬眠睡去，却依然还有一些不怕寒冷的毒物并未蛰伏，林子里的湿瘴也未曾消去。也不知道沉香谷的第一任谷主是如何寻得此地做隐居之所的，又听说此毒瘴之地开始未曾有，是第一任谷主耗费一生时间慢慢种植出来的，毒物亦是豢养的，既可用做剧毒之物，亦可拿来炼制药材。

杜蘅不想惊动谷内众人，径直从偏路回到自己的住所——蘅芜馆。杜蘅与丁香两人从马上扶了剑一下来，两人均不是手无缚鸡之力的弱女子，所以倒不觉得疲累。偏阁内虽无人居住，但是素日里杜蘅偶尔会到这里看书喝酒，是以虽离谷几日，但是炭火却没有断掉，看来谷内丫头是怕哪日杜蘅突然回来而准备的。

几番折腾倒是让沉睡中的剑一稍稍清醒，毒性已然控制不住地蔓延到内脏，五脏六腑疼痛不已。他昏昏沉沉中只觉得自己被人扶到床榻躺下。最后一丝清明里，他想起与杜蘅相遇时，丁香所说医牌之事，那时他不想暴露身份，所以一直犹豫，没有拿出百里宗交给他的医牌，此时猛然想起杜蘅要因救他而被师傅责罚，便再也不想管医牌拿出后会有什么后果，只要那个女子不被责罚，他怎样暴露身份都没有关系。

杜蘅拿过被子轻轻给剑一盖好，俯下身准备仔细地察看辨认剑一中的究竟是何毒，怎的如此厉害。忽然，她的手被一只宽大却冰凉的手抓住，随即一个温润细腻的东西放在她的手中。她一惊，低头看去，是一枚莹润的玉牌，不用细看，杜蘅就知道那个是沉香谷发出的医牌。只是奇在这种玉牌是自己长了这么大也未曾见过的，平日里只听师傅与沈爷爷提起过，不知道这个年轻人怎么会有这枚玉牌。

她诧异地望向剑一，却见剑一脸上的青紫色更重，覆盖了整张脸。他双眼紧闭，已然昏睡，只是不知为何，口里却仍呢喃道：“医牌交与你，不能让你受了责罚去。”

“你不要讲话，这些日后再说。”杜蘅心里焦急，顾不得想他手上玉牌的来历。

“丁香、丁香。”杜蘅转头叫道。

“来了。”丁香手上拿着一个精致的药盒和一个白色瓷瓶，匆匆从外面走进来。

杜蘅先拿过瓷瓶，从中倒出一粒清香四溢的药丸，送到剑一的嘴边，只是剑一昏迷不醒，没法张口吞咽，杜蘅无奈，只有轻轻捏住剑一的下颌，待剑一嘴张开，把药丸送入他口中，再拍打后背让他吞下。

眼见剑一脸上的青紫色稍褪一些，杜蘅不禁松了口气，毒性暂时止住蔓延，只是要逼出毒素，却还要时间。

“姑娘，我已叫半夏做了晚饭送过来，你先吃点东西吧！”

“不急，你先吩咐半夏打了热水来给他清洗一下伤口，看他身上所染血迹，不只是中毒，身上应还有几处伤，先处理一下，然后再来驱毒。”

旋即进门的半夏对这种情况已是习以为常，虽说伤者是年轻男子，但作为医者倒是没有那么多讲究。半夏解开剑一的外衣，正准备擦拭的时候，轻轻“啊”了一声，叫道：“姑娘，你看他胸口。”

杜蘅赶紧走上前，看过去，只见剑一的胸口有一个乌黑的掌印，掌印周边已经渐渐变黑。

“掌中带毒？”杜蘅奇道，“江湖上居然还有这种阴毒的掌法？”

“丁香，帮我把针拿来。”

“他吃了咱的‘清风玉露丸’，这毒一时半会儿不会继续发作了，姑娘还是吃点东西再诊治吧。”丁香在一旁劝道。

“丁香姐姐，这人是谁啊？”半夏在一边悄悄地小声问道。这人不仅没有被安置在谷内专门用来诊治病人的白芷馆，反而直接到了姑娘的蘅芜馆，本就很奇怪；还吃了谷内最珍贵的驱毒丸，就更是奇了；姑娘刚回来，竟然顾不上歇息吃饭就开始诊治，更是不循常理。

“半路上捡的。”丁香没好气地答道。

“啊？”这次轮到半夏张大了嘴巴，惊讶得合不拢嘴了。

“别张扬出去，姑娘擅作主张带回来的，回头给夫人知道了，不定怎么罚呢。”丁香悄声嘱咐道。

“噢！”半夏吓得伸了伸舌头。夫人罚起来，姑娘首当其冲，这院子里伺候的只怕也好不到哪里去。

“丁香，你们俩嘀咕什么呢？快帮我拿过来啊。”

丁香不情不愿地掀了帘子出去，不一会儿，手上托着一个木盒走进来，递给杜蘅。

杜蘅接过来，轻轻在木盒右侧雕刻的一朵兰花上按了一下，木盒盖子“砰”的一声弹开，露出盒内软缎上插的一排排银针，大小粗细不一的银针闪耀着寒光，光泽在针间流动，耀人眼目，仔细看，银针中间却是空心。杜蘅拈起其中一根银针，往剑一的穴位扎进去，旋即，只见银光闪过，不一会儿工夫，剑一的胸口与头部插了许多银针。

杜蘅再抬起头来时，已是满头大汗。丁香赶紧拿了帕子帮她擦汗，心疼地嘀咕道：“这针法最是耗内力，你刚回来，还没歇息一下呢，就这样折腾自己！”

杜蘅无暇顾及丁香的嘀咕，眼睛盯着剑一身上的银针，半刻钟后，只见从银针中间的空心处缓缓流出乌黑的血，带着一股恶臭。

丁香与半夏不禁捂住了鼻子，半夏一边捂住鼻子，一边赶紧拿过棉布沾去流出来的毒血。

“这毒可真够厉害的，不知道是何掌法。等沈爷爷回来，可要好好请教。”虽然毒血慢慢流出，但杜蘅一点也不轻松，她看见银针孔已经慢慢停止流出毒血，可是血还是黑色的，这就意味着毒血并未完全排清。

“半夏，熬碗人参汤，等他醒了给他喝。”她转头吩咐半夏道。

“姑娘，你可还没有吃呢！”半夏噘嘴道，听说是从半道捡回来的，还这么消耗杜蘅的内力，半夏与丁香一样，埋怨上这个陌生男子了。

杜蘅紧皱眉头，看来施针一次无法根除，还得多施几次针才能慢慢拔出毒血。她收了针，然后检查剑一身上的伤口，身上的箭伤只有几处，倒不必担心，只是毒却要好好地琢磨琢磨。

“丁香，你去藏书阁搬一些关于毒掌的医书来这里，我再琢磨琢磨。”

剑一醒来的时候，屋内的炭火依然灼灼燃烧，一室温暖如春。窗外，月光映着白雪，白雪映着月光，满满的光如白银般洒进室内。他恍然身在梦里，这是从未有过的宁静平和的梦境，月光、炉火，温暖、安心。他再次闭上眼睛，静静地感受过去的生命中从未有过的静好，他是厌倦了，早已厌倦了。杀戮，杀戮，不停地杀戮，一剑，剑上从未见血，只是如果他回头，便会看见，那一剑割开的喉咙里喷洒出来的鲜血。他厌倦，所以他从不回头，一剑便远遁而去。他已记不清自己是从什么时候开始杀人的，他只记得，他站在那里，颤抖着举起手中的剑，而对面是从小和他一起练功的同伴，同伴的眼中射出狠厉的眼神。优胜劣汰，这就是杀手的世界，没有同情，没有怜惜，没有友情，只有杀，杀。

同伴举剑刺来，这是一场不是你死就是我亡的竞斗，如果你不想死，那么就要举起手中的剑将对方杀死。在那柄剑刺向自己的时候，求生的本能让他举起手中的剑，仅仅只有一剑，那个同伴便倒在他的脚下，看着脚下那个鲜血往外直冒的同伴，他再也忍不住，“哇”的一声，吐了个天翻地覆。但是那一场竞斗，却成就了一个影子阁第一杀手。从此，他刺杀仅仅只要一剑，然后远远离开，因为他无法直视从死者身体里流出来的鲜血。

结束吧，结束吧！剑一内心在喊，多希望就这样结束，在这样安静的雪夜里，静静地看着月光洒满窗台、洒满房间，没有鲜血，没有杀戮。

有轻轻的呼吸声传来，打断了他的思绪。剑一一惊，猛地睁开眼睛，右手本能地向腰间摸去，却摸了一个空，剑已不在自己身边。剑从未离身的他更是一惊，正待要起来，忽想起这是在沉香谷，又放下心来，转眼看去，窗前的桌子上趴着一个人，似是睡熟了。

他挣扎地下床来，发现自己身上的毒并未解去，只是疼痛比昨日要轻了许多。他没有想到百里宗的掌毒竟然这般厉害，自己运气逼毒几次也未逼出来，到了沉香谷，居然也还未解去。

他轻轻走到桌子前，趴在那里的正是白天那个蓝衣女子，桌子上堆放着一些关于毒的书籍，女子手中的一本正翻到一半，许是困极，竟趴在桌子上睡熟了。

剑一怔怔地看着这个女子，月光映在她脸上，肌肤晶莹胜雪，两腮飞上一抹嫣红，睡着的她少了白日的一股英气，更显出女子的柔美温婉，只是好像睡得不安稳，眉头紧紧皱着，似有解不开的问题，嘴里时不时嘟囔着什么。

室外月色如水倾泻，红梅树影婆娑，疏疏落落映在窗格上，一室寂静，只有炭火偶尔"噼啪"一声。

剑一看着这个像海棠花一样熟睡的女子，一时不知该如何才好，若是叫醒，心下不忍；若是不叫醒，又怕她着凉，虽然室内温暖，但终究夜深寒重。

这竟是他二十多年来第一次摆在眼前不知如何是好的难题，他从未想过，这样简单的事情竟比杀一个人还要难以解决。

他环顾室内，除了床上的一床被子，竟没有其他可以御寒的东西。他思量了一下，走回床边，抱起被子，再走到桌子边，轻轻地搭了一半在杜蘅的背上。为了不让另一半垂到地上，他搬过一张凳子也坐在桌边，把另一半被子搁在自己的腿上。

6

似此明月夜，畅饮花共酒

杜蘅做了一个梦，梦里竟是从未见过的景象：飞花丝雨、小桥流水、烟柳画舫。这哪里是白雪漫天的北方？这里不是草长莺飞的江南吗？虽然她从未去过，但是晋城俗称“北方的江南”，倒是有几分江南的味道。她走过青石小桥，穿过柳荫深深的小径，似乎前面有一个人一直在等她追上去。可是无论她走在哪里，那人总影影绰绰地在前面，既不远，亦不近，偶尔回头，一会儿是萧叔，一会儿是昨天带伤的年轻男子。

她转瞬又想起，昨天那带伤男子的毒还未解完，自个儿怎么到了江南？那个男子怎么办，毒发作了吗？自己不是在翻医书吗？

“呀”的一声，杜蘅惊得要跳起来，睡梦中身子一动，胳膊一滑，便没有支撑住头，整个身子歪向一边。

剑一坐在桌子边帮杜蘅提着被子，防止滑到地上，看着熟睡中的杜蘅，看着月亮渐渐往西边走去，慢慢地淡了下来，唯有窗外白雪皑皑，他的内心平静恬淡。他从未注意过月色竟会如此美，美得莹白纯粹，满满地洒在身上、窗台上、书本上、炉火上，还有窗外那一株红梅上。多少年来内心的孤寂与冷漠竟在今晚的月光下慢慢地融化开来。自百里宗死后，他就一直在思考自己到底是怎样的一个人，以前、现在、以后……

没有驱尽的毒在奇经八脉里又开始肆意横行，剑一连连运功抵挡，却挡不住那毒如洪水猛兽般在经脉里肆虐。恰在这时，一个软软的身子忽然倒在自己的胸前，撞到胸口掌印处，他痛得一声闷哼。低头看去，却是杜蘅整个滚到了他的怀里，她依然熟睡着，眉头紧皱，似乎睡得并不安稳。

他不敢乱动，怕惊醒了她，强压住体内的痛楚，捡起掉落在地上的被子，盖在怀里这个柔软温香的身子上。自己则僵直着身子，紧咬着牙关，不停地运功抵挡毒性的一阵阵肆虐。

杜蘅还未睁开眼睛，便闻到一股从未闻过的气息，那气息稳重、清冽、厚实，还有一股淡淡的药味。她闭着眼睛嗅了嗅，嘀咕道：“我睡哪儿了呢？怎么这么奇怪的味道？这个地儿好温暖，丁香，我都不想起来了。嘻嘻！”

剑一僵直的身子动也不敢动，听到杜蘅如此说，顿时有些瞠目结舌，一时竟不知道怎么回答。

杜蘅舒舒服服地伸了个懒腰，眯着眼睛看了一会儿，茫茫然地不知道身在何处，窗外已有一丝晨曦透进来，淡淡的红。她看到桌子上堆起来的医书，想起昨晚还没有找到解毒的方法，顿时一个骨碌翻身跃起，然后就发现了不对劲，转头一看，正见剑一睁大了眼睛看着她，满眼的讶异与疑问，手上还提着被子，身子笔挺地坐在凳子上。

杜蘅顿时大窘，饶是她洒脱随性，但终究是个女孩子，看着这情形，自己竟然在这个男子的怀里睡着了，只是怎么倒在他怀里的，她却一点儿也想不起来了。

“我……我……你……你……”她一时结结巴巴，不知道如何开口询问这怪异的情况。

“姑娘昨晚可能是看医书看累了，趴在桌子上睡着了。”剑一知她奇怪，淡淡地说道。

“可……可……”杜蘅本想说自己明明在你怀里啊，怎么会趴在桌子上，可这句话怎么也问不出口。

“姑娘可找到解毒的方法了？”剑一不想她太窘，遂岔开话题问道。

“哦，还没有。不过，我会尽力的，你不用担心，每天拔一点点毒，再加上沉香谷的驱毒药丸，肯定是没有问题的。”果然，说到驱毒的事，杜蘅便忘了刚才的窘迫，坦然下来，至于怎么睡到了这个人的怀抱里，倒是小事一桩了。

“你先上床躺着去，我去去便来。”

“你为何不问我是谁，就来给我医治？万一，我是十恶不赦的坏人呢？”剑一看着要走出门的杜蘅，在身后轻轻问道。

即将走到门口的杜蘅身子顿了顿，说：“我不管你是谁，只要有医牌在手，我就要医治；至于你是好人是坏人，这个与我无关，好人也好，坏人也罢，都是一条命，既然是一条命，又有医牌，我就不能不医。”

“姑娘如何称呼？”

“你叫我阿蘅好了。”杜蘅说出这句话时，心中有些莫名，这名字也只有师傅与沈爷爷叫。

“我叫剑一，影子阁的杀手。你，还救吗？”剑一在她身后缓缓道出了自己的身份，这是第一次，在没有任何杀机的情况下，他说出自己的身份。他好像在等一场裁决，他被裁决，这个身份，这个人，哪个更重要？

杜蘅准备掀开门帘的手停在了半空，影子阁的第一杀手剑一，闻名江湖，她岂会不知道？只是，她没有想到，她在雪地里一心想要救回来的这个人居然是让江湖人谈之色变的第一杀手。“十步杀一人，千里不留行”。关于这个杀手的故事有很多，只是谁也没有想到，这个第一杀手给人的感觉像是一个翩翩佳公子，如果没有身上那一股冰冷的气息，谁都会认为他只是某个世家公子。

“我不管你是谁，我只知道你是我的病人。”她深深吸口气，缓缓答道。

听到她如此回答，剑一感觉内心一松，似乎某种悬着的情绪落到实处，莫名让人心安。

杜蘅回到自己的房间，稍微梳洗一下，坐在窗前，怔怔地看着透过窗格子照进来的朝阳。如果再晴几天，雪该融化了吧？当白雪化去，大地会露出如何峥嵘的面目？当剑一坦然说出他就是影子阁第一杀手时，杜蘅心里有那么一丝动摇，是继续救还是不救？按照谷规，他既有医牌就不得不救，就如师傅所说，若是所救之人为大恶之人，大可以救了再杀。那么他是大恶之人吗？她忽然想到萧叔，如果是他会怎样做？

她的心忽然乱了！

丁香一进门，就看见杜蘅呆呆地望着窗外，想着是否昨儿太累了。她放下手中的食盒，取出碟碗筷，摆好道：“姑娘，过来吃点吧，我让厨子熬了养神粥，你喝点。”

“丁香，你知道我们带回来的那个人是谁吗？”

“谁？看着像是个世家公子，只是不知道惹了什么人，被打成这样。”丁香不以为意。这些年来，沉香谷来的病人太多，而来过的病人大都隐瞒身份，她从来也是过眼即忘，至于更多的事情，上头自有夫人与沈管家处理。

“他是影子阁第一杀手——剑一！”杜蘅缓缓道。

“他？怎么可能？江湖传言，他不是一剑取人性命，从未失手吗？怎么会中了毒掌？”丁香大吃一惊，瞪大了眼睛望着杜蘅，满脸的不可思议。

“这江湖中，总有一山比一山高，谁能永远不败？”杜蘅坐在桌边，拿起汤匙舀了一口粥送到嘴里。

“那我们还救吗？”

“你说呢？”杜蘅看了她一眼。

“杀了他，为江湖除一大害。影子阁在江湖中藏头露尾，专干杀人的勾当，也不是什么好东西。”丁香忽然兴奋起来。

“我要救他。”杜蘅没有理她的宏伟大计，不紧不慢地回答道。

“啊？”丁香看着杜蘅脸上一片平静，不解地望着她。

杜蘅却再也无话，只专心吃起早饭来。

“姑娘、姑娘，快、快……”门口传来急切的叫声。

丁香转身走到门边，掀起帘子，见半夏一脸慌张地跑过来。

“出了什么事？”她警惕地问道。

“那个病人，又毒发晕倒了。”

还未等丁香反应过来，屋内的杜蘅丢下手中的碗筷，拿起柜上的木盒就冲出了房间。

“你倒是吃完再去啊！”丁香在后面跺跺脚，着急地喊道，见杜蘅转眼没影，又看到半夏还站在那里傻愣着，心里气不打一处来，呵斥道：“你急急慌慌做什么？他又死不了。”随即想想不解气，又加一句：“死了才好。”

半夏见丁香这么大的火气，一时莫名其妙，也不知道这大清早的谁招惹了她，也不敢答话，追着杜蘅跑了。

曾经，剑一的梦里是无尽的孤寂、黑暗，看不见来路，望不到去路，身边最忠实的依靠便是一把冰冷的剑。现在，他似乎又走在一条望不到尽头的路上，寒冷的冬天里，苍茫的黑夜，仿佛要冻住世间万物。每一个人都在孤寂的寒冷中寻找温暖，剑一更渴望那一份温暖，偶尔脑海里有如丝一样温暖的记忆，那是烟花三月一样柔软的丝线。只是这份记忆太过于纤细与渺茫，让他在醒来后抓不住分毫，再次重归于冰冷孤独。

只是这次的梦里，剑一似乎看到了一抹温暖的色彩，身边不再是唯一的黑暗，有一双眼睛，明亮清澈，像是暗夜里闪烁的星光，穿透无尽的黑暗，照进他孤寂的心房里。

他在黑夜里追寻那一双眼睛，只一味地沉溺不让自己醒来，却不知道身上插的银针的针孔里再次流出黑色的血液。

杜蘅见毒血不再往外流，便收了针，看剑一的脸色稍微恢复了一些，才稍稍放下心。想到昨晚让一个病人直挺挺地坐在凳子上一晚上，不禁有些歉疚，有些赧然。

一连几日，杜蘅每日里给剑一施针拔毒血。剑一时而清醒，时而昏睡，清醒的时候一瞬不瞬地看着杜蘅忙乎，看到她为他运功施针后脸色苍白，心里歉疚、感激、温暖各种感情交织；昏睡的时候，黑暗的道路越来越明亮，那道路的尽头是个一两岁的小女孩，粉妆玉琢，圆润可爱，有着软软糯糯的笑语、灵动的眼睛。再一转眼，那小女孩又变成了黑夜中的那双照亮他心房的眼睛。

画面不停地交织，时光的错乱、黑暗的路、明亮的眼睛，仿佛一张柔软的网把他织了进去，他在网的中间纠缠、沉溺。网的温软包裹着他，把他带出了冰冷寒凉、朔风刺骨、孤独寂寥的旷野，带他进入了一个阳光明亮、空气温暖、花草鲜美、土地柔软的地方，那里，一个身着蓝色衣服的女子含笑而立。

"阿蘅。"他猛然一惊。那个女子如此熟悉，当她俯下身检查他的身体，他能清楚地听到她微微的呼吸声，如幽兰般清雅美好，身上淡淡的药草味道，甘洌清香。

杜蘅正在擦拭他身上流出的血液，看着血液颜色渐渐正常，心里正欣喜不已，猛然听到剑一的叫声，一愣，抬头看过去，却见剑一仍旧闭着眼睛。她摇摇头，自己听错了吗?

杜蘅仔细检查完其他伤口，经多日的调理，他已无大碍，待毒血驱尽，他便能痊愈，可以离谷了。突然想起他要离谷，杜蘅的心忽然一阵怅然，手上不由得停顿了一下，随即又笑笑，觉得这种情绪真是没来由地奇怪。

她帮剑一套上内衫，盖好被子，看到窗外的夜色已经慢慢拢过来，于是准备转身到桌前点上烛火，还未跨出一步，手忽然被抓住。她愕然转过身，低头看到自己的手正被另一只苍白宽大的手握住，顺着这只手看过去，剑一躺在床上正眼睛眨也不眨地看着她。

两人你望我，我望你，一时静默无声。杜蘅一阵恍然，魂像离体了似的怔在床前。剑一的手紧紧地抓住杜蘅的一只手，仿佛怕她像一阵风似的吹走了，那么黑暗，他忽然害怕，害怕黑暗中的那丝光明像烟花明亮后归于沉寂。

窗外夜色渐浓，一轮明月挂在红梅树梢，如水的月光打散四野的夜色，院中月白照窗棂，冷雪无声湿梅花，屋内屋外寂静无声。

"你有什么事吗？"一刹那的恍惚仿佛历经了百年的时光，握住自己的那只手传过来的力度与温暖让她有些不忍甩开，但是清醒过来的杜蘅终究有女子的羞涩与内敛，她低头悄悄抽出自己的手，脸上飞过一抹红晕。

"噢，无事！"剑一怅然收回自己的手，答道。

"那你休息，我……我走了。"

杜蘅匆匆走出房间，刚一走出门，一阵冷风吹来，她不由得打了个冷战，抬头看去，月色如水银泻地，白雪如琼如玉。她怔怔地看着那只被剑一握过的手，掌心似乎还存留着一丝温暖与力度。她有些不知所措。

愣愣地站了一会儿，她转身走到院内角落的一个房间，不一会儿，手中抱着一个酒坛转回来，放在红梅树下的石桌上，一手扶着酒坛，一手运力，"啪"的一声给酒坛启了封。一股清醇的酒香弥漫开来，冲淡了院中淡淡的梅香。

她倒出一碗酒，也不管酒冷未温，仰首倒进嘴里，酒劲渐渐浸润了四肢百骸，她缓缓吐出一口气，把心内的恍然、不安、无措一起吐了出来。

"你为什么要医治我？你不怕医好我了，我依然去杀人吗？"饮到第三碗的时候，背后有个声音传来。

"你很喜欢杀人吗？"杜蘅未转身，反问道。

"没有人喜欢杀人。"剑一静静地站在雪地上，看着眼前这个举碗饮酒的女子，想起杀人，心中一阵厌恶。

"那你为何要杀人？"

"我是影子阁的杀手，杀人是我的任务与使命。"

"没有谁的使命是要杀人的。"

"可除了杀人，我什么都不会。"剑一忽然很茫然，是啊，自小影子阁就培养他杀人，除了杀人，他不知道自己还能做什么。甚至，他连离开影子阁的勇气都没有，即使离开又能去哪里？

“什么都不要做，喝酒就好。”杜蘅笑笑，朝他挥挥手中的酒碗。

剑一走过去，接过杜蘅手中的酒，慢慢呷了一口，一股浓烈的酒香扑鼻而来。

“嘻嘻！怎么样，这酒好吗？这酒叫‘醉西风’，我师傅秘法酿制，谁也学不来的，有许多味药材在里面。师傅说喝了‘醉西风’，神清气爽，人世便没有烦恼，如喝了忘忧水般，逍遥快乐！”

“我没有欢喜，也没有忧愁。”剑一想了想，在这之前，他确实不知道什么是欢喜和忧愁。

“那与石头有何区别？”杜蘅一笑，调侃道。

剑一转回头看她，杜蘅一双明亮的眼睛熠熠闪光，与他梦里那双眼睛渐渐融合。

“你居然笑了？丁香说你就是一个冰块。”杜蘅看到剑一的嘴角轻轻扯了扯，露出了一丝丝不同于以往的表情。

“不如，你不要杀人了，来沉香谷救人吧！”杜蘅看着剑一嘴角露出的一丝笑意，心里蓦地有些柔软。这样一个俊朗的男子怎能是一个杀手，他应该明亮潇洒，快活恣意。

剑一的心中猛地一动，无比愕然地看着她，她依旧笑吟吟地看着他，双颊上晕染的酒意越来越浓，如桃花盛开在双颊。

“我不是说笑的，是真的。我不想你再去过那样的日子，那样冷血的日子。”杜蘅收起了笑意，严肃地看着他。

“你考虑考虑，如果你愿意，我总有办法留下你的，师傅那边不必担心。虽然师傅对我严厉，却也疼我，从小到大，我从未求过她，我求她这一次，她也总不至于拒绝。”

杜蘅摇摇酒坛，酒坛已空空如也，她摇摇晃晃地站起身，左手扶桌，右手扶额，嘀咕一声：“酒量何时就浅了，竟有些晕了。”

剑一呆呆地坐在一旁，杜蘅的话在他的心里掀起了千层巨浪，他竟没有注意到杜蘅深一脚浅一脚地离开了。

7

蘅芜馆内语，影子阁中辞

第二日，杜蘅敲门进剑一房间的时候，床榻上已没有人，她心内一凉，继而一阵失望漫上心头，莫非他竟不辞而别了？待转头看时，看见剑一正坐在窗边木桌旁看一本医书。杜蘅松一口气，莫名有些赧然。

“你这是用的什么功，难不成要学医自己医自己吗？”

“阿蘅，你昨晚说的话可是当真的？”剑一没有理她语气里的调侃，有些热切地问道。

“昨晚我说什么了？喝多了，好像记不住了。”杜蘅狡黠地笑了笑。

剑一心里一窒，一下子就愣在了那里，手中握的书也滑到了桌子上。他想想，昨晚杜蘅确实是喝了许多酒，莫非她只是说说醉话？他心里一凉，心中升起的一丝希望的火苗瞬间熄灭。

杜蘅见他脸色转瞬苍白，吓一跳，莫非毒又发了？不对啊，这些日子，他体内的毒已拔干净，只需配药调养就行啊！

“你怎么了？不舒服？”

“没有什么，我想，我该告辞了。”剑一紧握住自己的手，压住内心狂卷的失落，冷冷地答道。终究，终究只是自己一厢情愿吧？

杜蘅见他恢复一脸冷冰冰的样子，忽然明白过来，不过她只是未料到剑一的反应会这么大。她走过去，双手扶住桌子，低下头，看着他。他的眉眼此时如窗外的冰雪，冷得没有一丝温度。

剑一垂着目，呼吸间都是杜蘅身上淡淡的药草香，还有一丝若有若无的女儿清香，他想避也避不开，只是内心自嘲，失落、迷茫、失望，各种情绪纠缠，一时一句话也说不出。

“我与你开玩笑的。昨晚我说了什么，我记得很清楚，你可考虑好了？”剑一的耳边传来杜蘅柔柔的声音。

陡然又从冰点回到温暖之处，急剧的变化让剑一一时怔住了，半天没有反应过来。处在那样冰冷无情环境里的剑一哪里会知道什么是开玩笑，他只遵守命令，只知道说一不二，绝无转圜的余地。

"我与你闹着玩呢，你生气了吗？"杜蘅见他脸色一时转白，一时转青，一时转红，竟有些不知所措了。

"只是从未有人与我开过玩笑。"

杜蘅听剑一如此说，心下怜惜，声音便放得更柔和，说道："以后，我们可以常常说些玩笑话，你也不用每天冰着一张脸。在沉香谷里，大家都是兄弟姐妹，不说师傅身边的那些人，单单就是院子里的这几个，我们便是如亲姊妹一般的。你来了后，自是不方便在我这蘅芜馆里待着，你可以跟着沈爷爷，沈爷爷的医术也不差，或者我可以让师傅收你为徒！哈哈，这个主意好。"

剑一听着杜蘅帮他规划着他的未来，心下感动，只是自己还须处理一些事情，刺杀百里宗的事情需要回禀，更重要的是他不愿意偷偷摸摸地躲进沉香谷，若是日后阁主查出他隐在此处，沉香谷只怕会有危险。

一定要先回影子阁，光明正大地脱离，不管阁主提出多么苛刻的条件，都答应。

晋城的热闹繁华并没有因为冬天的大雪而萧条，南来北往的客商因为大雪滞留在此，倒是使晋城的酒馆、烟花之地、客栈更加热闹了起来。

曲扶街是一条安静的街道，青石板路幽幽伸进街道深处，高大的院落隐在重重的高大树木之间，奇的是这树木不像北方的树一到冬天便只剩光秃秃的枝丫，而是依旧葱茏，把青石小巷掩映得更加深幽。

重重院落内，一间宽敞的大堂里，一个青衣文士坐在首位的太师椅上，正垂目看着手中的一个木牌。仔细看去，赫然便是杜蘅送给萧叔的沉香谷的医牌，而青衣文士正是杜蘅口中的"萧叔"。

"阁主，沉香谷的那位姑娘名叫'杜蘅'，是沉香夫人唯一的弟子，十几年来一直在沉香谷，只是这几年渐大，才偶尔偷偷地溜出谷来玩耍。"

青衣文士好似并没有听下首那人的回报，只是安静地把玩着手中的医牌，脸上没有任何表情。

下首那回报之人低着头，大气不敢出一声，见阁主未开口，更不敢随意抬起头来。

"阁主，这几年来，沉香谷似乎有意无意都在针对我们影子阁，这个姑娘如今这样出现，难道是有意为之？”右边椅子上坐着的一个青衣老人狐疑地猜测道。

“这沉香谷一直以医道传世，只在沉香谷内，从不涉江湖纷争，只是不明白，这个沉香夫人为何要与我影子阁作对。”左首一长须老者亦说道。

“传我令下去，不管与沉香谷现在或以后，还是任何时候有任何冲突，不得伤害这位姑娘。”青衣文士没有解答老人的猜测，反而口气冷厉地传下令来。

“剑十一。”

“在。”随着青衣文士的喊声，不知道从哪里鬼魅似的出现了一白衣青年人。

“只要杜蘅出谷，你就负责保护她的安全。”

“是。”随着一声应答，白衣青年又如鬼魅般消失。

右首的老人见阁主召出在其身边左右不离身的剑十一去保护沉香谷的那个女子，心中震惊万分，却慑于阁主的威严，硬生生地憋住了自己心中的疑问。

“阁主，你此举是何意？”左首长须老人低沉着声音问道。若说在影子阁中还有谁能质疑阁主，也只有这位长须老人——左护法萧青山了。

“萧老，此事我意已决，不必再多问。”阁主对着左护法萧青山一挥手，再不议此事。

萧青山默默看了一眼阁主，暗暗叹息一声，仅仅就是因为那姑娘也叫阿蘅吗？阁主这些年始终无法忘掉过世的夫人与女儿啊！

“禀阁主，剑一回来了，他要求见阁主。”

“哦！要求见我？”阁主猛然抬起头，面无表情的脸上顿时凌厉起来，双眼精光刹那爆出。

“让他进来。”沉吟一会儿，他恢复无波无浪的表情，淡淡说道。

剑一缓缓走进大堂，这是他第一次见阁主。影子阁中，右护法负责训练杀手，左护法负责情报与阁内事宜。至于阁主，许多杀手终其一生也未见过一面。

影子阁的阁主萧景天，坐在上首，看着缓缓走进来的剑一，深不见底的眼中掠过一丝讶异。这是他第一次见剑一，这个影子阁中从未被打败过的神话，只是，为何有那么一丝丝熟悉的感觉？

“阁主，剑一今日求见，有两件事情：其一，是回禀刺杀百里宗之事；其二，是想与阁主交换一个条件，换剑一自由之身。”剑一躬身朗朗言道。

一石激起千层浪。大堂内的人听闻剑一如此言语，俱转头讶异地望着他，自影子阁成立一百多年来，从未有此先例，今日这剑一是吃错了什么药？

“剑一，你可知道你在说什么？”右首的老者怒喝道。他乃是负责训练杀手的右护法剑无极，听闻剑一这惊世骇俗之言，顿时恼羞成怒，自己手下出了如此叛阁之人，若是阁主怪罪下来，剑无极想想都浑身颤抖。

左护法萧青山经过短暂的讶异后，带着些玩味看着这个剑一，他很是好奇这杀手的勇气是从哪里来的。

萧景天的面色却未有丝毫变化，如黑潭一般的眼睛深不见底，心底却有些恍惚。众人都以为自建阁以来从未有人敢提出离开影子阁的话，却没有人知道，二十年前，有一个年轻人也说过相同的话，只是那时提出这番话的年轻人是老阁主的徒弟，一直帮老阁主处理阁中事务，而极少参与刺杀任务。

但是那一次请辞，他付出了沉重的代价，却依然没能离开影子阁，不是不能离开，而是离开已经没有任何意义了。

“你倒是说说，你想用什么条件来换取你的自由之身。”萧景天没有问百里宗之事，却淡淡地问起剑一想离开影子阁之事。

此话一出，众人更是惊讶，阁主没有下令惩罚，居然还在问剑一想要交换的条件。

“若阁中还有多年未能完成的棘手任务，剑一定赴全力替阁内完成。只求完成后阁主放剑一离开。”

“呵呵！你就如此自信你能完成阁内多年未能完成的任务？那些可都是天字号任务。”

“若能侥幸完成，是剑一之幸；若身死，剑一也认命。”

“这么说，你意已决？”萧景天玩味地看着下面躬身而揖的年轻人，问道。

“是，望阁主成全！”

萧景天没有再问，只是无喜无怒、平静地看着剑一。

众人愣愣地听着两人的对话，待得两人再无问答，整个大堂静得可闻落针声。

“哈哈哈哈！剑一，你倒是有勇气，你就不怕我以阁内刑法惩治你？”忽然，萧景天大笑起来，空旷的大堂轰隆隆的都是萧景天的大笑声。

众人一时噤若寒蝉，大气不敢出一声。

“左护法留下，其他人都退下。剑一，本阁主佩服你的勇气，你下去吧！”

“希望阁主成全。”剑一站立不动，见阁主一面已是不易，今日的机会一定要把握住。

“右护法，带上你的人，下去。刺杀百里宗之事，细细问清楚后，来回我。”萧景天凌厉的目光扫过剑无极。

剑无极胆战心惊地揖了一揖，转头恼怒地看了一眼剑一，沉声道：“随我来。”

“请阁主成全。”剑一却未挪动脚步，依然说道。

剑无极一张老脸因为怒火涨得通红，他恨不得一剑刺死这个胆大妄为的杀手，可是，阁主却并未对此事有任何结论，他当然无法下手。

“你先下去吧，事后我会给你一个说法。”萧景天似乎已有些疲累，挥了挥手，转身背向众人。

“多谢阁主，剑一会等阁主答复。”剑一随着剑无极离开大堂，百里宗的事情亦须在离开前交代清楚。

大堂内恢复安静，萧景天静静地背对着大堂门口站立着，久久没有言语。萧青山亦没有问任何事，静静地站着。

“师傅，我想离开影子阁，我不想再瞒着秋池了，若是她知道我是影子阁中的人，她定会离我而去。师傅，我是真的爱秋池，我不能没有她。”

二十年前，在这个地方，一个年轻人跪在地上，鼓足了勇气向高高在上的老阁主求道。

“你是我辛辛苦苦培养的徒儿，怎能为了一个女子弃阁而去？你死了这份心吧！”老阁主语气强硬。

“师傅，求您了，求您成全徒儿吧！徒儿不想做阁主，只想和秋池在一起。况且，我与她已有了孩儿，我、我一直不敢告诉她我的身份。您就放徒儿走吧，师傅！”跪在地上的年轻人一次一次地磕头在地，额头已渗出鲜红的血。

“你这个不争气的东西，这辈子你都休想。若你再执意如此，休怪为师不客气！”高座上的老阁主怒气冲冲，甩袖离去。

“师傅！千万不要！”年轻人惊骇欲绝，悲声朝着老阁主的背影叫道。

如此刻骨的恨，如此刻骨的恨！萧景天的面色再也不复平静，整张脸扭曲狰狞。

“啪”的一声，身旁的楠木椅被他硬生生捏碎了一块。

“哪有那么容易？哪有那么容易？简直痴心妄想，痴心妄想！”他恨恨地道。

萧青山默默无言在一旁垂手而立，他已有很多年没有看到萧景天如此失态了，他没有出声劝慰，他知道阁主让他留下，并不是有事相商，而是阁主被今天的这个杀手撕开了血肉，看到了心底里的那份伤痛，而阁主自己无法承受那份伤痛带来的锥心刺骨的疼痛，所以让他在一旁分担几分痛苦。

其实他又能分担什么呢？只能看着阁主经常疼痛罢了！

萧景天曾经认为最亲、最尊敬的那个人狠狠地捅了萧景天一刀，近二十年的时间过去了，那一道伤痕不仅没有消失，反而深深渗进萧景天的骨髓。

他暗暗叹了口气，那个剑一，可惜了！

8

晚来天欲雪，能饮一杯无

风越来越急，在林间呼号穿行，凄厉决绝，头顶冷灰色的云像铅一样沉沉压在天际，不一会儿，雪花如同无数断魂的白蝶一般铺天盖地飘落下来。

剑一藏在一棵树的后面，屏住了所有的气息，像一个等待猎物的猎手，又如同一只蓄势待发的猎豹。作为一个有经验的杀手，他绝对是占了天时地利，这个角度无疑是最佳的袭击位置，只一剑，便是绝杀。

十年的杀手生涯，剑一从不出第二剑，一剑即封喉！白影闪过，已是数丈之外，剑上未染一滴鲜血。

只是这次似在囊中的猎物并没有出现，眼见着天色越来越晚，剑一的心有些急躁起来，他很清楚这是一个杀手致命的错误。但是看着雪越下越大，天色越来越晚，而目标一直未出现，剑一心中的那份急躁挥之不去。

“此去，我不知道需要消耗多少时日，但是一旦事情解决，我必速回！”沉香谷谷口，剑一笔直如松立在寒风里，望着同样站在谷口的杜蘅，平日里冷峻冰寒的眼神此时多了一抹温柔与暖意。

“我偷了师傅埋在梅花树下的一壶‘醉西风’，此酒已陈十年，我拿了这好酒等你。上次你伤未痊愈，喝得不尽兴，这次等你回来，必要好好喝个够！”漫天呼号的北风里，杜蘅的声音清脆明丽，是这肃杀的冬天里唯一的亮色，是剑一心中莫名牵系的一根丝线，柔韧绵软，有暖人的温度。

剑一转身离去，他并没有告诉她此去困难重重，这是他向阁主求赎身的任务，是几乎不可能完成的任务，但是一旦完成，从此他便是自由身。虽然任务艰巨，但他一向相信自己，影子阁中的影子杀手里，从未失手的只有剑一，没有第二人。

“簌簌”的落雪声中，十几条身影如鬼魅般闪现而出，一样的白色衣服，一样的清寒剑光，十几个人的动作一致，如猎食的鹰隼一样向一个地方猛扑过去，那个地方是剑一的藏身之所。

只一瞬，地上已有几具尸体，皆是喉间一道鲜红！

剑一持剑而立，冰冷的眼神紧盯着面前的白衣人，既然一剑刺杀未成，来人索性不再藏身，剩余的白衣人将剑一团团围在中间。

“剑二？为何是你们？”剑一的语气比这飘飞的雪花还要冰冷。

“既已被你看见，我们也不必隐身，大家一起上吧！这是阁主的命令，我们只有执行的份，没有质问的份。剑一，你不会不懂。”为首的白衣人答道。

“唰唰”几声，从四面现身出十几道白色身影，将剑一团团围住。剑一横剑在胸，冷冷地看着这些人。影子阁中十三剑里，这里就出现了四剑，剑二领头，其余是剑七、剑八、剑十三。

“阁主终究不放我走？”剑一的心中一片冰冷，原来这次交换的天字号任务竟然只是一个圈套。

“你知道一个杀手应该有的结局。剑一，黄泉路上走好！”

地上的雪花、天空中飘飞的雪花被十几股剑气激荡成一片白蒙蒙的雾，雾气中只见耀目的剑光。

雾散，影出，地上已横七竖八地躺了十几具尸体，茫茫白雪中，唯余两个身影。

剑一的剑横过剑二的颈项，一道炫目的剑光，带起一滴滴鲜红的血液，滴滴殷红伴着洁白的雪花一起飞洒。

剑二的剑穿过剑一的心脏，从背后露出来的剑尖，在纷飞的雪花中轻轻颤动。

剑一收回剑，以剑拄地，一时两人谁也没有动，用同样冰冷的眼光互相望着对方。四野万籁俱寂，唯有漫天永无止境的白雪纷纷飘洒。

“哈哈哈！剑一果然是剑一，只可惜……其实，死了也好……”剑二的大笑声打破了雪野的寂静，惊起了栖在枝头的寒鸦，阵阵惊慌的鸦鸣使得雪林里更加空旷寂凉。

剑二的嘴角一团一团鲜血涌出来，白色的衣衫上鲜血点点，似盛开的一朵朵艳丽的红色花朵。他话未说完便软软地倒了下去。

“我不会死的，一定不会死的。”剑一的眼睛绽放出炫目的光彩，如同耀眼的烟花，璀璨光亮。

我怎么会死，杜蘅在等着我，等着我。这个时候，她应该已经温好酒，只等我回去了。

剑一抛了自己的剑，握着对方插在胸口的剑，一步一步艰难地往沉香谷的方向走去，身后深深浅浅的脚印转眼被白雪覆盖。

杜蘅还在等我，我答应过她，我会回去，只是天色已晚，不知道我去得迟了，她是否会责怪我让她等久了。

他说他会回去，完成最后一次任务，拿来赎身，他只想光明正大地走进沉香谷，若是，若是知道这样的结果，他是不是宁愿偷偷地待在沉香谷中，迷恋那些温暖的日子，也不要回来再接任务？只记得那次刺杀百里宗中毒差点死在雪原上，是杜蘅救了他，那是雪原里唯一的一抹温暖。

他伤虽未痊愈，却也勉强能走动，十年来在刀尖上生活，已经习惯。蘅芜馆前那棵梅树下，那个女子正拿着一个酒壶，席地而坐，毫无风雅地往嘴里灌酒。他远远地看着，一树的艳红下面淡蓝的衫子，如墨的长发随意绾了一个髻，却未绾整齐，丝丝缕缕的发丝就那样如瀑般泻在淡蓝的衫子上；许是一树的红梅衬了她的脸，腮边点了胭脂似的一抹红，娇艳欲滴。他多年冰封霜冻的心似乎有一丝丝暖风拂过。

“怎样，陪我喝酒？”不知是否已醉，她竟忘了他是她的病人。

他走过去，拿过她手上的酒壶，猛灌一口，却因喝得急，呛得猛烈咳嗽起来，牵动了身上的伤口。他忍住疼痛，又灌一口，酒烈却也香醇。

“这是我师傅酿的‘醉西风’呢。呵呵！还有一坛在这梅花树下，这壶却是新酒。”

他不作声，只拿了酒一口一口地喝，这样的温暖与安心在十年的杀手生涯中从未有过，他忽然有一丝丝眷恋这种感觉。

她是真的醉了，在他的耳边絮絮叨叨地说了许多，身子不知不觉歪在他的身上。他的身子僵硬了一下，她的身上是若有若无的淡淡药草香，是让人安心的味道。

不知道什么时候，她不再絮叨了，温软的身子倒在了他的怀里。他不敢动，笔直地坐着，为她挡北边来的风，他低头朝怀里的她看去，她的双颊绯红，艳若桃花，黑发如同黑色的丝绸顺滑光亮，整个人没有了平日里的英气，倒是平添了一份娇媚慵懒。

一阵风过，红梅花落了两人一身！

剑一终究无法支撑自己的身体往前挪动了，眼睛已经控制不住地要闭上，模糊中，看见天地全都是白茫茫一片，他找不到沉香谷的方向，正如同他多年也找不到回去的那条路。他的眼眸渐渐合上，在最后闭上眼睛时，他看见轻盈纷扬的雪花中有那个女子的脸，她轻蹙着眉头，嘴角含一丝笑意。

从未敢奢望过的幸福曾是那么触手可及！

雪越下越急，不多大会儿，便分不清是衣的白还是雪的白，天地顿时白茫茫一片，只有林间几只寒鸦在啼。他也像是一片雪花，无声无息地化在这天地间，像从未来过，也像从未消失过，是不是这世上除了她，就再也没有人在乎这个影子杀手曾经存在过？

沉香谷，蘅芜馆，院里弥漫着药草的香。

天渐渐晚，谷里虽未点灯，却因白雪飘飞，也被映得透亮！

一株红梅怒放在碧纱窗前，鲜艳如血！

杜蘅在暖阁里温着酒，炉内火正旺，红红的炭火映在她的脸上，有一抹奇异的殷红，酒已入盅，只待来人。如果那人裹着风雪，掀开厚重的门帘来到她的面前，杜蘅想，她会看着他，轻轻笑说："晚来天欲雪，能饮一杯无？"

只是清冷的月亮升了上来，蘅芜馆里依然寂寂无声，只有暖阁里炉火熊熊燃烧。

丁香到暖阁里几次，看见杜蘅的面前放着那坛"醉西风"，她没有说话，只是静静地拿着医书，对着一盏烛火。

"你都来来去去好几遭了，有事吗？"杜蘅没有抬头，仍低头看着书，问道。

"姑娘，你每日里都这样等他，可那个杀手到现在也未来，你……"丁香终是忍不住。

"许是有事耽搁了吧？"

"我觉得他就是不会再回来了。江山易改本性难移，他是个杀手，冰块脸，心硬如铁。"

"丁香，他不是那种人。我相信，他心里是一千一万个不愿意做杀手的。"杜蘅抬起头，看着一脸愤愤不平的丁香说道。这丫头自始至终对剑一都没有好感，她颇是头疼。

"可你都等了好几日了。"

"丁香，一个杀手哪里是那么容易脱离的，他既然决心脱离，必是与影子阁交换了非常大的条件，只怕这个条件是难以达到的。不过，他是天下第一杀手，应该没有他完成不来的任务吧？"

"夫人那边传信回来，他们已到别院，许是过些日子就回谷里了。"

"这样正好，等师傅回来，我便与她说剑一的事，要找怎样的理由求得师傅的同意呢？丁香，你帮我想想。"

“姑娘，难道你是喜欢上那个杀手了？”丁香见杜蘅无一不在为剑一考虑，心中疑惑，试探着问道。

喜欢？杜蘅心里一惊，面色上有些羞涩，拿着医书，怔怔地望着炉内的火光。与剑一第一次遇见是在梅花林里，他浑身是血，在雪地里跌跌撞撞，她的心便没来由地关切。一路上，即使他冷得如同一块冰，可她却愿意与他亲近，相处时的那些温暖心慌的细节渐渐浮现脑海，她一心想让剑一留下，以为是怜惜他从没有人疼爱，怜惜他从没有正常的嬉闹开心幸福。

喜欢一个人就是这种牵挂，希望他好的感觉吗？

只是，已有许多天了，他在哪里？

看着两抹绯红飞上杜蘅的双颊，丁香更加担心了，若是同情那个杀手的遭遇，给他一个落脚之地倒也罢了，可若是杜蘅喜欢上了他，一个杀手除了杀人，哪里知道疼惜女子？

丁香深深地担忧起来。可这要同谁说？

9

劳思复劳望，相见不相知

渊冰厚三尺，素雪覆千里。风起，漫天雪飘，碎琼乱玉，天地一片白茫茫。

眼前所望处，田野、树木、零星的房舍，皆为白雪所盖。

天已向晚，茫茫白雪却照得四野一片白亮。

万野俱寂。

忽然，一阵高亢嘹亮又略带悲怆的歌声如一道耀眼的光穿透天地间清冷的苍白色：

烛龙栖寒门，光耀犹旦开
日月照之何不及此，唯有北风号怒天上来
燕山雪花大如席，片片吹落轩辕台

…………

随着歌声渐近，漫天风雪里渐渐出现一行人，为首一人正是踏雪而歌者，鹅毛般的大雪似乎于他没有任何影响。在他身后，四人抬着一顶淡紫色软轿，轿檐饰以浅黄流苏，是这无边无垠的白色天地间唯一可以温暖人的颜色。

“沈管家，你又歌兴大发了啊！”轿内，一道清脆如珠落玉盘的声音响起。

“哈哈哈！紫苏姑娘，这大雪纷飞，于闲人是一景，于农商却是一害啊！”唱歌的人说道。

“呵呵呵！沈管家何时开始心挂天下了？”轿内的声音伴着银铃似的笑声。

“你们也别闹了。眼见着天快黑了，今儿雪大，只怕回不去了，至晚间还得找一处歇着，你们尽快着吧！”轿内传出另一轻柔悦耳的声音，刚才那姑娘的声音如珠如玉，这女子的声音却是如柔软凝滑的缎子贴紧肌肤的舒适熨帖。

“是，夫人。”沈管家答应一声，给抬轿的四人打个手势，一行人在风雪中行得更快了。

“夫人，灵儿出去玩耍到这时也未回来呢？”姑娘的声音再次响起，这次却是对着轿内另一女子说的，语气满是担忧。

“不怕，灵儿识路，只是顽皮罢了，不用理它，它自会跟来。”

一时无声，只有轿外的白雪簌簌而落。

行不多时，却见一个小小的白影飞快地从旁侧似箭般直射过来。沈管家挥挥手，抬轿的四人顿时缓冲几步稳稳停下，却不是因为行得快而不容易急停，而是为了让轿内人能够有缓冲的余地。

“何事？”一道柔和的声音在轿内响起。

话音未落，只见一道白影闪电样蹿进轿内，只听另一个声音讶然道：“灵儿！”惊讶声再度响起：“呀！夫人，你看灵儿嘴上衔的是什么？”

软轿稳稳停下，沈管家走向前，掀开轿帘，先是下来一个十七八岁的小姑娘，她身穿鹅黄的对襟夹袄，领口一圈白色的毛围领，衬得那姑娘肤如凝脂，嫩如春笋，双眼灵动俏皮，看来是个活泼娇俏的姑娘。

沈管家见这姑娘已下轿，便退立一旁，姑娘站在沈管家刚才站的位置，再次掀起轿帘，叫了声：“夫人仔细着，外面风大。”

随后，下来一个中年美妇，端庄秀雅，眉目如画，肤色莹柔，只是那一双眸子虽若点漆，却深邃如海。她身披一件紫色裘衣，怀抱一只白狐，白狐在她怀中却不老实，“呜呜”叫个不停。

“沈管家。”那夫人叫道。

“夫人。”沈管家知道夫人有事吩咐，走上前来。

“你看看这个。”夫人一只手伸出，洁白如玉的掌心里托着一枚莹润的玉牌。

“这、这？……从何而来？”沈管家不复刚才的淡定，满脸惊异。

“是灵儿衔回来的。”夫人蹙眉，似乎也是不得其解。

“灵儿？”沈管家满眼诧异地看了白狐一眼。白狐仍旧在叫，似乎有些急不可耐。

“让他们在这里等着，你我二人前去看看。”

“夫人，我也要去嘛！”一边的姑娘更是好奇。

“紫苏，外头天冷，你在轿内待着，我与沈管家很快就回。”

话音未落，夫人放下怀中的白狐。白狐一着地，迅疾转向一个方向急奔而去。

沈管家与夫人跟在白狐之后，也如疾风般转瞬淹没在大雪中。

紫苏无奈，看着消失在大雪中的背影，跺跺脚，进了轿内。

一路急奔，转瞬便离停轿处三四里，白狐停下身子，来到一棵干枯的冷杉树边，不停地旋转着身子，发出焦急的“呜呜”声。

沈管家先上前，猛起一掌，只见树下积雪乱飞，待乱雪稍停，一穿白衣的年轻人身体显露出来。

“小姐，难道灵儿是从这人身上找到的玉牌？”待到没人处，沈管家却改称美妇为“小姐”。

“灵儿应该不会搞错。只是这是何人，怎会有我沉香谷的玉制医牌？如果没记错，这种玉牌总共三枚，且都是在我手上发出去的，连阿蘅都只是听闻过，却未见过。如此稀有之物，这年轻人怎会有？难道他们几个已经遭遇不测？”

原来这美妇正是沉香谷谷主——沉香夫人。

想到这里，沉香夫人脸色一变，一种不好的预感油然而生。

“不管怎样，先看看此人怎样再说。”

不待沉香夫人说完，沈管家已经从雪里抱出白衣人，只是此人在雪地里冻得久了，浑身冰冷僵硬如一根冰棍。

沉香夫人走上前，搭上白衣人的脉搏，脸色一惊，满脸不可思议地说：“此人定是受伤不轻，挣扎到此处无力为继，只是这冰天雪地的，居然还吊着一口气未死！可见此人求生意志与生命力之强。”

“小姐，如果此人是杀死持玉牌人的凶手，难道还要救他吗？”

“无论如何，总要让他活过来再说，如果真是凶手，让他再死了就是。”沉香夫人的面色闪过一丝冷绝。

这边紫苏终是不放心，又出轿来擎着一把伞等在轿边，看到远处急掠而回的身影，收起伞，掀开轿帘。她见沈管家抱着一个白衣人，虽然惊讶，却知此时不是说话的时候。

沈管家小心地把白衣人抱进轿内放好，然后再退出去。幸而这轿为特制，空间大，多一人倒不觉得拥挤。轿内温暖如春，只一会儿，白衣人身上的冰块便渐渐消融，滴滴答答流出许多水来，青白的脸色渐渐有了一丝常色。

沉香夫人坐在一旁查看他身上的伤口，他浑身剑伤无数，唯一致命伤是心脏处，只是稍微有些偏离，这才使得他还有一线生机。

“夫人可需我帮忙？”沈管家在轿外问道。

“加快行程，务必以最快的速度赶到别院，轿内狭小，这浑身的伤暂时无法处理，我只能给他吃一丸‘回神丹’暂时压制生机的流逝。”

轿外沈管家未回话，轿内的紫苏却惊讶得张大了嘴巴。“回神丹”？这是沉香谷最贵重的丹药之一，却给这个人吃，这个人是谁？正待要问，却见沉香夫人紧蹙的眉头和严肃的神情，紫苏张了张嘴，只好又把满心的惊讶咽了回去。

一路无语，唯有轿外大雪飘飞，似乎永远没有尽头。

天晚，至一村庄，庄子不大，十来户人家，白雪皑皑中，见窗口映出烛火点点，给这冰冷的夜增添了一抹暖色。最东边一个大宅院早已门户大开，门口整齐地列着几个精悍的汉子，短衣打扮，笔直如树，站立在大门两侧。

及至轿子行到门口，轿夫并未停下，径直进了敞开的大门。随后，各人依次进门，随即大门关上，整个过程无一丝声响，似早有默契。只剩门口两只大红的灯笼在风中摇摆。

门内，轿夫依旧未停下脚步，转过影壁回廊，往后抬去。

沈管家挥挥手，对宅院的人道："今日，夫人有重要事情需要处理，你们先散去，有事明天再说，也不用到夫人面前回话。"

汉子们微微弯腰点头，随即四散开去，如一阵风般，旋即不见。

后院，轿夫已把白衣人抬出轿外，安置在客房里。紫苏依着沉香夫人的吩咐，去药房配药。沉香夫人坐在白衣人身侧，轿内温热，白衣人身体温度已回暖，脸色虽然没有了冻极的青色，可是依旧苍白，幸而因"回神丹"的作用，脉搏的跳动比之前有力。

只是身体暖起来后，冻僵的血液也活泛起来，身上的伤口有血流出。

胸口心脏处的剑伤是最严重的一处。沉香夫人解开白衣人的衣服，只等紫苏打来热水和外敷膏药，解到一半处，却见沉香夫人的脸色渐渐苍白，手也不自觉地轻轻颤抖起来。

"沈管家。"沉香夫人颤抖着声音叫道。

话音刚落，沈管家一个箭步跨进门来，似乎他一直在不远的地方等着这声呼唤。

"小姐，出了什么事？"沈管家心里更是一阵慌乱，已经有多少年未听见小姐如此惊怕、不安的语气了？

"你……你给我解开他的衣服。"沉香夫人的语气又急又乱，又带着一丝害怕、一丝希望，似乎害怕自己把什么东西打碎了般的胆怯。

沈管家满心疑惑地看了一眼躺在床上的白衣人，随即，身子像被钉子钉住了一般，眼睛直勾勾地望着床上衣服半敞开的白衣人的胸口。

"小姐，这……这……"他满脸不可思议地望着白衣人。

"你解开看看。"沉香夫人像是被抽干了力气般，身子软软地靠在床边，脸色愈加苍白，眼睛却是眨也不眨地盯着沈管家的动作。

沈管家一步步走过去，像是艰难地走过漫长的时光一样，他轻轻地拉开遮在胸口的衣衫，一只展翅欲飞、栩栩如生的鹞鹰文身出现在眼前，上面沾的点点血迹红得触目惊心。

他一时呆在那里，张大了嘴巴却半句话都说不出来！

沉香夫人清丽无比的脸上早已淌满泪水。“你，把他的头偏过去，看看，看看他的右后肩处。”她语音颤抖地吩咐道。

饶是沈管家见过无数大风大浪，此时心里也掀起滔天巨浪，竭力按压住心头的震惊。他轻轻抱起白衣人的头，动作轻柔得不像是一个惯走江湖的汉子。

沉香夫人紧捏着自己的双手，似乎要掐出血来。虽然心里已认定九成，可是最后那一成未认定依旧让她心里害怕、慌乱，害怕那一成的希望变成全部的绝望。

衣服褪至肩下，右肩下一块指甲大小的红色印记赫然出现在两人的眼前。

“真的是百里家的小少爷！”沈管家抱着白衣人的手微微颤抖，仿佛梦呓着。

沉香夫人的眼泪早已如泉水般奔涌出来。

“清儿，天可怜见，你竟然还活着！我找了这么多年却未找着！”

沉香夫人一时悸动喜悦，抱过白衣人的身子大哭起来。

10

铜鼎煮新雪，霜剑不负约

窗外是无尽的夜与无尽的雪，窗内一盏明灯照得室内亮如白昼。

灯光下，沉香夫人低头仔细检查床上人的伤势，看着看着，眼泪再次忍不住落下来。

“清儿这些年该是受了多少罪啊？这浑身都是伤疤，旧伤添新伤，竟数不过来有多少伤疤了。”

“只要活着就好。十几年了，自从丢了百里少爷，小姐你无一日不自责，等他醒来，好好疼他便是。”

“看这剑伤，像是影子阁的剑法，难道他先找到清儿，知道了他的身世，而派杀手来灭口？”沉香夫人的面色顿时阴沉了下来，如山雨欲来时暗沉的天色。

“这么多年了，他还没有杀够？”她的语气激烈悲愤起来。

正在此时，门帘响动，紫苏端进来一盆热水，放在床边凳子上，转头看床上的白衣人已经褪去半截衣裳，知道是要先清洗伤口，便拧了毛巾过来，准备给伤者擦拭。以往在谷里，都是她们几个姑娘照顾病人伤者，倒没有太大的男女忌讳，所以此时紫苏见这年轻男子褪下衣服并不觉得羞涩为难。

“我来吧。”沉香夫人从紫苏的手中接过毛巾。

紫苏睁大了眼睛迷惑不解地看着沉香夫人。这只是从外面捡回来的一个伤者，夫人怎么会亲自照顾？但见夫人脸色严肃，再看看沈管家同样眉头紧皱，她百思不得其解，又不敢问太多。平日里夫人虽然和蔼可亲，可是若有触犯，那是要吃不了兜着走的。谷里的那些女孩，包括阿蘅姑娘，可都是被夫人罚过的。

沉香夫人仔细地一点一点擦拭伤者的伤口血迹，动作轻柔如微风拂过，像是在擦拭一件珍贵的宝贝，生怕有一点点差池。

沉香夫人越是擦拭就越是心惊，越是心惊就越是心疼。床上人浑身上下三十二处剑伤，虽不致命，却触目惊心。看着这密密的剑伤，沉香夫人五内俱焚，疼痛难忍，继而自责不已，想到伤他的影子阁，又义愤填膺。一时心中悲喜交集，愤怒、心疼、自责、难过、喜悦，各种情绪交织，只把一颗十多年来沉寂的心搅得沉沉浮浮，不复以往的冷静淡漠。

躺在床上的剑一迷迷糊糊中身体感受到的那抹温柔抚触让他沉浸在一个奇异的梦境里。那是烟花三月的杨柳天里，春风拂过，丝丝温柔，院内桃花树下，一个几岁的小男孩被一个美丽温柔的女子抱在怀里，女子的手轻轻地抚摸过男孩的脸颊，眼里满是温柔的宠溺。

女子的身旁是一位长身玉立的年轻男子，温文儒雅，满眼欢喜地看着男孩和抱着男孩的美丽女子。

“师兄，清儿可真是可爱。你要是忙没有时间照顾就让我带回沈园照顾吧！正好和阿蘅做伴。”女子转头对男子说道。

“也未尝不可。清儿也喜欢你，日日都惦记着你。我近日正好有事去江南一趟，也担心没人照顾他。”男子微微笑道。

梦里真是温暖啊！剑一心里欢喜，身体里锥心的寒冷在温暖的怀抱里渐渐暖如春水，十多年来绷紧的神经、无止境的杀戮在这一刻慢慢远去，唯有这份温暖和亲密轻柔地在心中微漾，像是婴儿留恋母腹中的缠绵温软！

他不敢睁开眼睛看自己到底在哪里，害怕这遥远久违的、已经在记忆中消失的母亲的温暖在他睁开眼睛的时候，便如泡沫一般破碎。

“夫人，曼陀罗花已碾好，是要敷在伤者身上，然后再挖去冻坏的肉吗？”紫苏见夫人已经擦拭好伤口，小心地问道。她心里隐隐觉得这个年轻伤者的身份绝不简单，便留了几分心。

沉香夫人点点头，眼睛里有掩不住的伤痛与疼惜。在冰天雪地里冻坏的肉一定要挖掉，否则溃烂腐坏，伤势便会恶化，那时候多少“回神丹”也救不回来。

细细撒上一层曼陀罗花碾成的粉末，沉香夫人拿着尖刀，对着一处溃烂的伤口，心疼得竟颤抖着手下不去刀，饶是有近二十年的行医经验，在此刻也无法让她冷静下来。眼泪再一次滴下来。

“夫人，我来吧！我会很小心的。”紫苏明显感觉到事情的蹊跷，心里有些明白，体贴地对沉香夫人说道。

沉香夫人默默地把刀递给了紫苏，谷里的女孩子，除了阿蘅的医术是嫡传的之外，其他的女孩子或多或少都学了不少，其中以她身边的紫苏和阿蘅身边的丁香最是聪明伶俐，因此学得稍多。

紫苏接过刀来仔仔细细一点一点地剔去烂掉的冻肉，虽然有曼陀罗花粉的麻醉作用，但是如此剜肉的疼痛却也非常人能够忍受。

剑一正沉浸在美好的梦里，忽然，身体传来的一阵疼痛让他不自禁地哼出了声，手下意识地想要握住什么。正在他寻找间，一只柔软温润的手紧紧握住了他的手，手心传来的温暖瞬间让他安下心来。

是阿蘅吗？不对。阿蘅握住他的手时，是甜蜜温柔激动的，而这双手给他的感觉却是温暖和安心。

沉香夫人一只手紧紧握住剑一的手，另一只手轻轻地用丝帕擦去他头上的冷汗，轻轻地在剑一的耳边说道：“清儿，不要怕，姑姑在这。忍着点，很快就好！”

紫苏浑身已被汗水湿透，却一点不敢掉以轻心，处理好最后一处伤口，绑上棉布时，已经过去了几个时辰。抬眼看床上的年轻人，因为疼痛脸上冷汗直冒，沉香夫人的一条帕子早已湿透，索性扯起袖口不停地帮他轻轻擦拭。伤者脸上虽痛得冒冷汗，可是面色却出奇地安静。

“紫苏，辛苦了，你先去休息吧。我来守着他就好。”沉香夫人道。

“夫人也赶了一路了，明天还有许多事情需要处理，还是紫苏来守着吧。”

沉香夫人摇摇头：“紫苏，这伤者是我师兄的孩子，丢失这么多年，今天好不容易重逢，此刻还有什么事情比他重要呢？”沉香夫人向来信任这姑娘，便不再隐瞒。

“这就是谷里一直寻找的那个人？”紫苏幡然醒悟，难怪夫人如此上心，又如此伤心。她从小生活在谷里，自懂事以来，便在夫人身边伺候，因为聪明乖巧、行事稳重，深得夫人信任与依赖。夫人的很多信息也都通过她传出谷外，当然包括寻人一事。

夜渐渐深沉，窗外的雪不知何时已停下，莹白的雪映照得夜色一片明亮。紫苏与沈管家早已出去，剑一依旧昏迷，只是疼痛会让他偶尔皱一下眉头。

紫苏走前担心夜里剑一寒冷，移了暖炉到床边，窗外是皑皑白雪，屋内却温暖如春。沉香夫人轻轻帮他盖好丝被，看他一时半会儿没有苏醒的迹象。也许昏睡更好，如若醒来，全身的伤口在清醒的状态下会更感觉疼痛。

沉香夫人没有丝毫的睡意，走到窗边，静静地看着纱窗外一片苍白的雪色，陷入了久远的回忆……

接连几日，沉香夫人衣不解带地守在剑一的身边，前厅一应事务皆交给沈管家打理。紫苏每日依着单子配药，无论多贵重的药草，尽皆用上。看着夫人如此辛苦，清丽的容颜几日里憔悴许多，紫苏心中不忍，想要替换她，夫人却是坚持不肯。十多年来，无一日不在想这孩子怎样了，机缘巧合让她再度碰到，她怎肯给了别人来照看，只把一腔的慈悲爱意全部倾倒出来，还生怕不够。清儿小时候生病也总是要倚在姑姑身边才肯乖乖吃药啊！

这日夜里，沉香夫人正在帮剑一擦拭身体，沈管家推门进来，低低叫了声：“小姐，前面有急事禀报，说是探子已回。”

“你酌情处理即是。”

“这次却是重要消息，说是得到了百里宗的消息。”沈管家低声说道。

“什么？”沉香夫人手一滞，讶然道。

“百里宗已死。”沈管家声音低沉。

“消息属实？”沉香夫人缓缓放下手中的面巾，替剑一掩好衣服，盖上被子。

“属实。具体情况还没有细问，等小姐过去。”

沉香夫人沉吟一会儿，转眼看了看一直没有苏醒的剑一，眼神里闪过一丝疑惑。

“走，去看看吧。叫紫苏过来，守着清儿，你我前去问问具体情况。”

当沉香夫人与沈管家的身影消失在门背后时，躺在床上的剑一缓缓睁开了眼睛。入夜时，他已渐渐苏醒，只是梦里那温暖的感觉让他留恋不舍，身边一直围绕着自己的女子身上散发的慈爱、温暖、柔和的气息让他安心迷恋，似乎触动了他内心深处早已遗忘的、遥远的温柔记忆。

他不知道清儿是谁，也不知道是不是这女子认错了人。他早已经忘记自己来自哪里，记忆里只有影子阁里的杀戮、任务，他早已厌倦，却麻木得不想去挣脱。阁主说一旦是剑一就永远是剑一，他是影子阁最好的杀手，从剑二到剑十三，没有一个人能比得过他。剑二死了，自己亲手杀了他，而他也给了剑一致命一击。剑一以为自己倒下的那一刻会永远倒下，却未曾料到会在鬼门关前游荡一圈后被这个温柔的女子带回人间。

阿蘅呢？他是要去赴阿蘅的约的。“晚来天欲雪，能饮一杯无”。那天阿蘅笑着说等他回来便开了梅花树下的那坛“醉西风”。

阿蘅、阿蘅，想起阿蘅，剑一再也躺不住，他从一个温暖绮丽的梦里彻底醒了过来，这已经过了多少时间？阿蘅会不会怨他没有赴约？

剑一猛然坐起，身上的伤口被牵扯，疼得他再次冒出冷汗。他咬咬牙，从床上起身，走到窗边的桌前，看到桌上有一张写好的药方，他没有多想，拿起桌上的笔写下了几个字。

是的，他一刻也不能等了，既然老天爷没有让他死，那么他便要重新活一次！

打开房门，迎面进来一个年轻女子，剑一没有做停留，忍住身上的疼痛，剑一般激射出去，瞬间跃上屋顶，在铺满白雪的屋顶上迅疾而去。

紫苏来不及惊叫出声，只听“哐啷”一声，因为惊吓，手中的盘和盘里的碟都摔到了地上。

而那个身影早已在屋顶消失了踪影！

旋即，沉香夫人与沈管家的身影出现在门口，而屋顶上已有几条人影追了出去。

沉香夫人一个箭步冲进屋内，床铺上已空空如也！

转身看到桌上一张纸笺上墨迹未干，留有几个字：身有重约必赴之，救命之恩，来日必报。剑一。

“剑一，影子阁第一杀手！”沉香夫人蓦地睁大了双眼，满脸不可置信！

11

耿耿无眠夜，寂寂疏影斜

沉香夫人怔怔地看着手中的辞信，仍旧无法相信百里言清居然就是影子阁第一杀手。自那年被截杀，混乱中丢了百里言清后，她虽然十几年来不停地在寻找他的下落，但是，他是如何进了影子阁，然后为那个人效命十多年的，她一无所知。

“萧景天，我一定要亲手让你求生不得，求死不成！”想起过去种种，她恨极，咬牙切齿道。

“小姐，既然剑一就是百里少爷，我们与影子阁的最终结果又多了一层胜算了，不管如何，总要让百里少爷知道真相啊！”沈管家在一边道。

“我不想让清儿卷进来，就像这十几年来我从不让阿蘅知道一切一样，我们的恩怨就让我们自己解决，是生也好，是死也好，总要想个办法让清儿与阿蘅远离这些才好。”

“你就不打算让阿蘅知道一切吗？这么多年来，她连娘亲也没有叫过一声。”沈管家想到杜蘅，心有不忍。

“我何尝不想让阿蘅叫一声娘啊！可是，若是知道这些，萧景天会如何做？当初他能狠下心来追杀我们娘儿俩，这事难保不会再有一次，百里宗定是被清儿所杀，只是最后可能知道了清儿的身份，才把玉牌送给他。这足以说明，萧景天已经又开始找那个东西了。”

“小姐，探子还在前厅等着，不知道追出去的几人能否跟上百里少爷？”沈管家心里暗暗叹口气，然后说道。

“剑一在江湖中，如影子般来去，从没人见过他的真面目，他们几人必定是无功而返。”

不多会儿，沉香夫人转到前厅，沉默地坐着，手上是剑一留下的那封辞信，身旁立着沈管家，旁边还有几个探子打扮的人，下首一个方脸大汉正恭敬地立在屋中间。

沉香夫人不说话，下首和旁边的人都没有说话，一时，前厅静可闻落针声。

不过几刻钟，门外走进几人，其中一人走到跟前，回道：“请夫人恕罪，跟丢了。”

“他是影子阁的剑一，你们跟丢了，不算丢脸。这江湖中，也没几个人能够跟上他。”沉香夫人缓缓说道。

进门的几个人诧异地互相看几眼，然后抬首看向沉香夫人。端坐着的沉香夫人面色依旧不喜不怒，眼神深邃如海，谁也看不清那里藏了什么。

“沈新，说说你出去打探到的百里宗的事情吧。”沉香夫人断定百里宗是百里言清所杀，但过程如何，却还是不得而知。

“弟兄们是在跟踪影子阁的人时意外得知百里宗的消息的，只是等我们赶过去的时候百里宗已死。不知夫人可还记得晋城有一家‘如意酒馆’，此酒馆就是隐居的百里宗所开。我们赶到酒馆的时候，百里宗已死，身上有多处剑伤，但是却都不致命，致命的是他的毒，应是自杀而亡。看剑伤，是影子阁的剑法。”

听到百里宗是服毒而死，沉香夫人的内心不禁轻轻松了口气，如若以后清儿知道是他杀死了从小抱过他、疼过他的百里家人，该如何自处？

“这是多久的事了？”沈管家在一旁问道。

“半个月以前的事。”沈新答道。

“怎么现在才来报？”沈管家疑惑地问道。

“当时并不知道他就是百里宗，只打探到影子阁要刺杀此人，后来在打探其他事情的时候，得知此人竟是百里宗，便赶回来禀报。”沈新恭敬地答道。

夜已深，前厅灯火通明，手下人渐次离开大厅，沉香夫人倚在椅靠边，蹙着眉头沉思：下一步该如何？如今变故频出，以前的计划是否要打乱重来？

一个不眠之夜！

寒星退，夜光残，晓色现，一道日光腾腾升起，洒下万道金光，莹白的大地披上一层日光。沉香谷外金光交织，沉香谷内却掩映在一片轻纱似的薄雾中，这雾气直到太阳升至半空，才会慢慢散去。也正是因为谷内湿气蒸腾，诸多药草才得以生长。谷口常年弥漫着毒物的瘴气，只有持沉香谷发出的特制医牌才能穿过这道天然屏障，这也是沉香谷发放医牌的主要原因。

一个窈窕的身影出现在谷口，淡蓝色衣衫，如一朵洁净高雅的蓝色雪莲花悄然开在雪地上。这个身影站在谷口辨别了一下方向，然后朝着选定的方向轻灵地踏雪而去，如飞鸿轻点，雪地上无一丝痕迹留下，倏忽间已然远去。

不过一刻钟，从另一个方向急奔过来一个白色身影，与铺满白雪的大地浑为一体，地上的积雪反射着日光，一片炫目，白色身影掠过雪面，像是一道银色的闪电。

到了谷口，白色身影半刻不想耽误，拿出一枚玉牌握在手心，闪身进谷，再穿过一片瘴气后，进到谷内。

这匆匆进谷的白衣人正是从沉香谷别庄不辞而别的剑一，亦是沉香夫人口中百里家的少爷——百里言清。幸而沉香夫人知他身份，便又把玉牌放置在他身边，才使他一路顺畅进入谷内。越是走近沉香谷，心中那份见到杜蘅的心情就越加迫切。他一路急奔，为了避免遇到谷中其他人，他施展了作为一个杀手潜行的极致功夫，像是一片落叶，轻飘飘点过积雪的谷内小径，又像是吹过身边的一阵风，转瞬间消失影踪。

未几，剑一便已到蘅芜馆门口，却见蘅芜馆院门紧闭，更无往日里的热闹语声，平日在这馆里伺候的姑娘们也未见踪影。剑一有些不安起来，他站在院门口，迟疑片刻，终是推开了院门。

一股药草香扑面而来，这是剑一在蘅芜馆养伤的时候闻惯了的味道，此时再闻这药草味，剑一心中油然生出一股安心欢喜之情。

不知道阿蘅会不会责怪，不知道接下来要跟阿蘅解释什么。眼前闪过阿蘅似嗔非嗔的眼神，剑一心里一时甜蜜欢喜，一时忐忑难安，一时惆怅发呆。遇见阿蘅的这些日子以来，他似乎把所有曾经丢掉的情绪都捡了回来。过去他只是一柄剑，寒冷无情，剑出，人死，像影子一样来去，沉默冰冷；如今，他感觉自己有了鲜活的血肉，有了温暖的灵魂，这奇异的感觉让他欣喜，让他留恋。

窗前的那株梅树依然花开灿烂，一树红梅在白雪的映衬下愈发冷艳，一股梅花幽香和着药草香在院子里缓缓流淌。

剑一看着这满树的红梅怒放，似乎看到那个女子坐在梅树下，手执酒壶，往嘴里倒酒的情景。那样一个女子，全没有小女儿的情态，倒像是个女酒鬼。剑一心里暗笑几声。

“公子！”一个声音在他身后响起，打断了他的思绪，听声音是阿蘅身边的丁香。

“公子，你怎么现在才来？”丁香的语气里充满埋怨。

难道发生什么事情了吗？难道迟了些什么？是啊，真是来迟了，是不是阿蘅生气了？

“遇到一些棘手的事情，耽误了。阿蘅呢？”没有了以往的冰冷淡漠，剑一温和地问道。

“姑娘今日一早就出谷了。”丁香有些懊恼，早知道公子这会儿来，就应该拦着姑娘不让她出谷。何况据消息说夫人即将回谷，这个节骨眼上，姑娘偷偷溜出去，回来不知道被夫人怎么罚呢！

“阿蘅……出谷了……”剑一像是被一瓢冷水在大冬天从头顶浇灌下来，瞬间从心底凉透，一股深深的失落感攥紧他的心，有丝丝疼痛。心，仿佛一下子空了下来！

“是啊，姑娘那天傍晚挖出了梅树底下的‘醉西风’，说等着你回来一起喝，可是等了许多天也没见你回来。后来有一日，姑娘一人坐在窗边，一口接一口地喝，直到醉倒不省人事。”

“知道阿蘅去了哪里吗？”他深深吸口气，尽量让自己的语气平静无波，可是内心的那份空洞失望却沉沉地坠在胸口。

“夫人不允许谷内姐妹随便出谷，不过姑娘耐不住性子，总是趁夫人不在的时候偷偷溜出去，上次与我出去是到了晋城，不知道这次又到哪里去了。公子若是无事，倒是可以在这里等姑娘回来，不出两日，她应该会回来，因为夫人马上要回谷了。”丁香一边说着，一边引剑一进到暖阁。

暖阁内陈设未变，简单、干净、整洁，榻上被褥收拾得整整齐齐，想是自己走了之后，便没有人再住过。靠窗边一方几上的陶罐里斜斜地插了一枝红梅，枝干瘦削孤寒，枝上点点梅花却蕊吐芬芳，娇艳欲滴。方几上几张纸笺，断断续续写了些药草的名字或是方子，几本医书整齐地叠放在方几上。看这情形，杜蘅平日待在这屋子里最久。

屋中间一火盆，烧着炭，使室内保持温暖，炉边一小几上摆着一坛启封过的酒，酒坛边有两个陶碗。杜蘅喝酒不用瓷杯，喜用古朴粗糙的陶碗或是直接拿了酒壶往口里倒，她笑着说，这大口喝酒才能识酒中滋味，放歌山林，言行无羁，恣意潇洒，方才是为人本色。

剑一站在方几前，双手在方几上缓缓抚过，桌边似乎还有那个女子的气息，曾经使他迷醉沉浸的、混合了女子体香与药草的芬芳！

他走到火炉边坐下，沉默地打开酒坛封口，一股浓烈的酒香扑鼻而来，这应该就是阿蘅说的那坛埋在梅花树下的“醉西风”吧，果然醇厚香浓，闻之欲醉。

他提坛倒出一碗，琥珀般的色泽，清冽莹润，在粗陶碗中荡漾晶莹的光泽。酒光微漾中，阿蘅那双细长的眼瞟过来，嘴角挂着一丝微微笑意。

原来，这思念竟如酒，浓烈绵长！

你等我，我未来；我来了，你却已走！

12

可怜孤心月，沧桑照客愁

杜蘅再次走进宜阳渡口边的小酒馆时，暮色已起，酒馆门前一只灯笼在寒冷的暮色里透出丝丝暖意。她站在酒馆前有些踌躇与犹豫，自己从沉香谷出来转悠半天，终究转悠到这里来，难道就是想见见萧叔？

只是酒馆内寂静无声，没有往日那样的热闹喧哗，杜蘅静静地站在酒馆门前，任暮色渐渐笼在自己身上。她低下头看着手心里的一支翠玉短笛，暗淡的天色里，玉笛泛着莹润的光泽。她靠在一棵光秃的树干上，抬眼望过去，酒馆门前的灯笼依旧，只是夜色渐深，灯笼在黑暗的夜色里更加明亮起来。杜蘅一手拿着短笛，一下一下地敲在另一只手心里，心里思量着自己该继续往晋城赶，还是留在这里与萧叔喝一场。

萧叔身份神秘，且来头看似极大，如果让萧叔帮忙打听剑一的消息，是不是比自己无头苍蝇般乱窜更有把握？

思量一会儿，她把笛子横在唇边，轻轻吹了起来。

笛音刚起，酒馆厚厚的门帘被掀起，从里面走出一白衣打扮的少年人来，正是上次送她马匹的少年人。

“姑娘，请进！”短短一句话，并无多言询问。

杜蘅微微向他一笑，道：“如此，叨扰了！”语毕随少年人进了酒馆。

后院，一道白影划过黑夜，向晋城飞去。

少年人带着杜蘅直接穿过前厅进了上次住下的屋子，然后出去抱来一坛酒，不多一会儿，饭菜亦随之送了进来。

“姑娘，先用餐，你等的人很快就会到。”白衣少年人并未多问，却把一切都打理好了。

杜蘅笑笑，没有言语，在如此训练有素的组织里，她问再多，只怕也是没有答案的，此番只是想见萧叔，至于其他，她并未太在意。

室内静静地燃着炭火，杜蘅并未打开酒坛，也未动碗筷，她坐在桌前，望着桌上的烛火怔怔出神。剑一究竟在哪里？能够换取自由的任务到底有多难？他能够全身而退吗？若是、若是有什么不测？她打了个冷战，怎么会？不可能的！

只是这么多天了，他到底如何了？丁香会认为他失约不来，可她相信剑一不会，他一定是被什么事情给绊住了，否则，不可能不回沉香谷。她相信他，这种相信虽然没有来由，却根植心底。

她轻轻叹了口气，蹙着眉头，思量着该如何寻他，他是影子阁的杀手，此番回去是接任务，若是如此，这几日内江湖中必有事情发生，并且还是极大的事情，因为要换取自由之身，影子阁要他付出的代价必定不低。可是今日在热闹处转了一天，也没有听到江湖中有任何让人惊讶的大事发生，反而平静得很，似乎影子阁这几日并未有动作。

既如此，难道他被困在影子阁中，或是在等影子阁中的任务？正想得出神间，“啪”的一声，一朵灯花爆裂，随即门帘被掀开，一个响亮的声音响起：“丫头，难道老夫不来，你这酒都不喝了吗？”

杜蘅心中一喜，抬眼望去，正见萧叔走进房中，他着青色缎袄，戴绒皮小帽，像是赶了极远的路。

“萧叔。”杜蘅从椅上站起来，揖了一揖。

“怎么饭菜也未动？不合口味吗？”萧景天见桌上饭菜一丝未动，眉头一皱。

“没有。萧叔，你不要多想，我只是不想吃。酒嘛，就等萧叔来一起喝才有趣啊！”杜蘅见萧叔似有责怪下属的意思，连忙解释道。

萧景天走过去，坐下，在烛火下细细打量着杜蘅，一些时间不见，她容颜似有清减，眼睛里也隐着一丝似有似无的愁绪。只是看着看着，眼前有些恍惚，自己如此喜欢这个女孩子，难道就是因为这孩子的眉眼有些像秋池？

想到这里，萧景天心中有种细细的疼痛沿着心口往身体四处蔓延。

室外有人进来悄悄撤了冷饭菜，不一会儿工夫便又传进来一桌丰盛的菜肴。萧景天拍开了酒坛的封泥，揭开盖子，一股浓郁的酒香蹿了出来。

“这酒，只怕有十年的封藏了吧！”杜蘅吸吸鼻子，说道。

“看来你对酒懂得倒是不少啊！上次嫌我的酒不够好，这次又能闻出这酒的窖藏时间，你这丫头，正事不做，尽喝酒去了？”萧景天拿过碗，给杜蘅斟上一碗，戏说道。

“萧叔可真是说对了，我从小就是在酒坛子里泡大的，嘻嘻！师傅会酿酒，沈爷爷也会酿酒，我便也跟着学了些。师傅酿的酒都是我先尝，自小长大，因为醉酒，被师傅责罚了无数次。”杜蘅端起面前的酒，一饮而尽，回味半晌，道：“果然是好酒，虽然比不上师傅的‘醉西风’，但也是上品了。”

“这酒也是我亲手所酿。”萧景天喝光面前的酒，淡淡说道。

“萧叔也会酿酒？”杜蘅诧异道。

“曾经跟一个故人学的。”萧景天的眼睛里掠过沉沉的墨色与苦涩。

“你可知道，几十年前，这江湖中最会酿酒的世家是哪一家？”萧景天放下手中的酒碗，缓缓问道。

“我一直生活在谷里，外界的事情师傅甚少与我说起，倒是不知道有哪个世家会酿酒。”杜蘅想了想，摇摇头道。

“百里家，江湖百里世家。”

“怎么没有听说过。”杜蘅疑惑道。

“因为十多年前，百里世家被一夜灭族，几百口人无一生还。与百里世家一起被灭族的还有一个世家，即沈家，两家为世交。”萧景天的面色忽然变得苍白。

“啊！这却是为何？”

“为何？哈哈，为何？现如今，谁又说得清为何。江湖传言，百里家掌握着一本江湖人梦寐以求的武林秘籍，得之即得天下，不管是江湖人还是庙堂人，都想得到这本秘籍，江湖人想第一，庙堂人想天下！”萧景天的手紧握着酒碗，手上青筋暴突，像是在极力克制手中的力道，否则，酒碗早就裂成碎片了。

杜蘅一时无言，乍听到这十多年前的江湖秘闻，心头震撼，端着酒碗愣愣地看着萧景天。

窗外一弯冷月，正斜斜地挂在窗格间，淡淡的清辉映在白雪上，屋内一时无声，炭火在炭盆内燃烧，偶尔传来“噼啪”的炸裂声，酒香醇厚，在室内四下漫溢。

萧景天亦不再说话，转过脸看向窗外，脸上表情复杂，眼中隐隐有一丝悲戚。窗外那弯冷月无声无息静静悬挂，苍凉凄寂，月是当年月，当年月下的人却已渺渺若去鸿，融入苍茫天地间，再也不得相见。人间最伤是相思难寄，最悲是阴阳相隔。

最重要的人都已不在，如今，他萧景天拥有这些又有何意义？

如果时光可以倒转，他会如何选择？秋池、秋池，你到底爱的是你师兄还是我萧景天？你可知，每次见你与他笑语盈盈的样子，我的心有多么嫉妒和痛苦？虽然你嫁给了我，可我陪你的时间少，他陪你的时间倒是多。

酒碗终是承受不住萧景天的劲道，“啪”的一声，裂成碎片，几滴鲜血混着酒水从萧景天的手心流到桌上。

“呀！”杜蘅被这突兀的声音一惊，回过神来，看到萧景天手心滴下的血，惊叫了一声，连忙起身走到萧景天跟前，轻轻拿起他的手，小心地清理上面的碎片。

“这点小伤算不得什么。今天萧叔想起往事有些失态，阿蘅莫怪！”萧景天见杜蘅担心，心中一暖，内心的戾气消下去许多。

“萧叔，我不知道你过去有什么伤心事，不过阿蘅知道，事情过去了就过去了，不要把过去的伤心事郁积在心，人生图个快意自在，像我啊，该喝酒时就喝酒！”杜蘅一边拿出随身携带的止血药涂抹了一些在萧景天的手上，一边劝解道。

萧景天看着杜蘅为自己忙乎，虽觉得这姑娘有些小题大做，又觉得内心温暖无比。这点血与他剑里来剑里去的那些伤相比较，实在是微不足道，但他知道杜蘅关心自己，便由着她来处理这不算是伤的伤，享受着十多年未曾有过的温暖关怀。

“你劝我的话好像也得劝劝自己吧！”他抬头看看弯着腰为自己抹药膏的杜蘅，笑道。

杜蘅抹药膏的手一顿，随即有些赧然：“萧叔如何知道我心里有些事情？”

“哈哈哈！你萧叔过的桥可是比你走的路还多，吃的盐比你吃的饭还多啊！”

“萧叔，你这口气怎么和师傅一样啊？！”杜蘅嗔道。

“想必是你师傅活了一把年纪了，过的桥自然比你走的路还多。”

“我师傅才不是一把年纪呢，我师傅可还年轻着呢，长得又美貌，我可还没见着几人美过我师傅的。”杜蘅听萧景天说自己师傅年纪大，连忙为自己的师傅辩解。

“哦！你师傅年纪不大？”萧景天心中一惊，江湖人从未见过沉香夫人的真容，传言都说这沉香夫人是老妪一个，因为貌丑而日日以纱遮面，看来这江湖传言竟是以讹传讹。

“我师傅仙女似的，医术超群，酿酒第一，武功一流，虽对我严厉些，那也是因我自小太顽皮，师傅怕我学医不精，以后辱没了师门，功夫练不好，以后出谷被人欺负，平日里对我却是极好的。”杜蘅处理好萧景天手上的伤，重新给萧景天倒了一碗酒后，回到自己位置坐好，双手托着腮，说到师傅，心里突然有些想念。师傅出谷多日，自己也已好久不见，这些日子总想着剑一，师傅倒是少想起，心里一时内疚起来。

“看来你们师徒的感情极好。”萧景天沉吟道，沉香谷到底为何针对影子阁？影子阁自成立之日起与沉香谷向来井水不犯河水。沉香谷一向隐于江湖之外，与江湖的接触也就是一年之内出谷发放一次医牌。可自从沉香夫人接任谷主以来，沉香谷再不处于江湖之外，她把沉香谷卷到江湖中来，到底要做什么？

若是沉香谷不再针对影子阁，影子阁自不再关注沉香谷，让阿蘅如此开心快乐地与我相处下去该是多好。只是若事情发展不可预期，那么阿蘅该如何？

萧景天自接任影子阁阁主以来，杀伐果断，冷酷无情，属下除了萧青山与其亲近之外，无人不慑其威。未认识杜蘅时，对沉香谷自是无任何牵挂，若沉香谷来犯，灭了便是，这许多年来，江湖上多少门派折在影子阁手上，何惧小小沉香谷。只是现在再做决断时，杜蘅的影子便无端端冒出来，让他多了些犹豫。

老阁主教了他狠绝冷酷无情，杜蘅却让他重新拾起久违的温情。若时光倒流，他能够来得及，一切便会不一样吧。

杜蘅见萧景天沉思，没有打扰，这次喝酒与上次不一样，那次恣意快活，而今日各怀心事，虽然酒更香醇，却喝不去各自的沧桑。

“阿蘅，你有什么心事尽管告诉萧叔，萧叔能够帮你的，自是尽了全力去帮你。”沉默了一会儿，萧景天喝尽碗中的酒，说道。

“萧叔，我这次来确实是有求于您。自上次与您一见，对萧叔心生孺慕之情，我自幼无父无母，由师傅养大，这些时日总想着萧叔若是爹爹该有多好！我也知萧叔在江湖中绝不是简单之人。”杜蘅是发自肺腑地亲近萧景天，虽觉奇怪，却不觉突兀。

“若是爹爹该有多好，若是爹爹该有多好！”萧景天轻轻重复道，心中一阵激荡，正拿着酒坛倒酒的手微微颤抖，泛着琥珀光泽的酒顿时在碗中四溅开来。

难道老天怜我失去妻女，再给我送来一个女儿吗？

“萧叔，你知道影子阁吗？”

“影子阁？”萧景天再次一惊，手中的酒坛差点从手中滑下去，饶是他定力不凡，可牵扯到杜蘅与影子阁，也差点稳不住自己的情绪。

“对啊，影子阁，我想求您的事与影子阁有关。”

萧景天放下酒坛，稳了稳自己的情绪，沉声问道：“你与影子阁有何纠缠？若是谁为难你，我必将他挫骨扬灰。”

“啊？”杜蘅见萧景天满眼戾气，一呆。

“萧叔不必替我气恼，我只想请您帮我寻一个人。”

“寻一个人？这个人可是得罪于你，是谁？”

“没有得罪我，只是我没了他的音讯，想知道他的情况，想知道他在哪里，过得好不好。”杜蘅脸红红地低头道。纵是她潇洒随意，可碰到这儿女情事，女儿娇态便自然现出。

“是谁？”

“他叫‘剑一’，是影子阁第一杀手。”犹豫许久，杜蘅还是抱着一丝希望说了出来。影子阁的杀手素来来去无踪，即使任务失败身死，在最短的时间内，尸体也会被影子阁收回，是以外界只传闻影子阁杀手如影子般来去，却没有人认识影子阁中的任何一个杀手。虽然感觉萧叔不简单，但是他只怕也是不认识的吧。她心里暗暗叹了口气。

“剑一？你为何找他？”萧景天忽感冷意袭来，这漫天的大雪终是要冰冻大地的暖意啊！难道想要一点温暖的色彩也是奢望？

杜蘅喝着酒，断断续续地讲了她是如何遇见剑一，如何将剑一带进沉香谷，剑一如何承诺她离开影子阁后会去沉香谷找她，却至今无音讯的事。

萧景天沉默地喝着酒，却越喝心底越凉，酒入口中，如一把把利刃割着内心。

"阿蘅，如果萧叔做了什么对不起你的事，你会责怪萧叔，永远恨我吗？"

"萧叔，您若帮不上忙，我不怪您，又何来恨这一说呢？如今，与您讲了这许多，我心中反而释然许多。我相信，他只是有事耽搁了，我一直等着就是，他若无事了自会来找我的。"

"阿蘅，萧叔给你讲个故事，你可想听？"良久，萧景天深深吐口气，问道。

"啊！如果萧叔讲，阿蘅自然想听的。"杜蘅虽奇怪萧景天为何转移话题，却也没有深问，只是安静地等着他讲故事。

13

天有情亦老，月若恨常缺（上）

萧景天的故事很长，长到一坛酒喝完后，还没有讲完。杜蘅听得很认真，认真到泪顺着脸颊滑下来，且越滑越多，心中的疼痛就像是有人拿着细如毫毛的针在心尖上扎，仿佛故事里的痛在穿越了多年的岁月后扎进了她的心里。

二十多年前的春天与以后每年的春天在景致上没有什么不一样。塞上江南，陌上花开，春意灼灼，桃红李白。解冻的河水欢腾地流淌，带走片片落花。

萧景天就是在那个时候遇到沈秋池的，他站在桥上，她站在桥下的河边。十八岁的沈秋池如春天里刚冒出的嫩芽一般。萧景天不知道如何形容那种给自己造成震撼的美，在他的眼里，沈秋池就像是远处雪山上圣洁的雪莲花，晶莹清雅。白衣如雪，金丝束发，暮色里，烟霞轻笼，她静静地立在那里，飘逸如仙。

不过一眼，萧景天却像是经过几个轮回的找寻，他再也迈不开步子，定定地站在桥上。桥上人来了又去了，去了又来了，桥下行人一拨又一拨，可他的眼里于万千人中只她一人而已。

良久，街灯渐次地亮起来了，她未动，他也未动，时间于她和他似乎已经没有了意义。

夜色袭来，桥下的沈秋池终于转身，往另一个方向走去。萧景天一惊，连忙追了过去。

“你打算跟我到何时？”沈秋池转身，平静地看着这个青衫男子，这男子还算是俊逸，只是比起师兄，还是差了些许。想到师兄，她心中又是一阵难过，此时师兄定是与新婚妻子柔情蜜意。

“我……”萧景天只怕她消失在人群中，想也未想就跟了过来，却忘了自己的唐突。沈秋池一问，他才觉得窘迫无比。

“你为什么要跟着我？”沈秋池见这年轻男子满脸通红，窘迫无比，顿了顿，又问道。

“我……不知道，就是怕你走丢了。”萧景天说完这句话，脸红得更厉害。

沈秋池满是疑惑地看了他一眼，倒是有些被他逗乐了，以往那些个公子哥不是说姑娘很美，就是说想与姑娘交个朋友，无疑最后都被她打得哭爹叫娘地溜了。

“那你随意吧。”沈秋池虽觉新奇，倒也没太在意，不理他就是，他自讨没趣，自然也就不会再跟着了。

就这样，萧景天一直在她身后默默地跟着，不远不近，像被下了蛊似的。后来，沈秋池进了一家酒馆，他也跟着在一旁坐着，却不喝酒，沈秋池叫多少酒菜，他便给多少酒菜钱。沈秋池没有理他，自顾自地喝着闷酒，心中因师兄的新婚而暗自神伤。一直以为与师兄的感情是水到渠成，以为师兄也是如此想的，谁知，师兄去了一趟江南，却带回一个嫂子，且宠爱得不得了。这些年来，原来自己只是单相思，师兄一直只把自己当作妹妹看。

她不是自怨自艾的性子，沈家大小姐向来洒脱爽直，拿得起放得下，既然师兄爱的不是自己，那么自己便也慧剑斩情丝，不做纠缠。否则做出一些小女子情态，一来让师兄为难，二来让嫂子猜忌，倒显得自己没有气量。

若是师兄爱的是自己，自己必定回报更多的爱；若是师兄爱的不是自己，自己定要果断转身，不再牵扯，以后敬爱师兄与嫂子。

沈秋池看着碗中的酒，心中暗想，此次是最后一次为此事伤情，喝了这顿酒，过了今日，她沈秋池便是再活一次了。

酒没有师兄酿得好，用来解个愁倒是实在，沈秋池从没有像今天这样不胜酒力。醉倒前的那一丝清明是后悔没有把自己的身份说出来，让店家去找沈叔来带自己回去。

沈秋池趴在桌子上，两腮酡红，醉得不省人事。萧景天却急得束手无策，看她自斟自饮，欲上前阻止，又没有那个胆量；看她醉倒，更是不知如何是好。她趴在那里醉着，他坐到她的桌前，既无法叫醒她，又不敢移动她。

直到店家打烊，催了许多次，萧景天才把心一横，大着胆子抱起她出了酒馆。外面夜色浓浓，街道冷清，只余几只店铺前的灯笼在春风里摇晃，闪着朦胧的红光。

沈秋池醒来的时候，是在一家客栈的客房，客房里雕梁画栋，纱幔轻垂，桌椅清雅，一看便是上好的房间。房间里除了自己，纱幔外的桌子边，还有一个青衫青年正趴在桌子上睡得很熟。

沈秋池看自己衣服整洁，并无异样，没有惊动桌边趴着的人，走出门外，想想，又转回去，沉吟一会儿，找来笔墨，写了几个字：沈家庄，秋池。

时隔多年，萧景天还记得自己醒来后看到那张写着秋池名字的纸笺时的欢喜心情。

事后，萧景天才知沈家庄意味着什么。江湖十大世家，塞上有沈家、百里家，而沈家与百里家世代交好，当代百里家少主百里沐便是沈秋池的同门师兄。

沈秋池最先带萧景天见的不是沈家的家主，而是这个同门师兄百里沐。百里沐果然如他名中的“沐”字一般，与他在一起便如沐春风，但是萧景天却从心底深处暗暗嫉妒这个让人如沐春风的儒雅男子。当他知道那日沈秋池的醉酒全是因为这个如玉树临风、清朗俊逸的男子时，心中不快更甚。只是那时百里沐身边有一个温婉美丽的妻子，如此，他的心中多多少少有些安慰，沈秋池即使是心中爱慕百里沐，终不会有任何结果，他想，自己每日里守着她、看着她，心中便很满足。

只是身份是个问题，若沈秋池知道自己是影子阁阁主的弟子会怎么想。影子阁在江湖中地位不低，做的却是暗杀之事，沈家如何会同意自己与秋池交往？

未等萧景天想出一个万全之策，百里沐的邀约却已到：暮时，明月岗一见。

明月岗在城外十里处，人少、偏僻。萧景天不知道百里沐约自己到那里是何用意，但是男儿自有豪气，即使有危险又如何。

萧景天到时，明月岗寂寂无声，他看到百里沐背手而立，仰望这初春一片绿意盎然的景象。

“不知百里兄约在下来有何贵干？”萧景天在百里沐身后站定，说道。

百里沐却没有说话，回首一剑便刺了过来。萧景天大惊，仓促之间，双袖一拂，一个旋身，飘离了剑气范围。因对方来势迅疾突然，萧景天落地时仍显狼狈。

“百里兄这是何意？”他压住心中恼怒，大声喝问道。

百里沐却不答话，一剑接一剑刺了过来。初始，萧景天因百里沐是沈秋池的师兄，不停退却避让，可是百里沐却并不领情，剑剑无情。萧景天亦是血气方刚之人，哪里经得住如此咄咄相逼，便也不管不顾地使出浑身解数来。

一时，明月岗剑气纵横，树叶在剑气里簌簌落下，明明是初春盎然的景象，却在剑气里变成了枝丫光秃，一片萧条的秋景。

剑回鞘，影落地。百里沐一声长笑，道：“萧兄莫怪，与你斗一场，倒是酣畅淋漓，心中也痛快，更痛快的是心中也放心了。”

“百里兄，这是何解？”萧景天莫名其妙地斗了一场，又被百里沐如此一说，心中更是迷惑。

“想要与我师妹在一起，怎能没有保护她的能力，若是你只有三脚猫的功夫，我只会让你有多远走多远了。如此斗一场，看到萧兄的实力，我这做师兄的就放心了。”

萧景天终于明白为何百里沐一句话不说就上来缠斗，原来是担心自己武功不济，保护不了秋池。只是自己一向在武功上自傲，何须他来多此一举？他心中虽腹诽，却也理解百里沐对秋池的疼爱之心。

“只是，不管你是何人，我只要求你对秋池一心一意，不得有半点背叛，否则，我这把剑定要追你到天涯海角。”随即，百里沐双目灼灼，定定地看住萧景天说道。

“这个百里兄倒是多虑了，我对秋池之心日月可鉴，无须你来裁判。”萧景天听到此，心中怫然不悦，冷冷地说道。

“哈哈哈！好！萧兄既如此说，我便放心了。”百里沐听到萧景天如此说，不仅不恼，反而开心快活地大笑起来。

“萧兄可否与我浮一大白？”

“愿随百里兄去喝一场。”萧景天见百里沐爽直潇洒，亦不再介怀，随他一起往城里走去。

“今次可要请萧兄喝我亲酿的酒了，我这酒可不随意请人喝。”

“荣幸至极。”

两人相伴而行，半途却遇上急匆匆而来的沈秋池，一双媚眼在两人身上审视。百里沐首先受不了，遂乖乖交代行踪。

“那你是欺负萧大哥了？”

“没有，没有，我们只是找个地方切磋了一下。”百里沐连忙道。

“确定没有？”

“真没有。百里兄约我喝酒，两人一时手痒，便找个地方切磋了一下。”

“真是女生外向啊！”百里沐笑着叹息一声，又道，“萧兄，今日的酒看来是喝不成了，改日再同饮几杯，如何？”

“萧某一切听百里兄的。”

待百里沐走远，沈秋池拉着萧景天左看右看，问道：“我师兄没有为难你吧？”

“秋池，你这是紧张我吗？”萧景天激动地问。

“那你以为我紧张谁？”沈秋池嗔道。

“秋池！”萧景天顿时被欢喜冲得有些晕乎，情不自禁张开双臂把沈秋池搂进自己怀里，这一刻，天地万物俱不在，唯有怀里的这份温暖欢喜实实在在地填满了他的心胸。

沈秋池在萧景天的怀里轻轻闭上眼睛，心中的幸福安乐是这么多年来从未有过的。直至今晚，当她得知百里沐与萧景天相约出城，心中担忧的全是萧景天时，她才真正知道那个在她醉酒时守在身边的男子已经在自己的心中深深地扎下了根。

也许是上天嫉妒百里沐的幸福，硬生生地把这份幸福从百里沐的手中夺走，百里沐的妻子在生下百里言清后，便因体虚，身体时好时坏，拖到百里言清四岁时便香消玉殒。百里沐因丧妻之痛，把自己整整关在家里一年，未曾踏出百里家庄园一步，日日守在亡妻的灵位前。

百里言清没了母亲，父亲亦是日日伤痛，照顾他的担子自是落在了沈秋池的肩上。而这孩子也是奇怪，百里家除了父母，谁都不认，却只认这个沈姑姑。

而沈秋池与萧景天的隔阂却也是因此而起，沈秋池五日里有三日在百里家照顾师兄与孩子，女儿阿蘅已经一岁，最喜欢的却也是这个小小的言清哥哥。

萧景天心中的害怕与恐惧终于导致两人大吵了一场，他害怕沈秋池心中还有百里沐，他害怕失去这份幸福，沈秋池与女儿阿蘅是他的全部。

他疑她心中还念着百里沐，她怨他这许多年居然还未明白她的心意。

于是，萧景天回到影子阁，跪在师傅前，求师傅放他离开影子阁，他只想日日守在沈秋池与阿蘅的身边。

老阁主坐在上首，脸色阴沉地看着跪在地下的萧景天，这就是他培养了十几年的徒儿，这就是影子阁的少阁主，居然为了一个女人，要抛弃一切，全然不顾有多少人盯着这阁主之位。

“你确定要离开影子阁？”老阁主压住心中翻腾的怒火问道。

“求师傅成全。”

“你可知，这影子阁的一切以后都是你的，你若是离开，你便什么也没有了。你可考虑清楚了？”

“徒儿考虑得很清楚，此生，徒儿只愿伴在妻女身边，其他一切都可不要。”

“就为了一个女人，你连师傅也不要了？”老阁主猛地站起身，大怒喝道。

“求师傅成全。”萧景天不敢抬头看老阁主，心中虽对师傅歉疚，却仍然坚持道。

“你是我辛辛苦苦培养的徒儿，怎能为了一个女子弃阁而去？为师一直以为你也就是图个新鲜，新鲜过了，自然就过去了，所以这几年由着你。却没有想到，你竟是执念到为了她连阁主也不想当了。你太让为师失望了。从此以后，你就死了这份心吧！”老阁主语气强硬。

“师傅，求您了，求您成全徒儿吧！徒儿不想做阁主，只想和秋池在一起。况且，我与她已有了孩儿，我、我一直不敢告诉她我的身份。您就放徒儿走吧，师傅！”跪在地上的萧景天一次一次地以头磕地，额头已渗出鲜红的血。

“你这个不争气的东西，这辈子你都休想。若你再执意如此，休怪为师不客气！”高座上的老阁主怒气冲冲，甩袖离去。

“师傅！千万不要！”年轻人惊骇欲绝，悲声朝着老阁主的背影叫道。

时隔多年，这份痛一直烙在萧景天的内心深处，无法触碰，不能触碰。如果时光可以倒回，萧景天想自己绝不会再如此愚蠢地去求老阁主的成全。他会好好地保护着她们，即使沈秋池以后知道了他的身份而恨他，他也心甘情愿。

14

天有情亦老，月若恨常缺（下）

江湖上渐渐有了一个传言，说百里家逝去的少夫人是江湖上行踪神秘却有着江湖第一秘籍的江南老怪的传人。如今，江南老怪几十年行踪飘忽不定，大多人认为此人已死，那么那本秘籍自是被百里少夫人带进了百里家。

如今少夫人亦早逝，百里家定是得了这本秘籍。一时，传言沸沸扬扬，百里家周围时时有江湖人士出现。

对此传言，百里家自始至终保持缄默，江湖中虽有人蠢蠢欲动，但碍于百里家与沈家的实力，倒也不敢轻举妄动。

百里家的院落内，一个粉妆玉琢的女娃儿正蹒跚学步。牵着小女孩一双小手的是另一双小手，这双小手的主人是一个五六岁的小男孩。此时，他正一步一步地带着小女孩朝一丛盛开的芍药走去。

“花……花……嘻嘻。”小女孩许是看到那丛芍药开得绚烂，跌跌撞撞地大步往芍药丛走去。她白玉般的脸颊晶莹剔透，带着一抹芍药红，细长的眼睛明亮清澈，一笑若月牙儿般明净。

“阿蘅，慢慢走。你想要花，清哥哥帮你摘。”小男孩毕竟小，被小女孩拖着走得有些趔趄，又担忧小女孩摔倒，跟着很是辛苦。

一边的芭蕉树下，有三人围桌而坐，桌上放着几盏茶与一盘蔬果。百里沐嘴角含笑，看着走向花丛的两个孩子，沈秋池却眉头紧皱，眉间的担忧清晰可见。萧景天若有所思地端过茶盏，轻轻抿了口茶，说道：“若是外间的传言是虚的，百里兄为何不为自己解释一番？”

“流言到底是如何传出来的？师兄就没有去查查吗？”沈秋池担忧之余亦是愤慨。

“清者自清。他们闹腾一阵子，自然也就不闹腾了。”百里沐浑不在意，依然含笑看着俩孩子。

“百里兄，只怕事情不会这么简单。若不嫌弃，我帮你查探一番吧。”萧景天说道。

“萧兄无须在意，有时间，多陪陪秋池与阿蘅，你这偶尔一走些许天，秋池已经跟我告状几次啦。”百里沐大笑道。

萧景天听闻此言，歉意地看向沈秋池，沈秋池却是红了一张脸，横了百里沐一眼，轻轻哼了一声，这小女儿情态倒是惹得两个大男人哈哈大笑。

时间一日一日地过去，传言却没有任何消失的趋势，反而愈演愈烈。百里沐对此虽云淡风轻，萧景天心中却惴惴不安，总觉得有什么事情要发生，就在他思忖着写信给萧青山时，萧青山却传来了老阁主催他回影子阁的消息。

匆匆辞别妻女，萧景天回到影子阁，本以为是有什么大事发生，没想到阁主却给他派了一个无足轻重的任务，打发他去了百里外的青州。

临走时，萧青山似有话对他说，却欲言又止，让萧景天感到很是奇怪。几番催问下，萧青山告知他阁内这几日似有什么行动，却非常隐秘，连他也未弄清楚是何事；只是隐隐觉得奇怪。因为没有切实的消息，是以他也不能确认到底会有何事发生。

萧景天心中虽疑惑，却未想太多，加之想快点完成师傅交代下来的事情好回沈家庄陪妻女，便未再细问，匆匆离开了晋城。

之后再回想这一段的时候，萧景天只恨自己为何如此大意，若是时光可以重来，他拼了性命也要阻拦那次的行动。

刚到青州才一日，萧景天便接到了萧青山的飞鸽传书，展开来一看，他的脸立时变得煞白，字条上草草几个字像是晴天霹雳般劈向了他。

“此次行动对象是沈家庄。”

急切之下，他发出一声怒吼，身体如一柄利剑般射向客栈的窗户，破窗而出，直往沈家庄方向急奔而去。

“秋池，你一定要没事，你一定要等我；阿蘅，爹爹很快就来，你们一定要等我。”萧景天五内俱焚，他太清楚影子阁的刺杀行动了，不发动则已，一旦发动定是绝不罢休。正是因为了解，他的心中更是绝望，那一丝丝希望的火苗在心底渐渐熄灭，他却仍旧固执地在心中大喊：“等我，等我，一定要等我。”

沈家庄，为何影子阁要针对沈家庄？萧景天有些不解，难道是因为百里家所谓的秘籍？其实行动是针对百里家的？但是百里家与沈家向来同气连枝，影子阁必定是要将其一同灭掉，省得留一家，后患无穷。那么是谁出那么大的价钱求得影子阁出手？

心急火燎赶路的萧景天已无暇分析那么多，只是发狂般往沈家庄赶。

终究，还是晚了，等他赶到沈家庄时，眼前仅剩一片被火烧过的狼藉。看着还在星星点点燃烧未尽的火光，萧景天目眦欲裂，疯了一般冲进满目的断壁残垣中，一点一点地翻着被烧成焦炭的尸体，只是尸体都被烧得面目全非，哪里还能辨别得出来谁是谁。

百里家！萧景天猛然想到，若是沈秋池在百里家，这时候赶到百里家，是不是还可以挽回一点什么？

他转身再次疯了般往百里家赶，只是当他站在昔日辉煌庄严的百里家庄园的门口时，心再次跌入深渊，浑身如被三九寒冬的冰水从头淋到脚，再钻入心，一片刺痛。

“秋池！秋池！”他疯了般在坍塌的房梁、砖墙、断瓦间扒拉，似乎那样就可以将妻子、女儿从烧尽的灰木中重新扒出来。

“少阁主！”就在萧景天失魂落魄中，身后传来一声低沉的喊声。

萧景天恍若未闻，依旧双目通红地扒拉着。

“少阁主，你冷静点，你再怎么找，只怕少夫人和小姐也回不来了。”

萧景天缓缓转过身，身后站着一脸悲痛的萧青山。

“等我得到消息赶来的时候，已经迟了，没有一个人被救出来。这次阁主的动作隐秘却安排得丝毫不露破绽，集结了其他几个门派，以雷霆之势灭了沈家与百里家两门。在外地的两家人家属，这几日只怕也被派出去的杀手所杀了。”

“除了本阁，还有哪些门派？”萧景天双目赤红，如欲喷火，脸色苍白中泛着青色，却又狰狞可怕。

“暂时还未查明，只有回阁后，查出这次的计划，才能一一落实。”

“回阁？杀了我师傅？为秋池与阿蘅报仇？哈哈哈哈！”萧景天仰天大笑起来，双目中有泪滚滚而下。

“我最亲近的人杀了我最亲近的人，我杀我最亲近的人为我最亲近的人报仇？哈哈哈！”萧景天状若癫狂，一边大笑，一边滚滚落泪。到最后，笑得比哭还难听，如受伤的野兽般哀嚎。

萧青山心疼地看着他，心中哀痛，不知从何劝起。自小看萧景天长大，后来萧景天父亲去世，把萧景天托给他，让他带着萧景天到影子阁，向好友影子阁阁主拜师。阁主无儿无女，待萧景天如亲生，一心培养萧景天为影子阁未来阁主，萧景天不负所望，只是没有想到会遇上一个让他痴迷的女子。

阁主这次以雷霆之势，毫不犹豫地灭了两门，一来是因为江湖传言的秘籍，二来只怕也是要杀了那女子，绝了萧景天退出影子阁的念想。只是他没有想到，阁主居然真的如此狠绝。

这些即使不说与萧景天听，以他的精明，冷静下来后自然会想到。

“事已至此，节哀顺变。”

“啊，啊！”萧景天双膝跪地，用力地捶打地面，狂吼几声。一时，飞灰漫天，烧焦的残垣断壁纷纷掉落。

只觉天地变色，昏天暗地。萧景天狂吼几声，终是承受不住心底的悲痛，张嘴一口鲜血喷出，溅在黑灰上面，猩红惨烈。

“回影子阁。”良久，萧景天从地上站起来，双目依旧赤红如火烧，脸色依旧苍白，但是已经平静下来。

“少阁主要不要在外面待一段时间再回去？”萧青山见他脸色平静，反而心中忐忑，遂问道。

“不用。回去，我要查出还有哪几家门派参与了此次行动，待有一日，我要一一亲手去了结。”萧景天的眼睛里喷出仇恨的火光。

“那，老阁主？”萧青山迟疑地问道。

“我心中自有打算。杀我妻女，灭我心头最爱，此生大恨。”萧景天咬牙切齿。

萧青山顿时明了萧景天心中所想。

“待要从长计议，莫要莽撞行事。”萧青山担心萧景天为心中仇恨所蒙蔽，失了冷静。

“我会好好从长计议！”萧景天狠狠咬咬牙，说道。

萧景天传信自己的亲信，打理了两家的后事。因为所有的尸体已经烧得面目全非，而他随身亦没有沈秋池与阿蘅的贴身之物，他竟然连妻女的衣冠冢都没有办法立，只颤抖地拿出了在青州给阿蘅买的一个纯金打造的小铃铛，埋了，立了一个母女坟。

回到影子阁，萧景天除了脸色依旧有些苍白外，已是面色平静。站在大堂回禀青州之行，堂上的老阁主却并未留心听。回禀完后，萧景天垂手而立，眼睛盯着地面。老阁主亦没有任何言语，只是久久地沉默。

空气似乎凝固，堂内众人只觉自己的胸口都已陷在泥淖里，连喘气都难。

良久，老阁主缓缓问道：“景天，你还有什么要回的吗？”

“徒儿没有再回的了。”萧景天低头，声音平淡。只有他自己知道，笼在袖子里的双手紧紧握着，指甲已深深戳入手掌。

“那你好好休息去吧。”老阁主眼中掠过一抹深思。

“徒儿告退。”

老阁主看着萧景天转身走出大堂的背影，脸色阴晴不定。他忽然感觉那个走出去的人再也不是他以前的徒弟了。

这样也好，影子阁可以交给他了，老阁主好像终于放心了。

萧景天正式发难是在五年后沈秋池的祭日。隐忍五年，他既没有暗中下毒，也没有使阴谋诡计，而是堂堂正正地用剑指着自己的师傅，这个传艺解惑的师傅。

老阁主哈哈大笑，道："终于等到今天。景天，你今日虽然拿剑指着我，但终究还是让我等了太久。不过，不发则已，一发必定稳操胜券的脾性却正是影子阁阁主最需要的，你还是未叫我失望啊。"

"师傅，徒儿今日让师傅三招，过后，无论是师傅死在徒儿剑下，还是徒儿死在师傅剑下，各随天命。您是师傅，可秋池是我妻子，您杀我所爱，我不报此仇，今生气难平，亦枉为男人。"

"那就让为师来检验检验这些年，你到底学艺成就如何吧！"

大堂内剑气纵横，堂外亦是血光频现。老阁主与少阁主之战，不仅仅是私仇，还是权力的更替。老阁主的心腹并不会眼睁睁地看着有人挑战，即使是少阁主，也是一个还未正式传位、赋予权力的少阁主。

当老阁主捂着胸口慢慢倒在地上的时候，脸上并没有痛苦之色，反而有解脱的轻松。萧景天看着倒在地上的授业恩师，满腔的仇恨与怒火化成一片茫然与空虚。

"你能够狠下心来杀了我，我可以放心把影子阁交给你了。以前总是担心你聪颖有余，狠绝不足，只是这江湖风云诡谲，影子阁阁主若是面善心慈，如何能够在这江湖立足？"

"如今，我很放心。杀了你的妻女，我至今不后悔，男儿在天地立足，若因儿女情长短了男儿志气，又如何能做得一番事业？"

"师傅，是您逼我的，是您逼我的。"什么是对，什么是错？萧景天心中一片空茫。

"是我逼你的。"老阁主静静地看着双目茫然，以剑拄地，半跪着的萧景天。

"您为什么要逼我，为什么要逼我？"萧景天双目含泪，低吼道。

"这样，你才能好好经营影子阁，影子阁才能屹立江湖不倒。"

"还有一事告知于你，秘籍之事十有八九是真，百里沐早已把秘籍交给一个叫‘百里宗’的同宗带走了，百里宗自那次灭门后就销声匿迹。你一定要找回来！”

“找回来有何用？天下第一又有何用？”萧景天茫然答道。

妻女被师傅所杀，自己又杀了至亲的师傅，剩下自己，这人生还有何意义？

“你还有影子阁，这是为师多年的心血，你、你可千万不要……”

看着倒地气绝的师傅，萧景天擦掉眼泪，跪下，在老阁主身前磕了三个头，然后站起身来。

堂外该肃清的已经肃清，萧青山走进来，叫了声“少阁主”。

萧景天转过头，看着一片狼藉和浑身是伤的亲信下属，眼中的茫然空洞隐去，闪过一丝厉芒，他提剑站在大堂中间，浑身鲜血，如一尊杀神。

萧青山看着萧景天，知道从此以后，以前的那个少阁主已经死了，取而代之的将是影子阁新阁主，其狠绝只会更甚！

果不其然，在随后的时间里，萧景天亲自带杀手一一灭了当初参与灭杀百里家与沈家的门派，其狠厉绝情让萧青山都感觉腹背发冷。

15

沉痛往事哀，血染爱与恨

沉香谷别院，大门口的两头石狮子在风雪中缄默，横梁上挂着的两只红色灯笼在风中来回荡。别院的大门紧闭，门口的巷道因为偏僻，再则天冷，半天也没有见人影走过。长长的巷道寂寂无声，唯有雪花静静飘飞。

雪落无痕，只见地上的积雪以不可察觉的速度一点一点地堆积、覆盖，最后营造出一个莹白耀眼的洁白世界，似乎人世的一切悲欢喜怒都随着雪花最终化为无形。

巷道的尽头闪出一个白色的身影，与天上地上的雪融在一起。白色身影走到大门边，站在门口犹疑了片刻，最后似乎下定决心，他走上前，举起手拽住大门的门环，拍响了大门。

大门即刻开启。门口站着的身影未料到门开启得这般迅速，倒愣了一下。

“百里少爷，快请进，我们夫人一直在等你。”开门的是一个短袄壮汉，见到门口的人，立即将其请了进来。

来人正是剑一，他稍微愣了下，随即回过神来，想必院门前后上下一直有暗哨，自己此次前来是正式拜访沉香夫人，是以并未隐藏行踪，所以院内人早早便已知悉。

剑一随着壮汉转过几个回廊，来到一处偏厅。壮汉停住脚步，躬身说道：“夫人，百里少爷已经带到。”

“快请进来。”厅内一个温和的声音说道。

壮汉让在一侧，请剑一进去。剑一虽然不明白壮汉为何叫自己为“百里少爷”，但事出必有因，此次前来拜会沉香夫人，便是为了弄清楚沉香夫人叫自己为“清儿”的原委。在沉香谷等了两日没有等到杜蘅，又得悉救了自己的正是沉香谷的沉香夫人、杜蘅的师傅时，剑一便急不可待地赶来别院，一来想问清楚自己的身世；二来也抱着那么一丝希望，希望杜蘅是来到了别院找她的师傅。

门帘已被一个姑娘掀开，姑娘含笑望着他，点了点头，剑一亦向她点点头，说道：“上次走得匆忙，撞到了姑娘，还请姑娘不要见怪。”剑一平日里话不多，像这样与人道歉更是少之又少，是以，嘴里虽说在道歉，脸上却绷得如数九寒天的冰雪。

掀帘的姑娘看到他这副怪怪的表情，掩嘴“扑哧”一笑，待要说什么，厅里的夫人却打断道：“紫苏，别打趣了，让清儿进来。”

“哎呀！夫人，您怎么知道我要说什么，夫人都成神了吗？”掀帘的姑娘正是紫苏，此刻见了剑一，知道这男子是夫人至亲的人，内心自然有一份亲近之情。

“你跟了我这么些年，要是不知道你肚子里的那几根弯弯肠子，夫人我岂不白活了。”沉香夫人笑骂道。

紫苏吐吐舌头，这几日夫人似乎想起什么往事来，一直郁郁不乐，今天因为清少爷的到来而心情大好。她暗吐一口长气，心里亦开心不已。

剑一不清楚此中缘由，但是看到夫人与这姑娘说说笑笑，心中怔怔，有片刻恍惚。生活还可以这样子？人与人之间还可以这样子？这一两个月来，在沉香谷与杜蘅的结识，在沉香别院与夫人和这些姑娘的接触，都让他有一种重新活过来的感觉。

剑一走进厅内。厅内不大，靠左首是一盆熊熊燃烧的炭火，厅内暖如仲春，靠窗边木几上一盆兰花开得正旺。沉香夫人坐在靠右首的炕上，见剑一进来，朝他招手道："清儿，过来姑姑这里坐。"

剑一看到沉香夫人温软的笑脸，油然生出一丝依恋之情，遥远到不可记的笑脸正在与沉香夫人的笑脸渐渐重叠。他的心中一暖，不由自主地就走了过去。

沉香夫人拉着剑一的手，让他坐在她的身边，看了看他的周身，见他衣衫单薄，便问道："冷不冷？这大冷天的怎么就穿这点衣服？"

"夫人，你糊涂了吗？清少爷的武功在江湖上人人听了都脊背生寒，就是在数九寒天里穿着单衣也不会冷啊。"紫苏在一旁笑道。

"呵呵！也是，这么多年没有见到，总以为他还是那个五六岁淘气的孩子。"

剑一的手一直被握在沉香夫人的手中，有些窘然，想要抽出手来，却又迷恋沉香夫人手心传递过来的温暖。

"夫人，我有一事想问，请夫人相告。"他来此的目的是为了找杜蘅和问清楚自己的身世，只是未见到杜蘅在沉香夫人身边，不好贸然相问杜蘅有无来过，但是身世一事却是要问清楚的。

"你说。有什么事，姑姑都会帮你。"

"请问为何如此称呼我？我的身世又是如何？为何您自称是我的姑姑？"

沉香夫人听到剑一如此相问，刚才如春风拂面的脸立即像是寒冬突降，冷了下来。紫苏也收了笑脸，小脸紧绷着。

剑一没有再继续问，只静静地等着。

"清儿，你姓百里，名叫言清；你父亲是百里沐，你母亲叫清苇。百里家是多年前有名望的江湖世家。我叫沈秋池，我们沈家亦是与百里家齐名的世家。两家世代交好，互相守望，我更是与你父亲一同拜在师门里，他是我师兄，自小照顾我、疼爱我。"说到百里沐，沉香夫人脸上的寒冬如遇春风，渐渐解冻，转而温柔起来。

“后来发生的一切都是姑姑的错，是姑姑遇人不淑，把狼子野心当赤子之诚。这个人就是萧景天，影子阁现在的阁主，他曾经是姑姑的夫君。”说到萧景天，沉香夫人心中一阵痛，这痛从心底一直牵扯到脸上，她的脸色瞬间变得苍白。

剑一却是心中一惊，阁主居然与姑姑有此纠缠，这是他所料未及的。

“后来江湖传言你母亲带了她师傅的武功秘籍到百里家，你父亲并未在意这些传言，可是萧景天却是特别关心此事。记得最后一次见面，他还主动要求帮你父亲查明此事，后来，他与我说师门有事宣他回去，却一去不回。随即，影子阁的杀手就杀到了百里家与沈家，计划之周密、行动之迅捷，绝不是一天两天可以筹划的。

“当时我并未想到此事与萧景天有关，直至最后进密道前，你父亲告知我才知晓，萧景天竟是影子阁的少阁主。他一直知道却没有告诉我，一来他认为此事应由萧景天亲口告知我；二来他认为萧景天也是个磊落汉子，不是奸邪小人。只是那次影子阁来袭，他虽不相信此事是萧景天所为，但毕竟萧景天是影子阁的少阁主，若是我逃出，以后碰到总要多多提防。此言只如晴天霹雳般劈到我身上，叫我如何相信我的夫君居然如此包藏祸心？

“你父亲虽不认为是萧景天所为，可是他一走便没了消息，影子阁的杀手却随即而至，怎会与他没有干系？你父亲只是怕我伤心难过，安慰我罢了。怪只怪我太信萧景天，从未问及他师门之事，他亦从未与我提过，只是说师门隐秘，遵师命不外露。”沉香夫人的语气愈来愈激烈，心中恨意滔天，可是心中恨有多深，痛就有多深。

“杀手杀到时，你父亲正在书房里教你写字，阿蘅和我也陪在一旁。幸好书房里就有通向外面的密道，我家中与你父亲家中，自小都会训练一个死士保护家中晚辈。可是那日，你父亲的死士百里宗不知为何被你父亲派出一直未回，此时外间只有我的死士沈管家守着。你父亲见事已不可逆转，吩咐沈管家护着我带着你们两个孩子从密道逃离，出口处远离百里庄园，外面亦有百里家的死士守着。我们逃到那里后，死士会护着我们逃往沉香谷，沉香谷的谷主与你的祖父是生死之交，此层关系江湖没有人知晓。以影子阁做事之绝，茫茫江湖，只怕只有那里才是我们的安身之所了。”

回忆起一幕幕撕心裂肺的往事，沉香夫人的泪水滚滚而下，那时的伤痛久远到现在依然能一点点清楚地感觉到。

以沈秋池的性子，若不是为了两个孩子，她怎会苟且偷生，独自存活，定要与师兄并肩杀敌，即使最后身死，也比这生离死别的伤痛要好受得多。

“但是影子阁并未放过我们，好像誓要杀了我才罢休。我们逃离不久，就被影子阁发现行踪，此后一路被追杀，别院的死士亦死得所剩无几。逃离过程中，得知沈家与百里家被一把火烧光，沈家与百里家同时被灭。师兄死、夫君背叛，我满心悲痛，神思恍惚，只想着也死了算了。这逃亡一路，痛到最后，我竟麻木得如同行尸走肉了。沈管家觉察出杀手意图，万不得已之下，找了三个乞丐扮成我与你们两个孩子。我们找了一个时机，假装不敌，绝望之中一把火自焚了，可是慌乱之中，竟把你给弄丢了。我发了疯似的要去找你，却被沈管家拦住，他一掌打晕了我，将我带到了沉香谷。

“清儿，姑姑对不起你，姑姑对不起你，一切都是由姑姑引起的，引狼入室，害了两家，害了你的父亲，害得你受了这么多年的苦。清儿，你身上有鹞鹰的文身，凡是百里家的人都会文有此文身，还有你的右肩下有一块红色胎记。你娘亲死得早，你从小与我最亲，我是万万不会认错的。”

沉香夫人讲到此，心中剧痛，压抑十多年的情绪再也无法忍住，如同孩子般大声痛哭起来。她自小无忧无虑长大，父母疼爱，师傅、师兄宠爱，陡遭大变，顿时天塌地陷，如果不是这一份仇恨支撑着，只怕她早已倒下。

这些年来，为了给两家报仇，她一直隐忍，多少个夜晚，咬碎了银牙也要把所有的伤痛吞回肚子里，白天又扮回那坚强冷漠的沉香夫人，连女儿阿蘅也半点不敢透露，她是多想阿蘅叫她一声“娘亲”啊！可自己是打算以死来对决影子阁的，她宁愿让阿蘅承受失去师傅之痛也不愿意阿蘅承受失去娘亲之痛。

在一路的逃离追杀中，她曾经想要相信师兄的话，认为那个人是师兄口中的磊落汉子，可以来搭救她们母女。一日日过去，一日日鲜血浸染的绝望让她心灰意冷，唯剩心底燃烧的仇恨烈焰。

剑一越听越是心惊，时而冷汗涔涔，时而愤怒悲痛，心中巨浪滔天，翻滚汹涌。他双目含泪，嘴唇颤抖着说不出一句话来。

见沉香夫人哭得肝胆俱碎，剑一心中亦如针扎，他一边胡乱地帮沉香夫人擦着眼泪，一边不由自主地哽咽道："姑姑不哭，姑姑不哭。"这句话好像从心底里穿过十多年的岁月从他的嘴里吐出来。帮姑姑擦眼泪，这样的场景似曾相识，是了，那是自己娘亲死的时候，姑姑也是这样抱着他哭。他那时不懂为何大家都哭得那么悲伤，他也没有看到娘亲来抱他，只有姑姑抱着自己大哭。他见姑姑哭，心中难过，一边替姑姑擦眼泪，一边叫着"姑姑不哭，姑姑不哭"。

站立一边的紫苏也早已哭得泣不成声，见剑一用手胡乱帮夫人擦泪，便拿了帕子走过来，递到他的手上。

沉香夫人悲痛中猛听剑一唤她"姑姑不哭"，一时心情激荡，心神俱哀地叫了声"清儿"，抱紧了他再次放声大哭起来。

门外，沈管家早已老泪纵横，喃喃说道："小姐，好好哭一场吧，这么多年，真是苦了你了。"

许久，屋内哭声渐渐止歇，紫苏打过水来，帮沉香夫人重新梳洗了一番。紫苏站在沉香夫人身后帮着梳理头发时，望着镜子中哭肿了眼的夫人，强颜欢笑，打趣道："夫人年轻的时候肯定是个大美人儿，即使是现在，也一样美得叫紫苏自惭形秽啊。"

"就你的嘴巴尽会拣好听的话说，若是丁香，万万不会如你一样调皮。"

"那丫头，一天到晚板着个脸儿，我才不喜欢，管了这个管那个。"紫苏撇撇嘴，不屑道。

"幸而没有让你去陪着阿蘅，若是你陪着阿蘅，不知道你们俩会闹出什么样的幺蛾子来。就是丁香稳重，还能管着点儿那个无法无天的丫头。"沉香夫人似是想起阿蘅，眼神一时温柔起来。

"知道啦，知道丁香稳重、懂事，那我就只陪着夫人打趣好了。"紫苏见沉香夫人情绪渐渐好转，松了口气。

"清儿，你为何什么都不记得了？那时你也有五六岁，也到记事的年龄了呀！"

"影子阁每三年会到各地搜寻乞丐或是孤儿，带回影子阁训练成杀手。这些被培养的孩子不得超过六岁，且被带回来后要吃一种叫‘忘忧丸’的东西，现在想来，那‘忘忧丸’应该就是消除来影子阁之前的记忆之类的丸药了。”

“影子阁如此凶残没有人性，就连老天也不会放过他的。”沉香夫人咬牙切齿道，原来他所有对她的好、对她的宠爱竟然都是假的。一想到此，心中的那道伤痕就隐隐作痛。

“姑姑，我想再问您一件事。”剑一犹豫一番后说道。

“有什么就尽管说，跟姑姑不用如此见外。”

“阿蘅……有来过这里吗？”

“阿蘅那丫头在沉香谷，怎么，你想起阿蘅妹妹了？”沉香夫人笑道。眼前似乎看到十多年前，两个小小的身影手牵着手去看花的情景。

“她，没有来过吗？那么她会去哪里？”剑一心中一阵失望，同时有些窘迫，他问阿蘅并不是忆起小时候的阿蘅，他问的是现在的阿蘅。

“你说什么？她会去哪里？”沉香夫人听出剑一的语气不对，转过头，看着剑一，疑惑地问道。

“阿蘅不在谷内。”剑一被看得有些无措。

“你如何得知？”沉香夫人更加疑惑。

剑一遂把自己如何受伤，如何在梅花林被杜蘅带回沉香谷疗伤，之后如何与杜蘅许诺离开影子阁回沉香谷找她却被影子阁杀手埋伏，差点死在雪地里的事诉说了一遍。之后又碰巧被灵狐灵儿找到医牌，从而遇见了沉香夫人，自己上次不辞而别，就是因为已耽误了自己与杜蘅的相约之期。可是等自己匆匆赶回谷内时，杜蘅却已经离开沉香谷去寻找自己了。

沉香夫人听剑一一一讲来，心中诧异不已，老天爷竟会如此巧妙地安排，冥冥之中就有注定一般。

“平日里我严令阿蘅不得出谷半步，但是这丫头也有不听话的时候，在谷中待闷了，也会偷偷溜出谷去。你不用太过于担心，她一向机灵，武功不弱，应该无事。过个几日，她找不到你，就会回来找我帮忙了。”沉香夫人见剑一与杜蘅早已相识，心情大好，劝道。

剑一心中虽想念，可是在姑姑面前，不好表现得过于急切，便不再提此事，只陪着她说话。

16

故人别来见，旧曲不重闻

沈管家见屋内的沉香夫人心情渐渐平复，又见剑一与紫苏陪着她絮絮叨叨地说些别后的事情，放下心来，派人到前院告知其他人今日有事一概回掉。此人刚走出去不久，却又匆匆忙忙飞奔回来，脸上一阵慌张。沈管家皱了皱眉头，沉香谷训练人极严格，像这样慌张失措的情景几乎未曾出现过。他正待发怒呵斥，来人开口道出的消息却让他一下子也慌乱起来。

“沈管家，探子回来报说阿蘅小姐进了宜阳渡的小酒馆。”

“什么时候的事？”沈管家心中慌急，急切地问道。

“就是昨日的事情。”来人的脸上也是一阵慌急。

“你先在此，我去禀夫人。”沈管家急匆匆地转身走进偏厅。

屋内是沉香夫人与剑一的说笑声，想是说到什么好笑之处。沈管家顾不及理会他们说些什么，转过屏风，径直走到了里间。

沉香夫人正在给剑一讲他小时候的趣事，见沈管家神色严峻匆匆走进来，遂收了笑容，问道：“何事如此惊慌？”

“小姐，阿蘅小姐出事了。”沈管家急道。

“你说什么？”沉香夫人心里一惊，浑身一颤，沈管家的话好似一道惊雷在她头顶炸响。

坐在一边的剑一“唰”的一声站起来，盯着沈管家，浑身绷得紧紧的，双手也不由自主握紧了。

“探子回说阿蘅进了宜阳渡的酒馆。”

“就是前几日才探得的影子阁的秘密据点？”

“正是。”

“按说，萧景天并不知道阿蘅的身份，阿蘅从不轻易出谷，江湖中没有几人知道阿蘅是沉香谷中人。阿蘅只是凑巧进去喝酒吗？即使萧景天知晓阿蘅的身份，也只会认为她是沉香谷的弟子，于他没有任何威胁。沉香谷这些年虽一直暗中与影子阁较量，可沉香谷在江湖中是世外隐地。不到最后撕破脸皮，谅他也不会针对阿蘅做出什么事。阿蘅应暂时不会有性命之忧。”沉香夫人瞬间冷静下来，又问道，“可有看到阿蘅出来？”

“没有，直到今天也不见出来，探子也是经多方探寻才最终确定阿蘅进了酒馆，所以匆匆赶回来。夫人，我马上带人过去救阿蘅出来。”沈管家急道。

“沈叔，你发出江湖令，要求在沉香谷医治而有承诺的江湖人士速速赶往晋城，我们计划许久，前几月就已经发出第一次江湖令，这些江湖人士应已赶往晋城潜伏下来。紫苏，你拿着我的令牌去暗中联络会集。沈叔与我先赶到宜阳渡，救阿蘅出来，然后再转回晋城。含恨十多年，这次我拼了这条命也要把影子阁铲平。”

“是，小姐。我这就去安排。”

“此计划虽因阿蘅的意外而稍有变化提前，但是计划许久，有些微变动当不会影响大局。此次就是掀翻了宜阳渡也要把阿蘅救回来。”沉香夫人面若寒霜，冷冷说道。

“姑姑，我与你同去。”

“清儿，姑姑本来打算等阿蘅回来，让你带她回沉香谷，无须理会我们上辈之间的恩怨，只想你们俩好好在一起互相照顾，只是没有想到阿蘅会出此事。你与我同去也行，只是在救出阿蘅后，你们俩要立即回沉香谷，不准随姑姑到影子阁。”沉香夫人神色严肃地吩咐道。

“姑姑，影子阁是杀我全家的仇人，我怎么能够置身事外？前些日子，得知误杀百里家人，已经愧疚不已，此次怎么也要替百里家讨回这血债。”

“清儿，姑姑只希望你和阿蘅远离是非，开心地生活。你已经受苦这么些年了，姑姑不忍心再看你卷入这些是非恩怨。”沉香夫人抬手捋了捋剑一鬓边的一缕头发，轻柔地说道。

“姑姑，我……”剑一急切道。

“清儿，姑姑把阿蘅交给你了。你要是心疼姑姑，就帮我照顾好阿蘅。”沉香夫人的手从剑一的额头拿下来，又牵了他的手，一字一句地郑重说道。

剑一想说什么，可看沉香夫人如此严肃认真，便把想说的话又吞了下去，只点了点头。

沉香夫人见剑一点头，宽慰地笑了笑，又道：“你母亲留下的那本秘籍记载的是一门邪恶的武功，你的师公就是因它而丧命的。所以，你母亲并没有学上面的武功，只因为是她师傅的遗物而带到了百里家。当初你父亲意识到秘籍会引来人的觊觎之心，他担心此秘籍流入江湖会掀起腥风血雨，便命百里宗带了秘籍到江南你母亲师傅的墓前烧掉。既是你师公之物，当是在他坟前说明后焚毁。只是没有想到百里宗还在路上便听说了百里家被屠杀一事，遂隐匿了行踪，才没有被影子阁寻到。后来我找到他，他把秘籍给了我，让我妥善保管。这些年，我恨这秘籍让我失去所有，一直想毁掉，可这是你母亲的遗物，我纵是恨它，却也只能留着。如今，我把它交与你，是毁掉还是保存，你自己做主。这本秘籍如今放在沉香谷的后山山洞，是阿蘅常被禁足的山洞。掀开石桌下面藏着的就是。”

沉香夫人说到此处，顿了顿，然后一脸郑重地再次叮嘱道：“清儿，姑姑要告诉你，是人都有欲望，而内心的欲望是魔鬼，它会吞噬人的良知和美好的感情，一步步把人带进黑暗的深渊。你要做的就是战胜这个魔鬼，妥善去处理这本让天下人都疯狂的秘籍。它也许会让你站在武学的巅峰，但是，其邪恶的力量也会一点点吞噬你。”

“姑姑，过了这么多年刀口舔血的日子，我早已厌倦。天下第一又如何？能换来我父母健在，能换来姑姑幸福吗？能换来以前开心的日子吗？姑姑，我知道怎么处理。”

“好，好。这下我就放心了。”沉香夫人的眼中闪现泪花，欣慰道。

“姑姑，咱们快些走吧，久则生变，我担心阿蘅出什么事。”

诸事安排妥当，沉香夫人一行人往宜阳渡赶去，紫苏带领另一批人往影子阁赶去。

此时，宜阳渡的酒馆内，萧景天在讲完那个长长的故事后，一下子似乎苍老了许多。

杜蘅眼泛泪花静静地听着，好像伤心悲痛也是可以传染的疾病。故事中的绝望悲痛像是一块沉甸甸的石头绑在她的心头，带着她往更深的悲痛里沉去。

隐隐地，她猜到萧景天不可能无缘无故地给她讲这个故事，那么他的本意是什么？故事中的人与他有多深的关系？作为影子阁的秘事，萧叔一个外人不可能知道得如此详尽；即使知道，如果与萧叔没有多大的关联，他亦不会打探得如此详尽。除非萧叔就是影子阁阁主。

那么剑一呢？这个故事与剑一又有多大的关系？

杜蘅有些不敢深问下去了，若萧叔是影子阁的阁主，必定知道剑一的消息，那么他不回答此问题，反而讲出这些旧事，究竟为何？

厚厚的棉帘外有人低声叫先生，萧景天似是未闻，外间见屋内无动静，稍停了一会儿再次叫了一声。杜蘅见萧景天依旧未有所动，便起身走到门口，掀开了帘子，让外面那人进来。外面人却是没跨进一步，只是躬身站在门口。

“何事？”杜蘅正待转回来叫萧景天时，萧景天却已在里面问话了，声音严厉冷冽。

“回先生，右护法剑无极在外间等着见先生。”

“剑无极？他来何事？”萧景天疑惑道。

“属下不知，右护法在西厢房等着阁主，说是有急事回禀。”

“我知道了，下去吧。”

“是。”门口的人躬身退去。

杜蘅心中虽有满腹猜测，此时见萧叔有事处理，也不好再继续追问。

“阿蘅，等萧叔处理了事情之后回来告诉你你要找的那个年轻人在何处，可好？”萧景天眼神温和怜惜地看着杜蘅，轻声说道。

“我在这里等着萧叔。”杜蘅点点头。

萧景天站起身，只一瞬间，杜蘅觉得那个悲痛哀伤的萧叔已消失不见，亦不是那个儒雅温和的中年文士。眼前的萧叔是一柄寒冷凌厉的出鞘之剑，一个她不曾见过的萧叔。

桌上的残羹有人进来收走，来人沏了一杯茶放在桌上，又轻轻地退了出去。室内烛火通明，寂静无声。杜蘅趴在桌边，双手托腮，盯着桌上跳跃的火苗，思绪杂乱不安。

不多时，忽听到外间“砰”的一声闷响，随即又是“叮当”剑击之声。杜蘅一惊，飞快冲出屋子，眼前也似有人影一闪而过，她不及细思量，循着发声之处飞速掠去。

剑击声是从西厢房发出的，此时又是一声怒喝：“剑无极，你为何暗算本阁主？”

杜蘅听到此声音正是萧叔，她心中焦急，一边急奔，一边从腰间抽出软剑，但见剑光一闪，西厢房的镂花木窗便碎裂开来，她一个飞跃，进到房内，只见萧景天靠在一张桌边，桌子半边已碎裂成片，余下靠前的半边也摇摇欲倒。地上血迹斑斑，却是从萧叔腰间滴下。小小的屋内，围了七八人，皆是手中持剑。萧叔的身前也挡着几人，与那七八人警惕对峙，再看地上，已躺了好几人。

杜蘅心中一急，抢身到萧景天面前，焦急地就要看他身上的伤势。

“阿蘅，快走！”萧景天却低喝道。

“萧叔，你，中毒了。”杜蘅顾不得他所说，用手一摸萧景天的伤口，血已是紫黑色；抬头再看萧景天的脸色，已显青色。

她来不及多说，从身上摸出一个玉瓶来，倒出一颗药丸就喂进他的嘴里。

“哈哈！你以为你是沉香夫人的徒弟就能解得此毒吗？你可知道我这毒又是从哪里来的？正是你师傅沉香夫人所制，天下唯此一份，且无解药。”一个老者见杜蘅试图给萧景天解毒，哈哈大笑道。

杜蘅正运功帮萧景天化开此药丸的药效，闻听，手中一滞，颤声道：“不可能，我师傅只救人，从不拿毒害人！”

“小姑娘，我劝你还是赶快走吧，我无意与沉香谷为敌。这个人是你师傅沉香夫人要杀的人，你如果救他，如何向你师傅交代？”

“我师傅怎会让你做这等事？我师傅与萧叔从无冤仇，她怎会无缘无故来杀他？”杜蘅娇喝道。

“有多大的仇，我不知，我曾得到过一个医牌，在沉香谷治好了必死之伤，你师傅知我是影子阁中的人，并未要我的酬金，交换条件就是找时机杀了萧景天。这个是你们沉香谷的规矩，你不会不知吧？”

“剑无极，你无耻至极，阁主平日里待你不薄，你身为影子阁右护法，居然做出如此卑劣至事。”萧景天身前的一人大声骂道。

“待我不薄？哈哈！他萧景天与萧青山在影子阁一手遮天，哪有我半点位置！我只是给自己挣个地方好舒服地坐着而已。今日之后，影子阁就是我的了。萧景天，就让萧青山今日一起随你去了吧。此时，哈哈！说不定，他比你还要先走一步啊！”

“阿蘅，你师傅为何要杀我？你真的叫阿蘅吗？”萧景天哑着嗓子问道。

杜蘅心中一凉又一酸，萧叔故事里的那个小女孩叫“阿蘅”，是他已去世的女儿，自己这么巧也叫“阿蘅”，他以为自己是骗他的，心中很是难过吧？

“萧叔，我叫阿蘅，没有骗你。你，情绪不要激动。我会想办法的。”她带着哭腔说道。

“只要你叫阿蘅就好，萧叔就开心了。死，怕什么，多年前，我就该和秋池与阿蘅一起死了。”

“你说的没错，十多年前你就该死了，老天让你活了这么多年，真是老天不开眼。”一个怨恨的声音从屋外传进来。

本已颓然的萧景天忽听此声，如遭雷击，全身颤抖，脸上露出极其震惊的神色来，本已黯然的双目此时迸射出耀目的神采，眼睛眨也不眨地盯着传来声音之处。

杜蘅也是满脸诧异地向门口望去，这不是师傅的声音吗？

“秋……池……难道是……你？”萧景天声音颤抖得如风中的落叶般问道。

“你也有脸叫我秋池？萧景天，十多年前，你就该下地狱的。”门口走进来一个素装女子，轻纱蒙面，身姿曼妙。旁边跟着走进一个身材修长、玉树临风的白衣青年。

“师傅？剑一？”杜蘅睁圆了双眼，满脸不可思议。事情陡生异变，她一时呆愣了在那里。

17

西风寒万里，天地隐双影

萧景天看着门口悄然而立的那个人影，恍若身处梦中，周边所有的景象都在慢慢地湮灭，化为虚无，唯有那个身影越来越清晰，在他心中已俏立千年万年。“哐啷”一声，手中竟握不住剑，任它掉落地面。他顾不得自己身中剧毒，一步一步，慢慢地向那个身影移过去，生怕踩重了一些，惊醒了这如梦般的景象。多少个夜晚，他也梦到过相同的情景，只是睁开眼的刹那，只有沉沉的夜色与无边的黑暗。他的眼中含着火一般的炙热，绽放出夺目的神采，嘴边喃喃道：“真的是你吗？秋池？我不是又在做梦吧？”声音似哭似笑，低沉嘶哑。

面纱下的沈秋池看着萧景天如此模样，滔天的恨意中夹杂着丝丝的痛楚，锥子般扎着心。即使知道眼前这个男人与自己有如海的仇恨，可是看到他见到自己如此失态的模样，心中依然漫过阵阵酸楚。那些年他对她的呵护与宠溺，那些燕婉之欢、琴瑟之乐，一点一滴无比清晰，可正是因为这些清晰的过往，让她的恨意更深了一层。

“沈秋池，站在你面前的是你的仇人，你除了恨，怎可还有其他的想法？”她暗暗骂了自己一句，仰了仰头，缓缓揭开了脸上的面纱。

那是一张眉目如画、清雅绝俗的脸，明丽清妍如同花信之期，唯有眼角的那丝风霜，透露了岁月的一点痕迹。江湖中人皆以为神秘的沉香夫人要么是一老妪，要么面目丑陋无以示人，以致面纱蒙面，却未曾想却是如此一美貌女子。屋中之人都有些呆了。

萧景天心中更是激荡如鼓敲，一时不能自已，双泪横流，双腿颤抖，竟挪不开步子，只直愣愣地看着眼前之人，双眼中满是笑意与喜悦。若沉香夫人是沈秋池，那么身边的阿蘅不就是自己的女儿吗？他心中尽是欢喜，只想着此时一家居然可以团聚，却忽略了沈秋池眼中满盛的怒火与恨意。

“秋池，对不起，对不起，那时我赶过去的时候，只看到烧焦的房子，我以为你和阿蘅都不在了。秋池，当时，我都要疯了。若我早知道你们还在，我就是翻了这天地也要找到你们啊！秋池，这些年你受了很多苦吧？都怪我，都怪我。从今往后，我护着你，护着阿蘅，再也不让你们吃一点点苦了。”萧景天兀自说着，好像眼前只有自己的妻子和女儿。

“萧景天，你以为我还会信你的花言巧语吗？你这狼子野心的小人，为了一本秘籍，你影子阁伙同其他卑鄙的门派杀我全家，杀我师兄全家。如今，你又在这里如此哄我，你以为我还是以前那个无知的沈秋池吗？今天，我是来要你命的，我要你和影子阁全部去下地狱！”沈秋池厉声喝道。

萧景天一呆，从漫天的喜悦中清醒过来，他本是极其聪颖之人，只因乍见妻女都活着，一时惊喜过头，神情恍惚。此时沈秋池的一番话，让他猛然明白这一切的前因后果。原来，沈秋池一直误会是自己觊觎百里家的秘籍，而命影子阁执行了那次的灭门行动。这些年来，沉香谷处处与影子阁为敌，原来竟是因为此。难道他萧景天在她眼中竟是如此卑劣之小人？他的心中一阵悲苦，惨然道："秋池，你竟然都不信我吗？我若说这一切都不是我所为，你信是不信？"

沈秋池见他一张脸煞白，语气凄然，心中颤了几颤，待想说不信，嘴唇微张了张，却说不出一个字来。为何过去了这么多年，当他站在她的面前时，她心中仍然有那么切切的一丝希望，希望自己是真的误会他了？她深恨自己此时的软弱。

一时，静默无声，屋中的人见此情景，有些茫然无措，也一时默然。

而杜蘅乍见师傅与剑一联袂而来，激动之余，亦迷惑不解，立即想要奔过去师傅身边。可还未等她有所行动时，却见萧叔如此反常之举，顿时有些呆愣了。看着萧叔一会儿喜一会儿悲一会儿痴如魔怔，她正欲踏出的脚慢慢地缩了回来。待看到萧叔与师傅的情景，心中顿时百转千回，她生一颗七窍玲珑心，想想萧景天给她讲的那个长长的故事，她如何还猜不出来，面前的师傅与萧叔是谁。她一时心中激荡欢喜不已，原来自己并不是无父无母的孤儿。

过去的点滴，萧景天已与她细细讲过，她猜想，自己的娘亲定是误会了父亲。她已是知情人，只须对娘亲说清楚，父母的误会即可解除，如此，一家人便可开心地一起生活了。

杜蘅心中开心，正要开口与师傅解释，却突见一道寒光犹如毒蛇的芯子一般射向神情委顿颓然又身中剧毒的萧景天。她大惊之下，不及细想，飞跃到萧景天面前，一声响亮的铿锵之声，隔开了那道剑光。可是，却未料到左侧亦有一道寒光闪起。

另有两个白色身影同时飞身而起，一个抢到杜蘅身前，抱住了踉跄后退的杜蘅；另一个随着身子的飞起，一剑如虹，划过偷袭者的喉间，然后身影再次瞬息不见。

谁也未曾想这个时候剑无极居然发难，铤而走险刺这一剑，想来他见事情发展到这个地步，担心事情不在掌控之中，索性先下手为强。至于他们之间有什么事情，只要死无对证，他也是算兑现了对沉香夫人的承诺。只要萧景天死掉，他就成功了大半，其他的自有沉香谷去处理善后。

他知道萧景天有个影卫剑十一，但是萧景天已经给了杜蘅。如果杜蘅没有危险，剑十一是无论如何不会出手的，这就是影子阁训练出来的影卫，指派给谁，只为此一人，其他任何人与他已无关联，即使是阁主本人。剑无极正是因为知道此，才敢下手暗算萧景天，却没有想到杜蘅会抢身来救萧景天；而杜蘅有危险，剑十一自然要护主。

一切只在电光石火间，倒在地上被一剑封喉的剑无极睁圆了双眼，似有不甘。而杜蘅的左肋却也被剑无极刺中，软软倒在剑一的怀里。

“阿蘅！”萧景天与沈秋池惊骇欲绝，双双惊呼道，齐齐抢到杜蘅身前。

“阿蘅，你怎样？你怎样？”沈秋池见杜蘅左侧衣衫浸出的鲜血，只吓得魂飞魄散，慌乱之间，都忘了自己是江湖第一神医，只颤抖着一双手在杜蘅身上乱摸。

剑一心中虽慌，却还冷静，撕下自己的衣衫，小心地绑在杜蘅的腰间，止住流出的鲜血，随后，对沈秋池叫道：“姑姑，药。”

沈秋池被这一叫，才回过神来，连忙从身上拿出一个玉瓶，倒出一粒香气四溢的药丸喂到杜蘅嘴里。

萧景天见剑无极伤了杜蘅，心中恨极，只是剑无极已被影卫剑十一所杀，心中恨意无处消除，怒喝一声：“给我杀光。”顿时，小小的房间内剑光纵横，鲜血四溅。沉香谷的人见谷主未下任何命令，便只是把沉香夫人几人围住，不让打斗波及此处。

杜蘅待要叫师傅，又觉不妥，待要叫娘亲，又一时叫不出口，只愣愣地看着沈秋池，嘴里只重复一句话：“萧叔没错，您别恨他。萧叔没错，您别恨他。”

“阿蘅，不要说话，不要说话。都怪师傅，都怪师傅。”

“不怪师傅，我很开心，娘，我应该叫你娘吗？”杜蘅却是笑着握住沈秋池的手，伤口的疼痛早已被有父母的喜悦代替，她一双眼睛盈盈地看着沈秋池，眼中闪现出喜悦的泪花。

“阿蘅！我是娘，我是你的娘。都怪娘不好，瞒了你这么多年。”沈秋池乍听杜蘅的一声呼唤，悲不能自已，大哭道。

“我不怪娘，娘定是有不得已的苦衷，要不然哪有娘不认女儿的道理。娘，你既有苦衷，我的爹爹定是也有苦衷的啊，你也可以不怪他吗？”杜蘅转过眼看着另一边的萧景天，萧景天此刻已是老泪纵横，颤抖着双手握住杜蘅伸过来的一双手，哽咽着说不出话来。

“剑一，我的爹爹不是你家的仇人，你信吗？”杜蘅又抬起头殷切地望着剑一。

“阿蘅，我信你，你说什么我都信。只要你好好的，什么仇什么恨都抵不过你好好地活在我身边。阿蘅，我刚刚找到了活着的希望，你不可以让它熄灭。”剑一紧紧抱住杜蘅，轻轻地抚着她鬓边的发丝，轻柔地说道。

杜蘅轻轻一笑，心中无限欢喜，她安心地躺在剑一的怀里，拉过沈秋池与萧景天的手握在一起，对着沈秋池和萧景天撒娇似的说道：“娘，您是神医，我也是小神医，这点伤在我们沉香谷只能算是小小的伤是不是？”

都说医者不自医，只剩一口气的人在沈秋池的手里也能从阎王爷那里夺了回来，只是关系到自己的亲骨肉，她却慌了手脚、乱了分寸。此刻见杜蘅一脸的娇嗔，沈秋池心下放心几分，转眼看到一旁脸色青白的萧景天，不禁“哼”一声，抽出手来。

萧景天见此，心中一酸，却又不知如何是好，只是压抑自己内心奔涌的情绪，轻轻地摩挲自己女儿的衣衫，说不出一句话来。

杜蘅见此情景，又拉过自己母亲的手，说道：“在我第一次见到爹爹的时候，我就感觉无比亲切，无比信任，总相信即使很多人都会害我，可这个我刚认识的人不会，我甚至还偷偷地想，我无父无母，如果这个人做我的爹爹该有多好。我没有想到，原来老天真的遂了我的心愿，这个人真是我爹爹。刚才，刚才，我真是心里开心得不知如何是好。在您没来之前，爹爹给我讲了一个故事，那个故事很长，爹爹一边讲，一边流眼泪，我的心里也难过得要流眼泪。当时，我并不知道那个故事讲的就是爹爹与您，还有我，还有剑一，只是心里觉得伤心不已。原来，我伤心是因为那故事说的就是我们自己。我是为爹爹与娘亲，还有清哥哥他们一家伤心。娘，当时，我爹爹是被老阁主骗了回去，他什么都不知道，等他知道了赶去的时候，沈家已成了一片废墟，他又匆忙赶到百里家，也晚了一步。他以为我们都死了，忍着仇恨在五年之后杀了他的师傅，灭了所有参与的门派。娘，爹爹心中的痛不比您少一分。这么多年来，他日日都在想念我们。您看，只是因为我叫阿蘅，他便如此待我，难道不是因为他心中想念我们吗？如今，我们一家团聚，该开心才是啊！”

说完，她又把自己娘亲的手放在了自己父亲的手上，看着这两个至亲的人。

沈秋池的内心掀起了滔天巨浪，往事一幕幕排山倒海似的汹涌而来。那些恩情仇怨曾经在每个夜晚来到她的心中呼啸一番，让她银牙咬碎独自吞咽到肚里，唯一活着的理由便是有朝一日手刃这个负心之人。可是，如今，这一切都像是老天给她开了个玩笑，她所有的仇怨与恨意原来在这十多年里竟是毫无意义。

“噗”的一声，一口鲜血从她的嘴里喷出来，洒了萧景天一身，却瞬间隐在本已是满身血迹的萧景天的衣衫上了。

“秋池！”萧景天惊呼一声，颤颤地搂过沈秋池。

“原来，老天竟跟我开了如此大的一个玩笑。”沈秋池惨然一笑。

“娘，您……您……”杜蘅见沈秋池此情状，心中惊疑不定，难道，难道？

“阿蘅，娘对不起你。来之前，我已服了与你爹爹一样的毒药。即使我恨他，可是我终究是不忍心让他独自一人去赴黄泉。我想，他既然死了，那么人间的一切恩怨便已了了，我便下去陪他就是了。以后，你和清儿要好好地，远离这些人世是非，开开心心地活着。”

“娘！”杜蘅万万没有想到娘亲竟是抱了必死之心来的，刚才得到父母的喜悦霎时被眼前的情景打得七零八落，心中只有慌乱无措。她身上的那颗灵药已经给萧景天服下，她挣开剑一的怀抱，扑到沈秋池的身上到处寻摸。

“娘，您的药瓶呢？娘，您的药瓶呢？”

“阿蘅，没用的，这毒我配了许久，只配了两份，且没有配解药。你坐好，娘与你好好说说话。”

“不可能，不可能！娘，您坚持住，我一定会配出解药，一定会配出解药，您要相信我，到时候，爹、娘、清哥哥、我，我们一起好好地在沉香谷生活。”杜蘅一边哭，一边继续在沈秋池的身上寻找。可是沈秋池这次却是抱了必死之心，身上什么灵药也未带。

杜蘅无奈，只有再从自己的身上找出药瓶，不管是什么解毒丸、养心丸，一颗一颗捧到沈秋池的嘴边，哭喊着道：“娘，您张口，您张口，只要缓一缓，缓一缓，我一定会配出解药。”

萧景天轻轻抱着沈秋池，心中却是无比平静而安然，他轻轻地抚着沈秋池的脸颊，梦呓一般呢喃道：“秋池，不怕，我陪着你，哪怕是碧落黄泉，都有我陪着你。今天，我真是开心，原来我不是孤独一人活在这世上，我的妻子、我的女儿原来都在。”

“我恨了你十几年，你不怪我吧？”沈秋池躺在萧景天的怀里，只感觉这十多年从未有过的安心。原来，走过千山万水，只有这个怀抱才能让自己安心与喜悦。

“怎么会，秋池。我只恨自己来迟了，怎会怪你。”

“小姐，外面的人都已经清理了。”这时，沈管家的声音从外间传来，只是刚踏进房间，猛见此情景，一下子呆愣在了门口。

“沈爷爷，快，快救救我的爹娘。”杜蘅见沈管家走进来，像是抓住救命稻草般，大声叫道。

“这……这，怎么回事？”沈管家见状大惊，飞身闪进来，掏出药瓶拿出两粒香气氤氲的药丸，不等他上前，杜蘅已抢到手里，一人一粒，塞进了萧景天与沈秋池的嘴里。

先后把上两人的脉，她脸色却惨白，果然，这毒药太过厉害，即使是沉香谷最能救命的药丸也只能暂时遏制毒不马上发作。她的心中一阵悲凉，难道刚刚有了父母便要失去了吗？杜蘅一时万念俱灰，泪水如泉水般往外涌出。

“阿蘅，别失望，我们回沉香谷，然后我陪着你去找解药的配方。不论是天涯海角，我们都要把药材找回来。”剑一走过来，紧紧握住杜蘅的手，杜蘅一双失神无助的眼睛望过来，眼中有无尽的悲伤与凄凉。

“阿蘅，当初是你给我希望，你也要给你自己一个希望。”剑一看着她，坚定而执着。

“听说西域高原有一种千年冰蟾，可解百毒，只是西域气候苦寒，高原上连鸟都难以飞过，人去，只怕更难以寻找。”沈管家沉吟道。

杜蘅与剑一听闻，眼睛一亮，对望一眼，彼此从眼中看出对方想说的话。只要还有一丝希望，便不会放弃。

见此地事情已了，沈管家安排人送萧景天与沈秋池回沉香谷，众人见了心中只觉难过。反而这两人前嫌尽释，心中有说不出的欢喜，即使现在死去，也了无遗憾，是以要比众人更看得从容。

后　记

苍茫大地，白雪皑皑，一轮红日越过东边的高山，耀眼地照射在莹白的大地上，金色的光如碎金般在白雪上点点跃动。雪后初霁，红装素裹，分外妖娆，千里如画。朝阳冉冉的画面中掠过两骑，飞驰如电，向西而去。

“爹爹已经解散影子阁，杀手各自散去。萧爷爷在上次一战中，虽受重伤，但在沈爷爷的救治下，已无大碍。我娘已亲手毁去秘籍，沉香谷亦已彻底闭谷了。只是，清哥哥，我们能寻到那千年冰蟾吗？若寻不到，爹爹、娘亲只怕……”

“阿蘅，老天虽然残忍，却总要留希望给这人间的，你只要有坚定的信念，任何事情都有可能；前路无论有多难，我总会陪着你。”

两骑越去越远，渐渐地消失在西边金色的光芒里。这天地茫茫，雪下了整整一个冬天，此时，终要渐渐融化在初春的阳光里。

青衣

青衣的执念是两世的等待，而往生是烟云散在尘里，没有一丝痕迹！

1

明月在清河渡口下渡船时，正是午后，太阳虽盛，却没有热度，有的只是暖阳的春意。上得岸来，抬眼望去，明月有些愣神了。这真是一片仲春好时节，两岸绿柳吐出的今春新芽已伸展开来，片片新绿含羞带怯，依着柳条袅袅娜娜地垂至水面，微风拂过，便羞怯地轻点下水面，水面就荡开小小的一片涟漪，在春日的映照下泛着粼粼的波光！远处白墙绿瓦间伸展出无限春色，粉的是桃花，白的是梨花。小道士明月头一次被如许春色惊艳，心里道："平日间，师父只要我走路目不斜视，身正影直，竟没有看到原来这路边竟是这般好看！"

明月是三清山紫云观的小道士。三清山不高，紫云观也不大，住着师父和徒弟二人。师父就是师父，明月自记事起就只知道人人就叫师父为“师父”，自己也叫师父，师父道号是什么，明月没有想过，也没有问过。可是紫云观却远近闻名，因为师徒二人会捉鬼。方圆几千里，哪里闹鬼，当地便有人上紫云观，请求师父和明月去捉鬼。明月有灵眼，师父有缚魂塔；明月用灵眼可以看到鬼的魂体，师父用缚魂塔可以缚住恶鬼的魂魄！

明月来清河镇正是为了捉鬼，只是师父身体抱恙，便把缚魂塔交给了明月，遣他独来。依师父的话说，师父老了，这些个事情总得明月独自去做的。明月没有独自下过山，这次别了师父时竟抹着眼泪，师父叹口气说：“走吧，总是要走的。”临行时，师父又叫明月到房间，从简陋的桌柜里摸出一个小包裹，雪白的帕子包着一枚莹润碧绿的玉坠，跳动的清油灯下碧玉泛着温润的暖光，剔透圆润。明月看得呆了，他自小在观里长大，师父管得极严，见的多是残垣断壁、蛛网野花，哪里见过如此好看的东西。师父拿起那枚玉挂在明月的脖子上，说：“这是你的东西，师父帮你保管了十七年，如今还给你。”明月做梦似的戴上玉坠，待要多问，师父却闭上眼睛不再看他，让他出了房门。明月只知道自己是师父在观门口捡来的，却没有想到一同捡来的还有这枚玉坠！

因贪恋路边的景色，明月进到清河镇的时候夕阳已挂在清河那边的树梢上，也许是那轮金黄的圆盘太大，树梢承不起它的重量，眼看着缓缓地就要坠下去了。明月看到前面有一茶馆，招牌上一个大大的“茶”字在夕阳下轻晃。明月正口渴得紧，便加紧两步走到门口，抬脚迈了进去。

茶馆里的说书人此时正说到紧要处：“那青衣等了书生一年，便身染沉疴，无奈音讯不通，青衣等不得书生归来，就香消玉殒。十八年后书生回来，却只见孤坟一座，痛不欲生，在坟前大哭一场，飘然远去，就此无踪……”

明月大口地灌着茶，待缓过渴劲，再细细听时竟有些难过起来，似乎有个尖尖细细的东西轻轻地戳着心口，然后便觉得有个眉眼倏忽间晃过眼前，那是一个女子，弯弯的眉眼。“啪”的一声，说书人醒木一拍，明月回过神来，正看到台上说书人起身走开。明月被自己刚才的走神吓了一大跳，连连低头念声“无量寿佛”，待抬起头来一看，又惊得差点从凳子上跳将起来：在说书人的位置处，不知何时坐了一个女子，虽着翠绿的衫子，却不是现在女子的装束，她头发乌黑，满脸泪痕，弯弯的眼睛里蓄的尽是泪水。故事说完，茶馆里开始闹腾起来，三三两两的客人起身走出茶馆。奇的是那女子竟没有看到这喧闹，依旧坐在那里泪流不止。客人似乎也未注意到台上有一女子兀自在那里伤心抹泪！

明月看到这女子，有些释然，原来刚才晃在眼前的眉眼竟是这女子的，自己并没有因说书人的故事扰了心境。依师父的话，那是起了凡心、犯了大戒。随即，明月又紧张起来，原来那女子分明就不是人，难道这次要捉的竟是个女鬼？

想到此行的任务，明月便喝不下去茶了，想，是否现在就要把这女鬼给捉住呢？可这天也没黑，惊了人可不好啊！而且似乎这女鬼也没有吓到这里的客人。看着人群渐渐离开茶馆，明月打定主意：盯着这女鬼，看她往哪里去，等到无人的时候再见机行事。

女鬼坐在那儿静静地流了一会儿泪，便无声无息地走开了。明月紧紧跟过去，那女鬼似还沉浸在伤心之中，没有发现有人跟着。出了茶馆，往右边的巷子拐去，走到尽头是一处人家，女鬼闪身进了院子，明月紧赶几步追过去。刚一推开院门，那种刺痛的感觉又在心头浮现，他茫茫然地踏进院子，拐过天井，来到右边一间房的门口站定。他想推门进去，觉得这里如此熟悉，却又如此心痛。一声“吱”的声音把他拉了回来，一只老鼠从他脚底下窜过，明月心神一静，冷汗直冒，心想：“这女鬼可真是厉害，竟把我给迷了，我得小心应付才行。”

还未等明月想清楚该如何下手捉鬼，忽然听到一声惊喜的叫声：“明月哥哥，你真的回来了啊！”明月吓一跳，定睛看过去，只见翠绿的衫子一闪，一个身影就那样撞进怀里来，却没有重量。虽是撞进怀里，明月却只觉是一阵风吹过，极虚的影子，只有拥有灵眼的明月才能看见。下意识的，明月展开双臂环过去，胳膊伸到一半，又觉得不对，红了脸拼命往后退。明月窘迫急了，自己是来捉鬼的，却被鬼给迷了去，要是师父知道了，该如何惩罚？见明月急速后退，女鬼失望地站在那里，弯弯的月牙般的眼里竟又蓄满了泪水，凄然欲哭！明月一下子又慌了，连忙摆手说道：“你、你、你别迷惑我，我是来捉你的！你、你、你别以为知道我的名字就能让我放过你。”看见那就要滴下来的泪水，明月急得不知如何是好，竟有一种想上去帮她拭去的冲动。明月暗恨自己离了师父怎么就这么没有用，被一个女鬼迷得迷迷糊糊的，这如何能捉鬼？

“明月哥哥，你忘了我吗？”女鬼带着哭腔问道，“可是孟婆婆说了呢，只要我在这里等你，你就会来的，可是，你怎么就忘了我呢？我知道了，明月哥哥，你肯定喝了孟婆婆给你的汤吧！你可真笨，我才不要喝，孟婆婆说喝了那个汤会忘掉你的，于是，我就趁着她忙着给别人汤的时候偷偷地溜了。明月哥哥，我等了好多年呢！你、你居然忘了我！”女鬼说到这儿，再也忍不住，眼里盛着满满的泪水，小嘴一瘪，大哭起来！

明月目瞪口呆地望着大哭的女鬼，半天没有缓过神来，跟着师父捉了无数次鬼，却从没有见过这样的鬼，居然哭得这样伤心，居然还说等了他许多年。明月只觉得脑子实在不够使，晕晕乎乎的不知道天南地北，傻在那儿了！

女鬼哭了一会儿，忽然动作极其麻利地拭掉眼角的泪水，抬头对还在发傻的明月展颜一笑，自顾自地说：“明月哥哥，我不怪你，那个孟婆婆肯定是骗你喝的，你肯定不是想忘记我的，她跟我说那汤很好喝、很好喝，我说如果让我忘记明月哥哥，即使魂飞魄散都不喝。唉！也不对，魂飞魄散就再也等不到明月哥哥了！”

“我、我、我是来捉鬼的！”明月傻傻地回道。

“我帮你啊！我知道你要捉哪个鬼，那是个饿鬼，每天在那家宅子里偷东西吃，半夜吓人，还吓死了那宅子里的一个厨子。我是好鬼，我只等明月哥哥回来，只是、只是……”她又忸怩起来，“只是我为了要住在这儿等你，吓了几次人，以后他们就不敢再来了！”

这一晚上，明月就晕晕乎乎地在这个旧宅子里听着女鬼絮絮叨叨，他觉得像做梦似的不真实，可是他挨着这个女鬼，听她说话，又觉得心里实在很喜乐！一会儿又犯了错似的歉疚，想着师父平日的教导，几次想起身离开，却愣是没能挪动身子！女鬼说她叫“青衣”，明月一惊，说那说书人故事里的女子也叫青衣。

“那就是说的我和你啊！明月哥哥！”

明月又吓一跳，他今天受的惊吓实在不少。他想，下次一定不要离开师父了，这次碰到的事太离奇了，这个女鬼更是离奇，不会是在人间游荡太久而迷糊了吧！他暗暗想，又警告自己：这次捉完鬼就回去，回去让师父好好地教一教法术。

2

明月这些时日很苦恼，因为他发现自己甩不掉这个叫青衣的女鬼了。自从在清河镇捉到那个饿鬼后，青衣便哭哭啼啼地别了那间据说是他们曾经住过的房子，赖在明月身边赶也赶不走了。明月觉得这样很荒唐，自己是捉鬼的道士，身边倒是走到哪里都跟着一个女鬼！这成何体统？但每次要赶青衣走时，青衣便汪着满眼的泪水，可怜巴巴地望着明月，明月便再也狠不下心赶她离开。只要明月不赶青衣走，青衣便像个孩子似的开心起来，眨眼便忘了明月刚才的驱赶。

一个鬼跟着倒也无大碍，除了具有灵眼的明月，反正凡人也看不见他身边跟着一个鬼。只是让明月头大的是，青衣不停地讲述“曾经属于他与她的故事”，她其实也不知道故事的结局，因为她在十八岁时便已经魂赴黄泉，只因挂记着书生明月而不愿转世投胎，所以便在这里停驻下来等明月归来。故事大多都是她在清河镇听说书人讲的，而故事的源头据说正是书生明月行迹无踪之前写下的。按青衣的话说，她要唤起明月前世的记忆，她认定明月便是前世的书生。明月却苦恼不堪，每每青衣讲起，他要念无数遍“无量寿佛”才能平复自己的心境。他从不认为自己是书生明月，往生都是虚幻，他就是道士明月，是要继承师父的衣钵的。而青衣定是因为做鬼在人间晃荡太久以至于迷了神志！于是，明月便规劝青衣去转世投胎，落个好人家重新做人，至此不用在人间游荡。青衣便沉了脸，在明月的面前嘟起嘴，淡淡的翠绿影子飘啊飘。明月便又觉得歉疚起来，青衣不是恶鬼也不害人，只是孤独了许久，现在又认错了人，想有个伴，凑巧自己能看见她，她便有了说话的人。

最让明月苦恼的是青衣非大鱼大肉的精气不吸。明月是道士自是吃素，去到酒楼点上鱼肉如何说得过去。青衣便出主意要去偷，明月更不许，只有硬着头皮去买些鱼肉，每每如此，明月都被无数人用眼刀子割得落荒而逃。幸而青衣所需不多，不然，这一路明月简直是要窘死了。

行过几日，另一件事又难住了明月，因青衣总是要吃“大鱼大肉”，他身上的银两不够回三清山了。来时，师父给的银两刚够去清河镇；回时，请他捉鬼那家给的酬金应是够他回到三清山的。如今，明月有些一筹莫展了。

这一日，行到一小镇，青衣闹着要吸食鱼肉时，明月为难了，数着手上有限的几个小钱，不知如何是好。青衣见他的模样，知他是没有银两了，无声无息地走开了去。没过多久，便听见镇子东边的一条小巷传来吵嚷声，他抬头一看，青衣正从那巷子飞奔出来，手上拎着一个钱袋，还有巷子里行人惊恐的眼神和尖叫。明月一下子明白过来，在他眼里，青衣影子虽淡，却是能看见的，而在别人眼里，那钱袋却是自己在空中飞着。

眼见着青衣奔到近前，一个钱袋“啪”的一声放在明月手中，再听到一个声音：“这下子有银两了，你可以给我买吃的了吧？”

明月还没有反应过来，耳边又听到另一个声音：“看，钱袋到小道士那里去了，快，快，打啊！就那道士在装神弄鬼！”又听得嘈杂的脚步声往这儿奔来。明月被这突然而至的事情吓得傻掉了，来不及想清楚事情的来龙去脉，蒙头转向的明月便踉跄跟着青衣往镇外跑！

明月只觉呼呼的风声从两耳擦过，两边的树影如飞般往后掠。不知跑出多远，后面的嘈杂声渐渐远去，直至再无声息，青衣才停下来，弯腰哈哈大笑起来。明月一屁股坐到地上，大口地喘着气，不待喘完又猛地站起身，指着还在大笑的青衣：“你、你、你！你到底做了什么？”

“我们不是没有银两吃饭了吗，我拿了一个钱袋回来啊！”青衣边笑边答道。

“你、你，竟然去偷！”明月急得脸红脖子粗，又一脸不可置信地盯着青衣。

“我见那人和一群人围着一个小姑娘，想他定不是好人，所以就偷了他的银两，这个叫劫富济贫，不叫偷。我们很穷嘛！穷得没饭吃了！”青衣觉得自己像是大侠，做了了不得的大事。

“偷盗，此乃大恶。你怎能如此？你怎么如此？”明月大怒。这一路来，青衣如何地闹腾，他只看着，只要不伤及无辜，明月只当她孩子心性或是孤单久了闹点乐子给自己解闷。如今，青衣却为了口腹之欲而去偷盗，实是不能再忍。自小师父的教导在耳边：不得杀生、不得荤酒、不得口是心非、不得偷盗、不得邪淫。这五戒乃持身之本、护法之根。如今，让青衣这女鬼跟在身边已是犯了大错，再纵容她去偷盗………明月站在路边，气得手脚直颤，加上刚才又狂跑一番，只觉气血翻涌，一口气差点接不上来，猛地咳了个天翻地覆。

青衣吓坏了，看着咳得两眼通红的明月，伸出手就想去抚他的胸口，完全没有想到自己只是一个影子，那手抚上明月的胸口却只像风拂过。

明月想也没有想地用手一推，甩开那只虚淡的手，决然转身，一边走一边咳嗽，再也不看青衣一眼。

“明月哥哥！”青衣怔怔地站在原地，怯怯地叫道，心里开始害怕起来，她从未见过如此生气的明月，她想到活着的时候，她与明月不也这样捉弄过清河镇上的那个坏蛋吗，为何今天明月会这么生气?

明月自顾自往前走着，依旧不理会青衣，他觉得自己已经错得太多，这次绝不能让自己再错下去了，既然青衣并未在人世做坏事，那么便不捉她进缚魂塔，由着她自己去，在人世游荡累了便去投胎转世吧!

青衣一步一步在后面跟着，之前明月也会生气，气她胡闹，可是总还带着她，这次明月气一会儿后也会好吧。可过了很久，明月依旧头也不回地自顾自往前走，青衣开始害怕起来，难道明月真的不要她了?

“明月哥哥！”她再次怯怯地叫了声，然后很小心地看着明月的反应。

匆匆往前走的明月听到这声小心的呼唤，脚下顿了顿，却没有回头，他紧了紧身上缚的行李，那里面有缚魂塔。如果把她收进去，她是不是就不会缠着我了?然后像以往一样，等缚魂塔收够魂魄由师父送他们去投胎转世?只是这次定要师父嘱咐孟婆婆，让她小心看好这些魂魄了！这一念头刚一出现，明月却觉心口一痛，差点让他打了个趔趄。

青衣在后面看得真切，急急地赶上几步想要扶住明月，明月却再次甩开那淡淡的虚影，稳了稳身子，看也没有看一眼青衣。

“明月哥哥！”青衣大声唤道，这声呼唤带着哭腔，还有恐惧。

“你走吧，不要跟着我了。我要回三清山了，紫云观你是去不了的，那里有镇魂符，任何鬼魂都没有办法靠近。”明月终于站定，吸了一口气，定了定神，压住心口那没来由的痛感，淡淡答道。

“你，不要我了？”青衣不相信地问。

“你我本来不相识，只是萍水相逢，何来要不要之说，更何况我是修行的道士。你我本就人鬼殊途，我又是专修捉鬼之道，跟师父修行，沟通阴阳，送你们这些在人间游荡的魂魄投胎转世。你跟着我做什么？我既然承诺不收你，你便走吧！以后找个好人家投胎。”明月似乎在对着青衣说，又似乎在说服自己，他依旧不转身看她，心中的痛感却越来越强烈，那针扎般的痛慢慢变成刀绞似的痛。明月说完，不自禁地捂住胸口，皱着眉头，怎么也想不明白这痛感从何而生。

青衣听到此处，脸上的泪水已是如瀑布般洒下来，她拼命忍住，不让自己哭出声来，掩在翠绿衫子里的双手拼命地握紧，她的影子虽淡，却能看见淡淡的影子微微地颤抖。她慢慢地抬起头来，鼓足了勇气，努力地说道：“我没有认错人，我知道的，你身上有玉坠，这玉坠是你那年走时我送给你的。明月哥哥，我知道，你只是在这一世忘了我，如果你不信我，你可以回去看往生镜。既然你师父能够沟通阴阳送鬼魂转世，那么他必定有往生镜，这样他可以看出每个魂魄的过去，知道此魂魄的善孽之缘。”

虽然她十分明白，曾经走过奈何桥、喝过孟婆汤的明月必定不再记得前世，既不记得前世，自己于他便是如同陌生人一般，更何况自己还只是一个鬼魂。但是她一直努力让自己相信，明月不会忘了她，他们从小一起长大，青梅竹马，一起嬉戏，一起读书，一起捉弄别人。情窦初开，他们从没有想过此生会分别。然而那一年，明月进京赶考，临走时切切叮嘱她要等着他回来，而她因贪玩染上了风寒，又思念抑郁，竟一病不起，在日日夜夜的思念与盼望中，终是回天乏力，等不到他归来便撒手人寰。从此二人阴阳相隔，黄泉碧落，她再也找不到明月。她的一缕孤魂因着一份执念执意不肯喝那孟婆汤，孟婆婆无奈，只说一句：“你回原来处等着吧！”于是她便在这人世间飘荡，只为遵守当初的承诺，等他归来。如今等到这一世，明月依旧是明月，可明月也不是明月！

明月听到这里，心里的某个信念开始摇摇欲坠，他忙在心里念了几声“无量寿佛”，抬眼看那虚淡的影子，那影子正定定地看着他，已是满脸的泪水，似乎那泪水正汩汩地流进他心里，他不自觉地抬起手，想帮忙擦去，抬手到一半，猛地又抽回手。前世已没有半分记忆，今生要随师父修行，青衣的执念是两世的等待，而往生是烟云散在尘里，没有一丝痕迹！

"不管你说的是不是真的，但是凡人不得看往生镜，我们修行捉鬼之人更不能看自己的往生，往生已矣！喝过那碗孟婆汤，便是与上世有了了断，此生我虽也叫明月，却不是前世的明月。你等的人也不是当初的那人！

"再过两日就要到三清山了，鬼魂进不去紫云观，除非在这缚魂塔里。这些日子因与你同行，想是要耽误交割魂魄的时间了，如再不交割魂魄，只怕会引起变故。你跟着我是万万不能的，我还是劝你自去投胎转世。"

说完这些，明月这次没有再做任何停留，因路上耽误了些时间，这些天，明月隐隐觉得缚魂塔有些异动。缚魂塔中都是厉鬼、怨鬼、哀鬼、猛鬼、恶鬼之类，如果耽误了去阴界交割魂魄的时间，缚魂塔内怨气鬼气纠缠，一旦锁不住这些魂魄让它们跑了出来，那便是这人世的灾难了！

3

明月回到紫云观已有两日，自从那天丢下青衣，他每个晚上总睡不踏实，夜夜那青衣都要入得梦里来，耳边尽是青衣娇嗔的或是轻柔的或是明亮的或是怯怯的"明月哥哥"的叫声。半夜醒来，明月呆呆地坐在床边，一坐便是大半夜，他不知道是青衣入了自己的梦，还是自己中了青衣的迷术。

这一日，明月跑去找师父要几张镇魂符准备贴在自己的床头，师父看着满脸疲色的明月，问："这几日晚间都没有睡好？是否夜间被梦魇魇住了？"

"师父不必担心，可能是弟子道行不够，不能自带镇魂塔在身边，所以出了些状况，用这镇魂符镇上几日，身上便会干净些。"明月听师父这么说，吓了一跳，虽说自己不去捉青衣，但师父怎能不捉，由得她在人间晃悠。

“师父，那往生镜凡人不得看吗？”走到门口，明月的脚步顿了顿，踌躇了一会儿，还是问起来。

“你想要看什么？”师父的眼睛看着明月，明月只觉得师父的一双眼睛像镜子般，似乎看进了自己的心里。

“没有什么！”他慌慌张张地答道，逃也似的离开了师父的房间。

虽有镇魂符贴在床头，这一晚明月依旧没有睡沉，他看见青衣穿着翠绿的衫子，在他眼前笑，青衣不再是淡淡的影子，而与他一样有血有肉，一双弯弯的眼睛里满是笑意，如丝的长发在风里轻轻飘飞，鬓边一朵珠花被阳光映照得灿烂炫目。画面一转，却是清河镇，清河水悠悠，岸边桃红柳绿，一片春光明媚。一阵风吹过，杨花片片如雪般飘落，在这落英缤纷里，两个十岁左右的孩童在嬉戏，男孩将柳枝编的花环戴在女孩头上，女孩歪着头笑问：“明月哥哥，我漂亮吗？”

“漂亮，我们青衣最漂亮！”男孩宠溺地笑道。

明月沉在梦里，脑中却有一丝清明，他在梦里挣扎着想要醒过来，神智却又不受自己控制，他只觉得自己的神智飘荡在清河镇上空，像是看戏般看着这一切。

画面再转时，却是那日明月遇到青衣的房子，一个两岁左右的男孩被一妇人牵着手，穿过回廊，到了一间屋子，屋子里靠窗的梁上悬下一吊篮，吊篮边也有一年轻妇人在绣一件小衣服，那眉眼像青衣。早晨的阳光透过窗户洒在吊篮上，窗边的一株绿萝绿得晃人眼。年轻妇人看见小男孩，笑道：“明月又来看青衣了吗？青衣妹妹快睡了呢！”

“一天不来几遍，这孩子便不安生！青衣快快长大，娶了到家里，明月可就安心了。”牵男孩的妇人也笑道。

而男孩却已甩开妇人的手跑向了吊篮，吊篮里一个粉妆玉琢的女娃娃正对着他笑，小小的眉眼儿像是一朵盛开的、甜腻腻的花。

画面再转时，青衣扎起双髻，正站在桌边研墨，旁边一少年正伏案苦读。

明月极力想让自己醒过来，这梦做得也太长了些，只是却又不像是做梦。

再看时却已到清河渡口，一男子正一步三回头地走向渡船，渡口站着挥手的却是青衣，她眼里含了泪，叫着：“明月哥哥，我等你回来！”河水悠悠向东，渡船渐行渐远，暮色笼罩，岸边垂柳丝丝，渡船上一身影伫立在暮色里，看着渡口的倩影渐渐缩成一个小点。

“你娶也得娶，不娶也得娶，这是皇上的旨意，难道你想抗旨不遵？”一声暴怒响起。

“那就请赐罪！下官早说过已有婚约，再也不能应下别的婚约！”一男子不卑不亢地答道。

“来人，把这狂徒关进后院楼中，看他低不低头！”又是一声暴怒。

然后便是嘈杂的脚步声响起，画面忽然零落成碎片。明月猛地从床上坐起，头上冷汗涔涔，待定神看向四周，依旧是观里自己的房间。一弯冷月照进来，虽时已近夏，明月却感觉一片如霜的清寒！

过几日便是师父送鬼魂入阴界的日子。因这些鬼魂游荡在人间，所以便由送魂之人通过往生镜来探知此魂的过往，直接送往阎罗处审判，然后入六道轮回。至于入何道则是此魂生前所为结出的因果。往往生前作恶多端者不愿入轮回，因他们所做之事死后只能入下三道，即畜生道、恶鬼道、地狱道。而在缚魂塔内所捉之鬼都是执念至深不愿入轮回者，或为恶之执念，或为情之执念。每每师父在送魂作法之时都会受到鬼魂的抗争，非有大法力者不能镇压。

紫云观内有一座小小的祭坛，祭坛上刻画着阴界阎罗判官，以示对鬼魂的震慑，祭坛的上方悬挂着往生镜，每从缚魂塔中放出一魂魄，往生镜便映照出此魂魄的过往前生。在放出魂魄前，师父会构建一座法阵，以确保放出的魂魄不会逃遁出去，然而此法阵却见不得生者的鲜血，生者鲜血一出，法阵自破。

以往，师父在作法之时，明月是不得入内的，因怕他孩子心性，惹出事端。这次，既已放明月自己下山捉鬼，作法送魂之时便让明月在此学法。明月这几日因晚上的梦魇，总是睡不沉，精神便有些不济，此时站在师父身边依旧有些恍惚，梦里的一切仿佛都是自己亲身所经历，但又那么遥不可及。师父看明月模样，暗叹一声：“世事轮回，因缘结果，有些事不是避开便可以的。”心虽如此想，面色却不动。

法阵已启，往生镜明晃晃地悬在祭坛顶，泛着莹莹的白光。师父解开缚魂塔的禁咒，准备祭出魂魄。明月却着了魔似的，死死地盯着祭坛顶的往生镜。青衣的话在心间响起：“不信，你可以看看往生镜，你就是我的明月哥哥。”随即师父的声音也在心间响起：“凡人不得看往生镜，在投胎转世之前已喝孟婆汤，前尘往事、恩怨情仇便在这一碗汤中消弭殆尽，如果因看往生镜忆起前尘旧事，此生与往生如何自处？前世今生恩怨纠结到最后无不使人着魔！”

明月心中天人交战，内心不断挣扎：看？不看？明月的额头渗出豆大的汗珠。往生镜内的颜色在不停地变换，往生镜已被师父启动。明月猛一抬头，下定决心对自己说：“不管结果如何，我也要看个究竟，如果前世为恶，今世我便修善弥补前世的亏欠，如果前世为善，正应了我今生修道！不管因果如何，我也要先了了此次下山所结的因！”

师父知明月这几日精神恍惚，本不想明月来此，他知明月命里终有一劫，如护持得好，这劫便好度过；如若护持得不好，只怕是凶多吉少。所以在明月下山前，他交给明月自娘胎里带出来的玉坠，就是想此玉坠有灵性能够保护明月的安危。此时他见明月面色阴晴不定，挣扎难受，正欲停了手中的法呼喝他一声，却见往生镜面明灭不定，各种画面交替却又转瞬而过，而明月亦已呆立如痴！

依旧是清河镇，清河水悠悠，千丝万缕堤上的柳，万紫千红岸边的花，草长莺飞，乱花迷眼，两对夫妻与一幼童走过堤上柳，却是一对结拜兄弟携了妻儿游春。其中一妇人已是身怀六甲，另一人笑语：“如弟妹腹中是一男孩，便让他与我家明月结为异性兄弟；如腹中是一女孩，便许给我家明月做妻子。”

春花秋月，夏雨冬雪，清河水日日东流不停歇。明月从垂髫稚童长成温润如玉一少年，青衣亦已豆蔻年华，螓首蛾眉，巧笑倩兮！俩人形影不离，你研墨来我写字，你读书来我添香。春来携手同游看百花，夏至轻罗小扇扑流萤，秋里拾落叶，冬来围炉看雪赋诗。

郎骑竹马来，绕床弄青梅。明月与青衣渐渐长大，这年青衣十六，明月十八，双方父母为两人订下百年之好，只等明月进京赶考之后回乡便成亲。

清河渡口多别离，那孤帆远去的不仅是离人，还有送别人的一颗心。执手相看，泪眼迷离，良人此去，之后纵是有良辰美景，又有何欢乐可言。

“只愿哥哥早日归来，青衣日日在此渡口等明月哥哥！”

明月不负众望，金殿殿试，高中榜首，无奈皇帝日日躲在宫中风花雪月，不理朝政，朝廷大权把持在首辅手中。这一日，首辅宴请当朝状元，宴席之中，首辅当着文武百官的面将自己的女儿许给明月为妻。明月大惊失色，连连推辞，并一再申明自己已有婚约在身。“君子有德，岂能停妻再娶？”首辅面色不悦，说此为皇帝赐婚，难道还能抗旨不成。明月亦正色道：“如此，便可请皇上摘去此状元帽，放我归乡！”首辅见明月以此相胁，抵死不从，不禁恼羞成怒，把明月关进后院楼中。日复一日，总有他屈服的时候。

因那座空楼禁足了明月，便被人称为“明月楼”。一日两日，总有人进楼中劝说威胁，软硬兼施，无奈明月誓不低头，每日只在楼中看书作画，吹笛自弈，或是遥遥望向家乡，一站便是几炷香的时间。渐渐地，来人少了，明月似乎被遗忘在了明月楼。

岁月悠悠，年复一年，家乡清河水是否涨了又退，退了又涨，已是几度春秋？花开花落，叶青叶黄又流过多少时光？那个明眸善睐的女孩是否依然在渡口苦苦等候，望眼欲穿，只见归雁不见来人？秋霜是否染上了她的眉头？冬雪是否冰冷了她的素手？那孤帆去悠悠，那河水向东流，何人为她展眉头？说好不辜负她的温柔，他却被锁在明月楼！山长水阔，归雁断鸿，秋风是否把她的思念吹走？

十八年似在弹指间，又漫长久远。皇帝驾崩，新帝励精图治，誓要治理出一片盛世清明。首辅作恶多端伏法，人们想起禁足在明月楼的状元郎，待放得出来，明月已是青丝变白发，只有那如玉树的身姿未变，眼里却是沉沉的忧伤。十八年的思念、十八年的磨难早已让明月再无仕途之心，于是请辞归乡，新帝念明月十八年来被禁的苦楚，准予辞官归乡！

明月马不停蹄，越是离家近越是心慌害怕。十八年，青衣，你还在原地等我归来吗？临走时，你说：“明月哥哥，我等你回来！”十八年，白云苍狗，青衣，你的双鬓被风霜染过几遍？如今，你等的人已归来，而你还在原地吗？

待回到清河镇，父母见他，一惊一喜大恸不已。待得告知青衣消息，明月似是万箭穿心，心如刀割。原来，在明月走后，青衣日日在渡口相望，明知望不来明月，却仍痴痴相等，刚开始还能收到明月的书信，后来却杳无音信。再后来，传来新科状元被问罪斩首的消息，青衣不信，仍是日日痴等，一日淋了大雨，染上风寒，又望归期无期，这病竟一日重过一日，终至不起！临终之时，青衣只是望着渡口方向，交代自己死后葬在清河边的山上，日日得以望向清河方向，说是答应过明月哥哥，纵是死也是不能食言的。哪日明月哥哥回来终是知道青衣还在等着他！

依青衣的遗言，青衣的坟地在清河边的山腰，前是清河，后是山峰。在这里，清河上每一艘过往的渡船都清晰可见。明月抚着墓碑上“青衣”二字，五内俱焚，肝肠寸断！曾经，他执卷在手，而她纤纤身影侧立在旁；黄昏里她在洒金纸笺上勾一抹夕阳的红晕，他横笛在旁奏一曲朗月清风。当时屋外青草离离，夕阳如醉，岁月静美如诗！如今却是故人已去，香魂已逝，砚台上的墨再无人研起，熏炉里的香再无人添起！她的浅笑依旧，如今却只能为她的墓碑轻轻拭去灰尘！清风伴着昏黄的月，白发的明月守在青衣的墓前，为她奏起一阕一阕的思念！

自此，明月再未踏出清河镇，一心侍奉双亲。青衣的父母因爱女早亡，早早便撒手人寰。待得双亲归西，明月了无尘心，随一道士遁去！

4

往生镜到此处闪过几下，便空白一片，短短几瞬，人生已是百年。明月呆立如痴，泪流满面。“青衣、青衣、青衣。”至此心中再无他念，除了青衣。青衣、青衣，青衣被他丢在半路，如今，青衣在哪里？此时明月不作他想，唯一的想法便是要出去寻到青衣，告诉她，他已回来，她已无须再等。青衣是鬼魂有什么关系，他看得见她，她知道他，他们回到清河镇，回到他们的家守着便好！明月思量至此，却觉自己手臂一痛，又听得师父惊怒交加的一声大喝：“明月，小心！”明月抬起满面泪痕的脸看向师父，看见师父眼中的怒火里夹杂的心疼。还未待明月问起何事，耳边又是一声尖厉的大笑：“哈哈哈，哈哈哈！我终于出来了！”

明月一惊，转头看去，祭台处一片暗红的血色，法阵布置的透明屏障亦是暗红一片，暗红的光芒闪动间，那薄如蝉翼的屏障似乎以听得见的响声四散隐去，一个面目狰狞的厉鬼猛至明月身前，未待明月回过神，厉鬼一把抓住他的手臂便往房外掠去！

原来，明月见到自己前生事，精神恍惚间走近祭台，慢慢往往生镜前走去，却在恍惚间穿过法阵屏障。此时师父正催动缚魂塔准备放出魂魄送至阴界处，却不料厉鬼出，一把抓破明月的胳膊，法阵见血即破。厉鬼见脱困，又见明月失魂落魄，不由分说便抓了明月。这厉鬼对抓他来此的明月恨极，正想往明月心脏处抓去，却一阵光闪过，厉鬼的手臂被挡在心口处。厉鬼知明月身上有护身之神物，便弃了当即杀死明月的念头，抓了他往外面奔去。

师父惊怒间，跟着厉鬼出了紫云观。自这厉鬼出来后，缚魂塔内却再也没有动静了，原来这几天塔内的异动竟是这厉鬼闹出的，看来他是吞了其他的魂魄修炼己身。如今这厉鬼集各种怨念在一身，寒气森森，怨念冲天，师父一时竟对他无计可施，只能跟在后面伺机而动。

厉鬼抓着明月一路飞奔，他奈何不得明月，每每想取明月性命之时，明月身上便有一道绚丽的光将自己紧紧包裹。厉鬼只有抓了明月没有目的地奔走。一时之间，师父对厉鬼无计可施，厉鬼对明月也是无可奈何。明月被厉鬼抓在手里，开始还挣扎不断，渐渐地便安静了下来，心里却是想着如果被这厉鬼一把抓死了也很好，如此与青衣便不是人鬼殊途，大家一同做了鬼守在一起也好。有了这想法，明月便有了寻死的念头了。转眼看到紧跟而来的师父，明月心中又歉疚无比，师父养了自己十几年，自己就这样弃师父而去，师父年老谁侍奉在他跟前？想至此，明月心中一痛，而青衣等了自己一世，自己又如何能够辜负这如许深情？在师父与厉鬼的追逃之间，明月却在思量中心力交瘁，痛如刀割！

追逃之间来到一处崖边，三清山虽不高，却险，处处悬崖峭壁，怪石林立。厉鬼停在崖边，一手抓住明月，一手指着师父尖声道："你如果再往前追，我立即把你徒儿扔下悬崖。"

"你想怎样？"师父停下问道。

"你不再追我，放我离开，发誓以后也不得捉我进轮回，我便放了你徒弟！”

“你已吞噬其他鬼魂，如果放你走，你便成人间大患，我怎能因此让人间生灵涂炭？”

“那你便不顾你徒弟性命？”厉鬼尖叫道。

“你放开明月哥哥，你抓我好了！”忽然，一声焦急的声音响起。

明月陡然一惊，看到了满脸焦急与担心的青衣。“青衣！”他失声叫道。继而，他又大惊，急急说道，“青衣，你快离开，这儿很危险！”惊急之间却没有想青衣怎会在此出现。

“明月哥哥，你不会怪我一直跟着你吧？”青衣却未理他的警告，自顾自对着明月说道，“我不想离开你，所以你走了后，我就偷偷跟着你，看你回了紫云观，我想跟进去，又怕那镇魂符，所以只好每天待在观外等着你出来，只要看到你我就开心了。可是，你好几天都没有出过观，我又进不去，所以我就一直在这山里转啊转啊！刚刚我就在那边竹林里转呢，听到这边有声音就跑过来了！”她对着明月说完，又转头对厉鬼叫道：“你放了我明月哥哥！”

明月听了青衣一番话，眼中一股热泪就要奔涌而出，想着青衣在这山里孤独地游荡，想见自己又见不着的无奈焦急伤心，心疼难忍，哑着嗓子说道：“青衣，对不起，明月哥哥以后再也不会丢下你了，你到哪里，明月哥哥就跟你到哪里。只要你开心，明月哥哥做什么都愿意！”

“明月哥哥，你记起我了？”青衣惊喜地叫道，竟忘了危险，向明月飞奔了过去，一时天地在她眼里皆是欢喜，哪里还记得此时危险万分。

“青衣！”明月吓得大叫。

这声叫终是迟了，青衣喜极，哪里还顾得那么多，唯一的想法便是到明月身边，纵是魂飞魄散又如何。眼看着青衣就要奔过来，明月急得双手结印，一时间，师父平日教的捉鬼法术尽数流进脑海。一束七彩光从厉鬼头顶往下罩去，因见青衣危险，情急之下，明月竟法力大增。厉鬼见此光束越压越近，隐隐觉得周身已有吸扯之力，忙一把丢开明月，却转身抓住了飞奔过来的青衣。明月身子一松，再看时却一身冷汗，慌忙撤了手中的法力，毕竟青衣也是魂体，如不撤去，青衣便也不可避免要被吸扯进去。

等明月站定，青衣已经与厉鬼斗在了一起，不一会儿，青衣便力有不支。明月待要作法收鬼，却又碍于青衣；不施法术，却又不能眼看着青衣被厉鬼吞噬。想起胸前的玉坠，厉鬼抓住自己一心想杀死自己时，便是这玉坠保命，他一把抓下玉坠朝厉鬼扔去，想用玉坠挡住厉鬼的攻势。谁料厉鬼狡猾异常，见玉坠离了明月的身，躲过玉坠的光芒，一把向明月抓过来，眼见着厉鬼一双森冷的白骨爪就要抓破明月的胸膛，师父在旁结印布阵却已来不及。瞬息间，厉鬼的双爪已到胸前，却见一淡绿的影子挡在了明月胸前，随后，淡绿的影子在明月面前缓缓倒了下去。

"青衣！"看着缓缓倒在自己身前的影子，明月骇得肝胆俱裂，双手颤抖地接住轻如烟尘的影子。

"明月哥哥！"青衣看着满脸是泪的明月，心里却是无比的满足与快乐，终于等到了明月哥哥，终于看到了明月哥哥，终于在明月哥哥的怀抱里，这怀抱真是温暖啊！真让人留恋啊！自己孤独地等了多久？多少年没有感受到心脏的跳动了？枕在明月哥哥的臂弯里真幸福！只是，只是自己的精魂好似要散掉了呢！自己本已是魂体，经此一击，只怕要魂飞魄散了！

"青衣、青衣，你一定要撑住，等师父收了厉鬼，我便请他护住你的魂魄，从此以后我日日守着你，一刻也不离开你。青衣，当日我回来见不到你，我日日伤心难过、日日思念你，我每日会在你的坟前给你吹曲子听，你都听到了吗？青衣，我不是故意不回，不是我负了你的情意，而是被禁足了十八年，等我回来却再也见不到你。青衣、青衣，你一定要撑住，师父定是有办法的。如果师父也没有办法，你放心，我定不会再让你一人孤独，我……"明月悲恸欲绝，心里如被撕裂般疼痛！他哽咽难言，颤抖的手慢慢抚上青衣的脸颊，却穿透而过，竟是想轻抚一下都不能！明月更是大恸，肝肠都似恸得寸寸断掉！

一滴泪顺着青衣的脸颊缓缓滑落，嘴角一抹笑意如同三月里盛开的桃花，娇媚婉转，一双月牙似的弯弯的眼睛盛满柔情与不舍，定定地看着明月。她知道自己时间不多了，她只想看着明月哥哥，看着怎么也看不够的明月哥哥。

"明月哥哥，我都知道，我不怪你，我只怪我自己，为何如此不争气，早早就离去，害得你伤心难过了一辈子。今天我很欢喜，你也不要难过，等师父收了厉鬼，你便随师父回去，好不好？"

影子越来越淡，慢慢化作万千光点，似满天的星辰洒落。“青衣！”明月悲痛大叫，看着渐渐散去的光点，如同疯魔了般，竭力施展法术，想把正在散去的光点聚在一起，无奈光点慢慢散至虚无。明月终于力乏，瘫软在地，没了青衣淡淡的影子，这天地竟是这般的空落，他想要伸手去碰触，却什么也没有，心中亦是盛满难以忍受的茫然空落。青衣，青衣真是没有了吗？他忽然笑了：“青衣说她今日很欢喜，既然她很欢喜，我也就很欢喜。青衣，我必不会让你再一人孤独的，我定会陪你的！”

明月忽然有了力气，走至崖边，他似乎看到青衣就在那儿对着他笑，软软糯糯地叫着“明月哥哥”！他亦笑了，轻声叫着：“青衣，我来陪你！”

师父施法用玉坠的奇光定住厉鬼，举着缚魂塔口中念念有词。厉鬼在奇光中挣扎，面孔时而是女时而是男，时而年长时而年少，竟是他吞噬的各种魂魄的面相！在玉坠奇光的照射下，丝丝黑雾从厉鬼身上溢出，缓缓向缚魂塔中飘去。

待收完所有魂魄，师父转头看过去，正见明月似一片落叶般轻轻向崖底飘去！

番外篇一

极东之地的虚无岛缥缈洞中，太瀛真人座下正跪着一童子。太瀛真人端坐在蒲团上，问道：“你可把他们的魂魄带回来了？”

“弟子带回来了，本来青衣魂魄受那一击定是魂飞魄散的，只是这玉坠通灵，在青衣魂飞魄散之时自主收了她的一些魂来，想着师父定是能够养好，便带回给师父。明月的魂魄亦收在缚魂塔中，带回来只待师父发落！”

“罢了，这明月灯为师花了几千年做出来，本是放在边上打坐时以助静心，时日一久，谁知这灯座与灯芯因痴缠千年而生情愫，在为师座前，他们不能如何，碰巧你失手打翻此灯，而灯座与灯芯灵性已长，趁此机会跌落到凡间轮回转世，生出这一段故事来！这玉坠本是灯油所化，能够护住青衣的魂魄也在情理之中。”

“都是弟子愚钝，请师父责罚！”

“你也是无心之过，合该有这段情缘，让你去人间不是为了责罚你，而是让你看护此灯，他们经此轮回转世，自也是一番修炼。只是青衣与明月还有一世的情缘未了，待得这一世的情缘了结，三生三世便得圆满，他们也该归位了。你携着明月与青衣的魂魄去冥界走一趟吧！”

番外篇二

清河镇这数十年内未曾有过今日的热闹，只因镇上大善人家的独子今日大婚，新娘子亦是镇上另一户良善人家之女，两家长者是结拜兄弟，此姻缘又是娘胎里定下的。镇上人念两大善人的恩情，每家每户皆在自己门口挂上红绸和红灯笼，放起炮仗，便有了这镇上十里红色，一路烟花爆竹的热闹！

洞房之中，新娘端坐床边，静候新郎。洞房亦是喜气一片，红色的罗帷、绣花的锦被、大红的灯笼，整个房间都充满了喜庆。

外面的喧嚣渐渐减弱，门口有急切的脚步声，然后是一身红衣的新郎推门而进，他几步走到床边，却又踌躇不定，喃喃道：“我莫非是在做梦吧！”

还未待他再次开口，却听得“扑哧”一声笑，却是新娘子自己揭了盖头，对着新郎笑道：“明月哥哥，你可不是做梦呢！”

“青衣，你怎么自己揭了盖头？”新郎惊道。

“明月哥哥，我闷啊，等了你好久了！”新娘嗔道，又调皮地一笑，道，“明天不准告诉我爹娘！”

明月看着青衣这一笑，顿时痴了，在他眼里，纵是百花盛开也比不过这一笑！

十里桃花十里雪

无数年之后，阿郎总记得那天身着红色嫁衣的雪雪，像是后来的那场红莲业火，红得炫目，红得决绝。

1

三月，桃花如梦，梨花若雪，绿柳轻摇，林花著雨，水荇牵风，春云翻卷，从严冬苏醒的世间着了这五彩斑斓的色彩，益发显得妖娆多姿。春色如许，良辰美景惹得万物春意绵绵，情意缱绻！

这应该是阳春三月最美的景致，至少在雪雪的想象中应该是这样的，但是出现在雪雪眼前的却是断枝残根，满目疮痍。雪雪想，这也许只是一个梦，梦醒来这三月还是美不胜收、景色如画的。

然而这梦终究也太长了些！

“雪雪，你来了吗？你终于又回来了吗？我等了三生三世，终于等到你了！”声音里充满欢喜。

是谁？是谁在唤我的名字？

雪雪看着眼前绵延不见尽头的残败树林，心神恍惚而痛楚，好像有一把尖刀在心头慢慢绞着。

恍惚中，这片林子却又变了模样，若干桃树，一眼望不到尽头，一阵风吹来，落英缤纷，数不清的花瓣飘离枝头，纷纷扬扬，如粉红色的雪片落下来。地上已经铺了一地的落花，踩上去，轻柔温软，仿佛踩着一个软软的梦。

“看见了吗，这就是我们的桃林，我守着你，风吹来，花瓣片片飘落，你在桃花里翩翩起舞。”

“你是谁？为何看到这片林子，我的心这么痛？”雪雪的眼前再次出现被焚烧过后焦黑的残根败枝，她按着自己的心口，微微弯下腰，蹙眉问道。

雪雪的眼前出现一个满脸沧桑、白发覆肩的憔悴男子，只是此刻看到她的出现，男子的双眼绽放出如星光般璀璨的光彩来，无尽的欢喜使他憔悴的容颜也明亮清俊起来。

“阿郎！”雪雪惊讶地轻叫起来。

“雪雪，是我！”

2

世人传说桃花溪的尽头有一片桃花林，绵延十里。每年春天，桃花绽放，簇拥枝头，灼灼其华，繁茂艳丽，千万棵桃树上娇红烂漫。只是谁也没有见过这片桃林，曾有好事之人沿着桃花溪溯流而上，一直找到桃花溪的尽头也没有发现那片传说中的十里桃花。渐渐地，便没有人再去寻找，也没有人再说起。

这年三月，书生柳凌与文友在桃花溪边饮酒赋诗。那天，天朗气清，春风柔畅。桃花溪两侧，崇山峻岭，茂林修竹；桃花溪水，清流急湍，映带左右。众人列坐，流觞曲水，其乐融融，一觞一咏，尽叙幽情。

几轮酒过，柳凌不胜酒力，遂起身想找一处歇息，谁知迷迷糊糊中竟往溪流上游走去，没承想迷糊间走上一绝壁，他一个失神，坠下崖去。

柳凌瞬间惊醒，来不及惊叫出声，只觉自己在风中急速下坠，已无回天之力，眼见就要横死崖下乱石间，他闭上眼睛，只心想：吾命休矣！

许久之后，紧闭着眼睛的柳凌并未感受到从高处坠地的疼痛，他心中有些忐忑，心想着地府中该是怎样的黑暗与狰狞，不知道是否可以看见传说中黄泉路边的彼岸花，牛头马面又是怎样的。

又过了许久，依然未有任何动静，周身安静而温暖，隐隐有淡淡的幽香弥漫在空气里。他有些诧异地慢慢睁开眼睛，然而眼前的一切让他的眼睛越睁越大，嘴巴也张开了，半天合不拢。

漫天漫地的桃花，树上树下，绵延不绝，一眼望不到尽头，繁花万千，艳丽如锦。

难道是在做梦吗？难道那传说竟是真的？那一片仙境般的桃林真的存在，只是需要往这崖下纵身一跳才可以找到？可谁会拿自己的性命来寻找？

柳凌像是做梦般在桃林间穿行，一路繁花似锦，香气氤氲，也不知道自己究竟走了多久，隐隐听到一处传来悠悠琴声。他心中好奇，循着琴声快走几步，转过一个小坡，却看到一个粉衣女子正翩翩起舞。桃树下，坐着一个青衣男子，正含笑望着起舞的女子，男子膝上横一古琴，双手揉弦，琴音悠扬。

那起舞女子衣袂飘飘，婀娜多姿，舞姿轻盈优美，飘逸出尘，旋转间，柳腰轻摆，翩若轻鸿；回眸时，眼波流转，若含春水，柔媚婉转。

柳凌一时看呆了，这世间竟有如此绝色女子？自己以前真是枉长了一双眼睛。他被眼前的绝色女子吸引，竟是半分脚步也移不动了。

一曲舞罢，舞歇琴止，林中两人看到山坡上傻傻地站着一个清俊风流的书生，有些惊讶。

“这人间男子是如何闯进这桃林的？”弹琴男子皱眉问道。

“许是迷了路，不小心转进来的。”女子看向柳凌，只觉他文弱儒雅、清润如玉、风流俊逸，心想：昔日里总听少柔说人间男子污浊不堪、猥琐形丑，怎的这个男子竟比仙妖还要出尘俊俏。哪日少柔再来，少不得要责怪她骗我。

柳凌见两人惊讶地看着自己，赶紧弯腰施礼：“在下柳凌，打扰二位雅兴，实在抱歉。”

“柳公子不必抱歉，我们只是日长无聊罢了，我叫雪雪，我身边这位是阿郎。”

雪雪回礼答道，说道日长无聊，忽地就有些寂寥起来，这闲逸的仙家岁月在看到柳凌的那一刻忽然觉得漫长难挨起来。

听得雪雪与阿郎的话，柳凌万万没有想到自己一个失足不仅没有丧命崖下，反而进了这片传说中的仙家桃林。

“如果你想回去，我们可以送你，只是万望莫要与人提起这里的桃林！”阿郎对这无意间闯进来的人间男子实在无好感。

“我……我……”柳凌想想自己父母双亡，家中唯余一老仆伺候自己，虽说自己失足落下山崖，老仆会伤心，但是对着雪雪这绝色仙颜，竟是留恋不想离去。

雪雪见柳凌一双俊眼在自己身上流连，心里欢喜无限，又怕阿郎赶走了这人，连忙答话道：“阿郎，我们这里好不容易来人，大家可以热闹一下，就留柳公子多待些时日吧。”

阿郎见雪雪执意留下柳凌，心中气闷，不待柳凌回答，冷了脸拂袖而去。

3

“桃之夭夭，灼灼其华。之子于归，宜其室家。桃之夭夭，有蕡其实。之子于归，宜其家室。桃之夭夭，其叶蓁蓁。之子于归，宜其家人。”

柳凌看着窗外绵延不尽的桃林，花飞若雪，辰光若梦，雪雪一袭粉色衣裳在飞花中曼舞，他心神俱醉，哪里还有什么人间之念、功名之想，只想在这温柔缱绻的梦乡里日日伴着雪雪吟诗作画，抚琴曼舞。

“柳公子，你刚才说的这诗是什么意思？”

自留下柳凌，雪雪无一日不过来与柳凌谈天说地，阿郎倒是见得少了，只因为那人间太多趣事吸引雪雪。柳凌饱读诗书，诗词歌赋典故无一不信手拈来。

“这是祝贺女子出嫁的诗，说出嫁的姑娘美丽贤惠，成家后一定是个好妻子、好母亲。”

“人间的女子都要出嫁的吗？”雪雪红了脸小声问道。

“男大当婚，女大当嫁，自古之理。”

“那丈夫会对嫁进来的女子好一辈子吗？”雪雪想起少柔与她说的话，心里迷惑。少柔时常与她说起人间男子，都是那一句：“那人间男子都是薄情之人，都是叫女子伤心之人。”

“那倒是不好说。不过，我会对我的妻子关爱呵护一辈子的，定不叫她伤心难过。”

“那做你的妻子可真是有福分了。”雪雪心中欢喜，满脸羞红，低头不语，心中若小鹿乱撞。

柳凌看着雪雪比桃花还要艳丽的容颜，心中爱恋不已，情不自禁伸过手去握住雪雪一双柔若无骨白玉般的小手。

“柳凌本不敢高攀仙子，只是实在心中爱惜，愿与仙子白首偕老，相依相伴，日后与仙子晨起画眉，晚来读书，不知仙子意下如何？”

“你……你是说真的？”雪雪抬眼看他，满脸惊喜羞怯。

“千真万确，若是负你，定遭天打雷劈烈火焚。”

“你别发这么毒的誓，我信你便是。”见柳凌发此毒誓，雪雪心中害怕，忙用小手捂住柳凌的嘴。

一阵幽香沁脾，柳凌心中一阵迷醉，双手一揽，把雪雪抱进自己的怀里，一时软玉温香，意乱神迷，只是紧紧抱住雪雪温软的身子，心中情欲便如烈焰翻腾，心想若能与她相伴到老，什么功名利禄、高官厚禄、金榜题名，统统都可以放弃不要！

柳凌自小读圣贤书，秉承孔夫子之教，仁义礼信，修身，齐家，治国，平天下，只把一腔热血拿来读书，只待金榜题名，报效家国。可是此时，温香软玉在怀，国色天香看不够，一时意乱情迷，哪里还记得曾经的夫子之说。只恨这良宵苦短，怎么也爱不够。

雪雪被柳凌抱在怀里，心中柔情蜜意，含羞带怯，一张小脸艳若桃李，更添无限风韵，听着柳凌急剧的心跳声，她的一颗心也几乎要跳出来了。都说只羡鸳鸯不羡仙，难道竟是真的吗？与柳凌相处的时日比她在这仙境里待了千年的时光还要美好开心！

雕栏花窗内柔情缱绻，春光无限，谁也未曾注意到窗外不远的那棵桃树下伫立着一个孤单落寞的身影。

“雪雪，我陪你千年，竟比不过他陪你几日吗？”阿郎默默低语，望着窗内灯光映照下紧紧拥在一起的人儿，他无力地靠在一棵树旁，心内黯淡、酸楚，浑然不觉一根细枝已深深嵌入自己的手，鲜血一滴一滴地从指缝间落到地上的桃花瓣上，鲜艳刺目。

4

那一日，十里桃林，万千桃花离了枝头，在空中纷纷扬扬，如同下了一场桃花雪。桃花雪中，雪雪一袭红衣，袅袅而行，款款走到那个男子面前。无数年之后，阿郎总记得那天身着红色嫁衣的雪雪，像是后来的那场红莲业火，红得炫目，红得决绝。

“他是凡人，你如何能嫁他？”阿郎倚在一棵桃树旁，心中寒凉却没有了理由，只拿这仙凡之隔试图让雪雪放弃。

“仙人千年，不抵凡间百年，这喜悦忧愁，只有有了一颗人心才能体会得出来。”

“若他以后负你，你该如何？”阿郎深深地忧虑，少柔在凡间行走多年，看多了人间薄情负心之人，他怕雪雪也遇人不淑。

“他发那毒誓承诺不负我，我信他。”雪雪心中只有甜蜜与快乐。

“他最多不过活那百年，之后便要轮回转世，到最后你却要为他轮回而伤心难过。雪雪，你会伤心的。”

“不求千年活，只求有情郎。有这百年时光，我已心满意足，即使剩下回忆，也能够度过这漫长的岁月吧！阿郎，桃林中的桃珠快熟了，如果能让他服下，便可延年益寿几百年。”

“雪雪，你不要傻了，那桃珠是这桃林灵气蕴育的，又以你之血魂为食，你如果给他吃下，你的仙体必会受损。”阿郎大惊。

“我顾不得那么多，只要他好，桃珠又算什么。”

听得此言，阿郎心中痛楚难当，却无法对雪雪说，只觉憋闷难受绝望，似有一块石头沉甸甸地压在胸口。

雪雪终究是穿上了那身殷红如火的嫁衣，她满含深情，一步一步走向柳凌，走向她渴望的人间情爱。“桃之夭夭，灼灼其华。之子于归，宜其室家。柳郎，我会做一个好妻子，陪着你，希望你莫要负我，不要做那人间薄幸郎！”

桃花酿并不会醉人，只是酒不醉人人自醉。阿郎坐在桃林里，斜斜地靠在一棵桃树旁，身边已丢弃了几个酒坛。他醉眼蒙眬，望向桃林深处雪雪的院子，那院子里铺了厚厚一层桃花瓣，如粉色的地毯，一室的春梦！

“怎么？雪雪嫁人，你应该开心啊，怎么在这里喝闷酒呢？”一个柔媚的声音突然响起。

“那你开心吗？”阿郎没有回头，这里的客人一直只有一个，那就是柳树仙子少柔。

“我可不信人间还有专情于一人之男子，那人间的男子哪个不是见色忘形之人？”少柔席地而坐，拿起阿郎身边的酒壶灌了一口酒到自己嘴里。

“那你为何不来规劝雪雪？”

“情之一事，哪里是规劝得了的，大凡动情者必迷之，若要醒来，不经历生死，哪里能够参得透，你也劝过雪雪，她不是也不听你的吗？人间有句话：问世间情为何物，直教人生死相许。”

“那如何才好？我始终不信柳凌会一心待她。”

“要不要我去试试？”少柔一脸坏笑着对阿郎说道。

“试什么？”阿郎奇怪地问道。

“试试他有无真心啊！”

“怎么试？”阿郎茫然问道。

“我去勾引勾引他，若他不为美色所动，那就说明他一心爱雪雪；若是他心旌摇曳、立场不定，咱们就劝雪雪离开他。”少柔狡黠地笑道。

“万万不可！你这样做，雪雪定会生气。”阿郎吓了一跳。

“哈哈！看把你吓的。”少柔喝了一口酒，觑他一眼，口中虽如此说，心中倒真是起了这样的心思。如若柳凌一心一意，那便最好，大家也可放下心来；若是那柳凌见一人爱一人，自己定要告与雪雪知道，此人不可托付。

5

柳凌见到少柔的时候，少柔正坐在桃花树下喝酒。看见柳凌，少柔并未起身，也未介绍自己，只拿了酒壶，一双媚眼如丝般在柳凌身上缠缠绕绕，像是织了一张温柔的网，网住了柳凌，柳凌在这张网里挣扎喘息。这个女子的狐媚妖娆、娇俏邪魅，完全不同于雪雪的温柔恬静、体贴温婉。

柳凌守住脑中的一丝清明，对着少柔作了一揖，说道："不知仙子在此饮酒，柳凌冒犯了。"

"你就是雪雪的新婚夫婿？"少柔一双媚眼在他身上流连。

柳凌不敢直视那双眼睛，那眼里的魅惑像是蛊虫一般慢慢地沿着网上的丝线钻进柳凌的心里。柳凌有些心猿意马，若是少柔身上的那股风韵气质能与雪雪身上的娇柔婉丽合二为一，真乃是人间天上都找不到的尤物了，用"兼美"二字形容最是适合。一个男子此生若能拥有如此"兼美"之女子，真是给个帝王将相也不做啊！

"公子在想什么？如此出神。"少柔含笑问道。

"啊？没、没什么！失礼了，失礼了！"柳凌一惊，回过神来，身上已然惊出一身冷汗，他再不敢看少柔一眼，低下头来，心中惭愧不已，自幼习夫子之礼，怎么能有如此龌龊的想法；此生能有雪雪已是上苍眷顾，怎能再思这齐人之福。

"公子可否坐下陪少柔喝几杯？"少柔见柳凌心神不定，心下暗笑，雪雪啊雪雪，我定要这男子露出狐狸尾巴，让你尽快从这迷梦中醒来，人间情爱最是折磨人，若能专心一意倒也罢了，若是让这人间浊物伤了你的心，那可真让我心疼了。

只是这人间处处都是道貌岸然的伪君子，见利忘义，见色忘情，伤了多少女子的心？这世间女子都是一朵盛开的花儿，有的开在枝头无人赏，最后寂寞凋谢；有的被人喜欢摘下赏玩却又弃之如敝履，何曾有几朵花是被好好呵护的？我情愿开在枝头寂寞终老也不愿意被人玩赏后弃之。

柳凌自知与这女子一起饮酒于理不合，但是脚下却移不动，心中如着魔一般，就是想与她能多待些时间。

正自踌躇间，身后传来一个柔柔的声音："少柔，你莫调皮逗他，他可不是阿郎，与你嬉笑惯了的。"

柳凌一惊，转身，雪雪不知道什么时候已站在后面，正一脸嗔怪地看着少柔，然后携了柳凌的手，安慰道："这是少柔，我与阿郎的好姐妹，你莫要理她，她是浑惯了的。"

柳凌顿时满面羞红，只想找个地缝钻进去，刚才那些心事虽是在心间藏匿，可是却不知道雪雪会不会窥得一二！

"哎呀！这才几天时间，就胳膊肘往外拐，说我的不是了？"少柔调侃道。

"怎能是胳膊肘往外拐呢，柳凌是我夫君，我是向里拐的。"雪雪望了一眼柳凌，眼中情意盈盈。

"好吧，好吧！我现在是外人了，他才是内人了。"少柔嘟了嘴在那里生气。

"好啦，别闹了。你几时来的？我怎不知道？"雪雪放开柳凌的手，走上前去，拉了少柔起身，帮她拍去身上的落花。

"那你们说说话，我先告退。"柳凌见雪雪去安慰少柔，如获大赦，赶紧告辞离去。

柳凌走得远远的，回头看去，见桃树下，一袭粉衣，一袭绿衣，两个身影都是亭亭玉立，明艳娇美，分明是一对姝丽，不分瑜亮。

"你来了，怎么也不到我那里去？"雪雪拉着少柔的手怪道。

"如今，你有了新夫婿，哪里还要我？"

"少柔，可别这么说，任他何人，也不能替了你的位置去。"

"那我要你放他离开，我们还像以前一样，你可愿意？"少柔眼睛一亮，期盼道。

"别闹，他是他，你是你，你们两人我都需要。"

"那还说什么？"少柔低了头，噘嘴道。

"少柔，往日里，你去人间多，回来与我说人间事，却总是说人间男子如何如何薄情负心，那日见柳凌，倒不是你说的那样。"雪雪想到柳凌的体贴温柔，一脸的娇羞幸福。

少柔见雪雪满脸的幸福，心里差点就动摇了，如果柳凌真能给雪雪幸福，自己这样做是不是不应该？可是想到往日里在人间见到的那些伤心难过的女子，她又暗自下定决心，再多试两次，若柳凌依旧以礼相待，自己便回去，再不管这事。

6

“你还是不要再试了吧！”阿郎对立在窗前的少柔劝道。

“阿郎，你有多久未见到雪雪了？”少柔不回答，转而问道。

“多久？我不知道，一日也如三秋，这许多日子，我已算不清了。”阿郎望着窗外落英缤纷，苦笑道。

“你难道不想雪雪回到我们身边吗？一起玩耍，一起嬉闹。”

“想！可是，既然雪雪喜欢那个人，只要她开心，我们就随她所愿，不好吗？”

“阿郎，你为什么不为自己争取，总是默默地拱手相让？我才不要，我要雪雪回到我们身边。如果那个柳凌能够对她忠贞不贰，我就不再骚扰；如果不是，我就把雪雪带回来，像以前一样开心快乐！人间情爱短短几十年，有何意义？”少柔双眼灼灼地看着阿郎，然后转身走进花瓣漫天飞舞的桃花林里。

“可你又怎知雪雪愿不愿意再回来？”阿郎望着桃花中少柔的背影，喃喃说道。

碧纱窗下，桃树掩映，暖暖的光穿过团团簇簇的花朵，碎碎点点地洒在花梨木桌上，菱花镜里，雪雪眼波盈盈，望着身后的柳凌。柳凌手执桃木梳正帮雪雪梳一头如墨的黑发，阳光的碎影里，雪雪发如墨，肤如玉，两颊嫣红，眉如山峰聚，眼若水波横，在情爱的滋润下，更显娇俏艳丽、圆润丰盈。

少柔走到窗外的时候看到的正是这一幕，刹那间，她有些恍惚，那些她与雪雪一起梳头画眉点唇的时光像一幅幅深刻在心中的画，时光虽远，却清晰如昨。阿郎腼腆内敛，雪雪温柔体贴，自己却总是闹了这个闹那个。不管闹成哪样，雪雪总是摇头一笑，由着自己折腾，即使闹出乱子，也是雪雪来收拾，她总是闹完要溜就溜，到处晃荡。

如今，却有了另外一个人来，很多事情似乎有了太多的不同，她不能再与雪雪滚在一张床上嬉闹打趣，不能再为雪雪描眉点唇，不能在雪雪的心中占有那唯一的位置。

有些东西在失去，她不知道自己到底是怕雪雪以后被负伤心，还是觉得自己被负所以才如此用力想赶走一个外来闯入者。

柳凌抬头看到窗外的少柔，心没来由地一跳，手中顿了一下，少柔在窗外对着他嫣然一笑，转身离开。

“怎么了？”

“没什么，刚才在想事情，有些失神了。”柳凌压住一颗乱跳的心，回道。

“你是否想家乡了？来到这里也有许多时日了，要不要回去报个平安？”

“确实是有些想。”柳凌舒一口气，慌乱的他不知道找什么理由来搪塞，却没有想到雪雪给了他一个理由。

“从这里去人间，不用你在悬崖上摔来摔去了，我等会儿带你去看看连接人间的通道吧。”雪雪回想与柳凌的相遇，不禁莞尔一笑。

“甚好甚好。”柳凌胡乱答道。

“今日阳光很好，你总往外看，是否想出去转转？”雪雪见柳凌时时往外张望，体贴地问道。

“不用，今日咱们在家看看书就好。”

窗外桃林寂寂，那个身影早不知道去了哪里，只有走时的嫣然一笑，似乎还留在飘落的桃花里，柳凌忽然有些怅然若失。

连着多日没有见到少柔，就连阿郎似乎也从林中消失了一样，雪雪日日有柳凌陪伴，倒不觉时光荏苒。可自那日窗外惊鸿一瞥，那个淡绿的影子便印在了柳凌的心里，挥之不去，时时牵挂，又惶恐无措，继而又自责不已；时常夜半醒来，看着雪雪睡梦里甜甜的容颜，他的心中却掠过少柔那双媚惑的眼睛和唇边淡然戏谑的笑意。

7

这日夜半，柳凌依旧无法入睡，窗外满月如玉，桃花在明亮的月色里披了一层莹白的光，好像甜腻的桃花糕上撒了一层淡淡的糖霜。柳凌披衣起身，信步走到室外，桃花瓣瓣，温柔飘落，月光掩映，疏疏落落，夜色里清香萦绕，淡淡的薄雾在林间缭绕。

“多情只有春庭月，犹为离人照落花。”柳凌轻叹一声，看着这月夜迷离，心中多了丝丝缕缕的怅惘。

“雪雪不是一直在你身边吗，公子怎会有如此慨叹呢？”一个娇媚的声音在身后响起。

柳凌一惊，转身看去，月色疏落间，少柔一身绿衣，袅袅婷婷地走在轻轻飘舞的桃花里，眉间含情，嘴角带笑，月下仙子莫过如此！

“柳凌见过仙子。”柳凌心内一慌，赶忙作揖下去，再不敢抬头看她。

“夜已深，公子不睡，莫不是有什么心事？”少柔却不管柳凌如何心乱害怕，直直地走了过来，离他不过咫尺。

眼见着人如美玉站在近前，柳凌想退后一步以避嫌，可脚下却像是生了根般，怎么也挪不动脚步。他心中慌乱却沉醉、无措却迷恋，想退远一些，却鬼使神差地靠近了一步，他在少柔织就的网中越是想挣扎，便缠得越紧，仿佛有一双无形的手拉扯着他往一个万劫不复的深渊坠去。

“你，你这几日去了哪里，怎么一直不见你？”像有什么魔力促使他说出这几句话，刚一问出口，便吓了自己一跳。

“公子是担心我，还是想我？”少柔娇媚地一笑。

“我……我……”柳凌张口结舌，心中有一千种声音在唤自己“离开、离开”，腿上却没有一点力气。

“公子喜欢雪雪，就不喜欢少柔了吗？”少柔却是不放过他，贴得更近了。

柳凌觉得自己口干舌燥，无法呼吸，他紧紧抓住身旁的一棵桃树，想要从那苍老遒劲的枝干上借来一些力量支撑自己不往深渊坠去。

“我真是羡慕雪雪啊！”月光下，少柔一脸的忧伤，一双妖媚的眼睛里此刻汪了一湖盈盈的泪水，在月色下，楚楚可怜。

“不是的，那日我一见仙子，便念念不忘，日日思念。”柳凌心中怜惜，再也顾不得其他，上前一步，握住少柔的手，急切地说道。

“真的吗？”少柔面上一喜，含泪笑问道。

“千真万确！”一双柔软的手握在柳凌的掌心里，触摸着这一抹柔软，他心里一荡。

“你们、你们、你们这是在做、做什么？”一个颤颤巍巍的声音在后面响起，声音里的惊慌如同树上受惊的鸟儿。

柳凌听了这一声，吓得魂飞魄散，登时呆在了那里，心中的旖旎绮丽如被惊雷震散。

月色下，雪雪着一身雪白的衣裙，脸色比那月色还要苍白，面上已满是泪水，她无力地靠在一棵桃树上，像是贴在上面的一片薄薄的白纸片，又像是折了翅膀的白色蝴蝶。许是桃花感应到她的哀伤悲痛，花瓣片片落下，越落越急，如同鹅毛大雪般纷纷扬扬起来，不一会儿，她周身便铺满了落花。她站在落花里，孤寂、无助、悲凉、哀伤、失望，那些温言软语还在耳边没有散去，那些温柔体贴还在心中没有凉下来，可那个人却已经面目全非。

少柔看着自己终于得以逼出柳凌的本性，正如她所说，这人间的男子没有一个不见异思迁的，开始还在自得，但是看着雪雪一脸的哀伤绝望，痛苦难过的样子，她忽然害怕起来。她以为让雪雪看清了柳凌的本性后，雪雪会感激她的良苦用心，可是为何在雪雪那里看到的是一片冰冷的绝望?

“雪雪？”少柔试探地叫了一声，有些担心，有些害怕，事情好像并没有朝她想象的方向发展。

雪雪没有再看少柔一眼，也没有再看柳凌一眼，她用尽了身上最后一丝力气，转身踉踉跄跄地飞奔而去。

8

少柔一脸无奈与苦闷地坐在阿郎的对面，雪雪已经接连几天没有理睬她了，更不用说见她了，每日雪雪都把自己关在房间里，谁也不见。柳凌在雪雪的门前忏悔了几日，只得一句话："你我缘分已尽，永不相见！"

而阿郎却不管雪雪以后是否会责怪于他，他私下做主，忍住想要把柳凌撕成碎片的愤怒，把柳凌送离了桃林。

"难道我这次真是做错了？"少柔一边转着手中的白玉杯，一边疑惑地问道。

"我也不知道。"一想到雪雪每日待在房间里伤心难过，阿郎的心就痛不可忍，只想自己去替她承受这些痛楚。

"可总有一件事是对的，就是那柳凌不可托付，他就是那见异思迁、沉迷美色的登徒子。以后雪雪会想通的。"少柔握紧了手中的白玉杯，似乎终于找到了一个自己觉得正确的理由。

"你先回去吧，等雪雪心情好些了，你再来。"

"好吧！"少柔也觉自己好像闯了祸事，想着先溜之大吉吧，反正这里还有阿郎呢。等雪雪心情好了，再溜过来，像以前那样，在她面前要赖就好了吧？以后，和雪雪天天在一起的人就是自己了吧？

阿郎已经在雪雪房间的门口站了许多天了，房内没有任何声息，房外的阿郎也静静地，没有发出任何声音。

桃林里空寂无人，只有日月在桃林里轮转，阳光爬过碧纱窗的雕花格，又不急不缓地爬过西边的粉墙碧瓦，然后是月色漫漫，笼一片清辉，洒下清白的光。

当雪雪打开门站在门口的时候，阿郎有一种想流泪的冲动。

"雪雪，都过去了！"他走上前，把雪雪拥在自己怀里，轻轻拍她的后背。

雪雪在阿郎的怀抱里，终于大哭出声！

"阿郎，他如此负我，其实我想让他与我一同死去，下到黄泉，他也终是只和我在一起，只是我终究狠不下心来。”

阿郎的心一顿，他没有料到一直温柔的雪雪竟然有如此执念。他拥紧了她，心中却没来由地害怕。

9

柳凌失魂落魄地走在街上，一切都是那么陌生，他不认识别人，别人也不认识他，原来，他在桃林的那些日子，人间已不知过去多少年，他与这世界已经断了所有的联系。多少年前，那个失足坠崖的风流俊俏书生只是一片轻飘飘的叶子，消失在流逝的岁月里，没有任何人记得。原来，人生莫过如此，春秋一梦罢了。

他茫然无措，又羞愧难当，雪雪已与他恩断义绝，少柔所做的一切不过只是试探自己是否对雪雪真心，可笑的是他自己还在做着齐人之福的美梦。

“前面这位公子，请留步。”

柳凌诧异地回头看去，心想这里还有谁会认识我。

站在柳凌身后的是一个道士模样的人，只见他用木簪束发，几缕白须，仙风道骨。

“道长叫我？”柳凌看了看周围，问道。

“正是，可否借一步说话？”

“请问公子是否从一个遥远的地方过来的？”街边茶馆内，木桌上，两杯清茶，道士语出惊人。

“公子不必诧异，我看公子额头泛青，想是有妖邪之物靠近过。”

“妖邪之物？”柳凌正举杯喝茶，闻言一惊，手中的茶杯差点掉落地上。

“你若想活，就须得带我去那桃林，找那颗桃珠，才能补回你被妖邪吸取的精血，得以续命；否则，命不久矣！”

柳凌脸色瞬间苍白如纸，冷汗直冒。

千年桃珠已有灵识，感应到一道陌生、一道熟悉的气息时，桃珠有些忐忑不安，正要发出信号向主人求救的时候，一道结界挡住了她，她用力挣扎，无奈灵识尚浅，无法挣脱。

无名道士与柳凌站在桃珠下面，柳凌心中仍有些惴惴，他不愿意相信雪雪是桃妖，可是道士却又说得头头是道，如此了解雪雪的一切，让他不由不信。

看到桃珠渐渐失去了抵抗的能力，道士的嘴角露出一丝得意的笑，一千多年了，终于要得到了。“那个桃花仙子，千年前不过是一个桃花妖，只因种桃有功，被西王母赏识，得以位列仙班。如今，我得了她这千年精华，终于可以不用再苦修了。”道士心中暗想。

雪雪感应到桃珠的变化时，心中大惊，同时亦疑惑不止，这桃珠已有灵识，如果不是有熟悉之人，她不会现身，少柔不在，阿郎亦已送桃花仙酿到天界，还有谁能够找到桃珠的位置？

莫非是柳凌？可那又怎么可能？柳凌已回人间，即使回来，也不会先到桃珠处，难道是因为自己告知他桃珠的用途，他起了贪心，如今回来偷取？

想到此处，雪雪只觉浑身发冷，如坠冰窖。柳凌，你三心二意，见异思迁，负我在先，我却不舍杀你，只叫你回去人间，从此两不相见，可是你若是起了贪心，我定要叫你、定要叫你……

她一时心如刀绞，痛不可忍。

当看到那个熟悉无比的身影时，她悲愤交加，化桃枝为剑，悲怒中，一剑刺向柳凌。柳凌看到雪雪脸色苍白，满眼怒火举剑刺向自己，顿时吓得魂飞魄散，心中再信了道士几分。

“道长救我！”他一闪，躲到道士身后，只吓得瑟瑟发抖，浑身抖如筛糠。

道士拂尘一卷，化去雪雪的剑气，心下想，少不得要先解决了她才能取桃珠了。

“我去挡她，你去取桃珠。”他向柳凌轻喝一声，挡住了雪雪。

“柳凌，你若敢取桃珠，我定叫你死无葬身之地。”雪雪一边抵挡道士的凌厉攻势，一边凄切大叫。

柳凌一时犹豫不决，看着平日里温顺柔美的雪雪凄切大叫，像变了一个人似的，心中着实害怕，一时踌躇不前，只焦急心慌地看着两人你来我往地斗得厉害。

见主人拼命斗法，结界内的桃珠不停地挣扎，想要脱困而去。道士见了大急，这桃珠只要一落地，便会遁入地下，再难找到。他对柳凌大喝一声，让他取桃珠。柳凌看了看相斗的两人，又看了看挣扎不停的桃珠，狠了狠心，便伸手把桃珠摘了下来。桃珠兀自挣扎，只是气力渐小，再挣不开柳凌紧紧握住的双手。

雪雪见桃珠被柳凌摘下，一时气急，悲愤、难过、绝望、心痛，一口鲜血喷出，脚步踉跄，竟是心如死灰般绝望。

道士不愿与雪雪缠斗，见柳凌取了桃珠，雪雪又是一副绝望心冷的模样，便跳开来，与柳凌一同快步离开，往那通向人间的出口退去。

伴着一句凄厉欲绝的悲声："柳凌，你负我至此，我便与你一同焚于这桃林之中！"一片熊熊烈火自后面席卷而来。

柳凌听得这悲声，心神剧颤，回头望去，只见烈焰腾腾，火蛇吞吐，他吓得面色惨白，脚下一软，扑倒在地，手中的桃珠掉落，转瞬不见。

"红莲业火，红莲业火！这桃妖怎会有红莲业火？"道士吓得肝胆俱裂。

十里桃林被红莲业火焚烧了三天三夜，方才渐渐熄灭。等阿郎从天界回到桃林的时候，所见已是满目疮痍，唯余火后焦黑的木炭，一片死寂。

10

阿郎失魂落魄地行走，想要感应雪雪的存在，但是十里的荒凉凄惨被他走了个遍，也没有任何雪雪的气息。他蹲坐在一片焦土之上，一夜间，青丝变白发，容颜苍老憔悴。

一颗硕大的珠子从地底跳出来，钻进阿郎的怀里，呜呜咽咽，犹如孩童失去至亲的悲泣。阿郎见桃珠免于劫难，心中悲喜交加，这桃珠是雪雪以血魂喂养的，有桃珠在，雪雪终究有一天会回来的。

等待是漫长的，但是有等待便有希望。雪雪，我要重新种下十里桃林，等你回来！

“雪雪，你看，眼前虽还是一片被烧后的荒凉，但是地底下的种子已经开始发芽，有的种子已经破土而出，待过百年，这里便又是一片桃花若雪了，你若要跳舞，我还给你弹琴！”阿郎牵着雪雪的手，慢慢行走在焦黑的残枝之间。

仔细望过去，绵延的黑色焦土上泛起淡淡绿意，是幸福欢乐的希望！

雪雪满面泪痕，怀疑是梦，但如果是梦，愿这梦永远不要醒来。阿郎，我从未像今天这样觉得梦里有你真好！

娑婆

入这万丈红尘，坠进娑婆世界，只为寻找曾经守我日日夜夜的一个人。

引　子

东边露出了一丝鱼肚白，黑暗渐渐四散开去，隐隐地透出丝丝光亮。我凝神看着竹屋，心里默默数着：一、二、三、四……我知道，不用我数到十，竹屋的门就会打开，然后便可以看见他站在门口望向我，眼里含笑，在清晨里如昨夜的朗月！

果然，随着“吱呀”一声，我看见他打开门走出来，站在门口停顿一会儿，嘴角上扬，望着我这边，眼里是宠溺的笑意！我开心起来，在清朗的微风里轻轻摇曳，以最清雅的风姿回应他的微笑。

他向我走来，站在我的面前，轻轻说道：“昨夜睡得可好？天渐渐凉了，你在这里会不会冻着？”他微微沉吟了一下，又道，“看来，这几日就要把你挪到屋内了！”我欢欣雀跃起来，虽然我知道我并不怕寒冷，但是能够在屋内与他日夜相伴，该是何等的幸福？一阵风吹过，趁着风，我轻轻拂过他的脸颊，痴痴地望着这张脸：棱角分明，俊朗清逸，眼里是沉沉的温柔。这张脸我看了多久了？怎么就看不厌呢？

我是一株白海棠，我不知道自己何时被种在这里，只知道自我从懵懂中醒来，灵识初开，便看着这张脸在我面前说话、微笑、烦恼、沉思。我习惯他年复一年的陪伴，依赖他日日夜夜无微不至的照顾。我一直就只见他独自一人住在这山间小屋，三五日里便有朋友来到竹屋，他们弹琴、吟唱、喝酒。我不知道他们在吟些什么，但是我看出他并不快乐，每每喝酒到最后都会流泪吟唱，那些曲调是什么我不懂，但我能感受他心里的哀伤！他们也会围着我欣赏，夸赞着我的玉洁冰清。我从不怀疑自己的美丽，但我心疼他的伤心，可我只是还没有化为人形的花精，我展不平他紧皱的眉峰，拂不去他心里的忧伤！我多想快快幻化，可是我知道如果要幻化成人形，还要五百年啊！五百年后我到哪里去寻他？每每想到此，便疼得花瓣都抽搐起来！

我听到他的朋友叫他“既明兄”，难道他叫“既明兄”？后来才知，“兄”乃人类对年长于自己的男子的尊称。从朋友间的谈话知道他是当朝有名的文士，只是厌于朝廷的腐朽才隐于此山间，只与三五好友交好，并无妻子儿女。朋友劝他娶妻生子，他便会指着我说：“我已有妻，便是这株白海棠了！日后日日与她相伴，直至老死，来生还要寻她来！曾有前人以花为妻，如今我李既明亦以海棠为妻！”

1

明月桥畔初相会

三月，正是烟柳丝丝醉、杏花点点红的好季节。捂了一冬的人们纷纷走出家门，桥边堤畔，一群穿红着绿的踏青人，邀朋唤友，拖家带口，朋友几个，姐妹一行。这初春就热热闹闹起来！

明月桥是南陵城一景，桥为半拱形，横跨于明月湖上，白天在阳光下望之，碎影点点泛在湖面，如一枚圆润莹莹的玉珏；月色下望之，与天上明月遥相呼应，天上一轮明月，水面却是两轮明月，三月相应，熠熠生辉，端的是好风景。

我正站在桥边，一边避让着行人，一边暗暗后悔，早知道今天如此人多，我便不来凑这热闹了，都是锦儿闹着要来赏春，这哪里是赏春，分明就是赏人嘛！锦儿倒是像个乡下姑娘进城似的，左左右右，前前后后，一双眼睛都不够她看！看着这丫头的兴奋劲，我只好摇摇头，难道是我太少带她出来的原因？正无奈间，锦儿扯了扯我的衣襟，朝桥的一边指了指。

远远有三人慢行往桥这边来，三人皆是锦衣纶巾，眉目清朗，虽是翩翩佳公子，却掩不住眉眼的英气勃勃。待走近再看，虽一样飒飒英姿，其中一人却纤瘦许多，眉若黛山聚，眼若秋波横，肤似雪脂凝，唇似朱漆点。原来是个扮男装的女子。此女子虽美丽无方，眉眼处却透出清贵高华，英气逼人！

其中一个男子却是认识的，云府的弋阳公子，他最爱来我这儿听曲，相识两年，已是老熟人。另一男子一直低头在与他身边那个美丽英气的女子笑语，我一直注意着那女子，倒没怎么在意这随行的男子。既是碰到熟人，我便也不急着回去了，待他们渐渐走近，便见弋阳公子望向我这边，笑道：“今儿个可真是凑巧，没想到能在这里碰到姑娘！”

我微笑回应，稍稍侧了身，让了位置出来，等他们走近。这时，那低头说话的男子抬头望向我这边。只是一刹那，微笑回应的我却像遭雷击了一般呆立那里。既明、既明，那是既明，那是我五百年后修得人身后下黄泉上碧落寻找的既明！我痴了一般，呆呆地望着那张熟悉的脸。五百年的山中岁月，五百年的风风雨雨，五百年的漫漫思念！老天终不负我的执着，在此遇见他！

“既明！”情不自禁，我喃喃道，眼前其他人皆不见，只有既明那清朗的眉、温柔的眼。

“姑娘、姑娘！”有人叫我，轻轻扯我的衣袖。

“姑娘莫非认错人了？”恍恍惚惚中，有一道清亮的声音响起，“这是我家荆羽哥哥，不叫既明！”

“是啊，这是将军府的少将军荆羽，不叫既明。姑娘莫非有相熟之人与荆羽长得相像？”

我的手指猛地一痛，低头看去，竟是锦儿用指甲掐了我一下，我满脸疑惑地望向锦儿，见她满脸通红，一个劲地使着眼色。我蓦然惊醒，即使是既明，他又怎能认识现在的我？

“我家姑娘有一个多年未曾见的朋友，可能与少将军有些相像。姑娘一时失神了，万望少将军莫要见怪！”锦儿见我的脸色一时红一时白，失魂落魄，连忙解释道。

“这个不怪。天下相像之人不少，我像你家姑娘的旧友倒是我的荣幸了！”

“来来来，既然今日偶遇又如此有缘，我来介绍一下，这位是清雅小筑的白清浅姑娘，清浅姑娘的曲子是南陵城一绝，只是你经常随军在外，家里又有红颜相伴，怕是不知道清浅姑娘的名头。清浅姑娘，我刚才已经介绍过荆羽，便不再赘言，他旁边这位虽着男装却是女子，是我家妹子云霓，亦是荆羽的妻子，我这妹子自小不爱红装爱武装，今日春游，她嫌女装啰唆，便着了这一身男装……”

他的妻子、他的妻子……弋阳后面再说什么，我已是听不见，满耳回荡的便是这句，胸口如被重锤击打了一下，痛得我浑身无力，冷汗直流！既明，你不是说我才是你的妻子吗，你不是说来世也会寻我的吗？

一时，我只觉一股锥心的痛如惊涛骇浪般袭来，我站立不住，摇晃一下便欲倒。“姑娘、姑娘！”锦儿见我脸色苍白，失了神魂的模样，大惊失色，一把扶住了我，一迭连声地叫我。

“清浅姑娘，你哪里不舒服？”弋阳也走上前来，只是不方便碰我，焦急地问道。

我缓缓吸了口气，把汹涌的伤心压下，扶着锦儿的手慢慢站好，勉强笑道：“实在失礼，今儿身体有些不适，再则见少将军像我旧友，让我想起往事，又感于不知与他几时相见，一时悲喜难禁。”

“荆羽哥，都怪你，谁叫你长成这样，害得白姑娘如此伤心！”云霓一边似嗔非嗔地责怪她夫君，一边走过来轻轻扶住我道，“姑娘如有哪里不舒服，可随我回将军府，我那里常年有医师候着，可以帮姑娘诊治。”

“谢谢夫人，过了这阵子就会好了，我自己也懂些医道，就不麻烦夫人了。”我望着面前这个霁月般明朗的女子，心里酸痛难忍。

“那我便因着这拙相给姑娘赔不是了。”荆羽见爱妻“责怪”，便也向着我施起礼来。

还没有等他施完这一礼，云霓便又笑道：“你说你是一拙相，难不成白姑娘的朋友也是一拙相？”

荆羽一愣，这一礼便不知是拜好还是不拜好，僵在那里。还是弋阳化解了他的尴尬，向我解释道：“他们俩经常这样，云霓心直口快、嘴不饶人，荆羽就从来没有在嘴上讨到好的。你别介意，接触多了，便知道了。”

看一边云霓似笑非笑的表情，再看荆羽一脸无奈又宠溺的眼神，我的心又一痛。

“今天姑娘身子不适，我们便不再闲闹，我送姑娘回去，你们俩就先回将军府。下次，等姑娘好些，我带你们去她的清雅小筑坐坐，叨扰姑娘的一杯清茶去。”弋阳可能感觉我确实身子不适，解围道。

荆羽与云霓一起跟我道了个别，转身欲走时，荆羽又停下来，为云霓理好鬓边风吹乱的一缕头发，又抓过她的手，说道：“虽是春天，天气却还料峭清凉，你这手又有些凉了！出来时叫你穿上披风你不听。”

“哪里就凉了！别忘了，我也是习武之人，可不是弱不禁风的女子，你尽是小题大做。”

“你们俩就别在这里腻歪了，赶紧走吧，让别人看见你们两个‘大男人’在这扭捏作态，还以为断袖之癖呢！”弋阳在一边取笑。

“哥哥尽不说好话，啐！”云霓却没有像普通被打趣的女子那般红了脸，反而是狠狠瞪了一眼弋阳，拉着荆羽转身走了。

我呆呆地望着荆羽的背影，那背影分明是既明陪在我旁边跟我说话后转身回屋时的背影，只是如今这背影的旁边却有了别人，难道既明说的来世再找我的话尽是假的？

2

前生前世盟空许

南陵城北有一条闻名的玉带街，蜿蜒的玉带河绕着街向南流去，河边柳树的枝条上正发出鹅黄嫩芽，远远望去，河边似是笼罩了一层淡淡的烟雾。玉带街有名的不仅仅是这一望无际的烟柳，还有街边一座座古雅别致的建筑，而闻名的却又不是这建筑，而是建筑里的雅趣。这里每家的女孩子皆是琴棋书画俱全的妙人，此处亦是城内文人雅士、骚客才子聚集之地，无雅才者都踏不进玉带街一步，若是有哪个登徒子骚扰了这条街的姑娘，只怕会引起公愤，更何况这条街受官府保护，即使是浪荡子们到了这里也是规规矩矩地听曲喝茶饮酒。

我把清雅小筑落在这里便是存了结交人的心事，自化为人形一百多年来，我辗转人间寻了既明两世，却是踪影渺然，上穷碧落下黄泉，两处茫茫皆不见!

回到清雅小筑，早早叫锦儿闭门谢客，让她早些歇息。锦儿见我一副恹恹的、七魂丢了六魄的模样，实在放心不下，还是我用一碗宁神汤才让她躺下。正自在窗边呆站时，院内传来一个懒懒的声音："该喝宁神汤躺下休息的应该是你，你反倒给那丫头喝了！"

窗外是一株株海棠，正渐次盛开，只见花影淡淡，月色溶溶，斑驳花影里，走出一身白衣的九衡，他没有像其他男子那般束发，而是任由一头黑发披散开来，月色迷离间有几分妖冶魅惑。

"只怕这宁神汤对我无用。"我幽幽答道，"我找了这么久，找来找去，找到了他，他却已佳人在畔，原来那时他许诺来生再找我，娶我为妻的话尽是假的！"

"我早说过，如今几百年过去，他也不知投了几世胎，奈何桥走了好几遭，孟婆汤喝了好几碗，哪里还记得前生旧世？只有你这傻丫头记得罢了！如今找到他，心愿已了，该随我走了罢，这凡世本不是你该待的地方。"九衡走过斑驳的花影，隔窗望着我说。

"九衡，你再给我些时间，你说，他会不会见到我后记起来呢？因为他转生几世，所以我不怪他不记得，况且现在的我和那时并不一样，那时我还只是一株海棠花树。”

“从你幻化人形那天起，我便奉了花后之命接引你回归万花殿，可你天上地下碧落黄泉地折腾了一百多年还不肯跟我走，你到底打算折腾到什么时候？”九衡懒懒地靠在窗边，随手摘下一朵似开未开的海棠在手上拨弄。

“你在人间不也玩得挺开心的吗？这一条街上的姑娘哪个不知道你九公子的大名啊？你就再多玩玩吧！”我“啪”的一声关了窗，大声道：“本姑娘要休息了，你慢走，不送！”

“忘恩负义！”九衡在外面恨恨道。

一夜辗转难眠，第二日起来便有些精神不济。锦儿早已醒了过来，体贴地在门口挂了谢客的牌子。见我梳洗停当，便端来一碗晶莹剔透的粥放在桌上说道：“这是九公子大清早熬的莲藕百合冰糖粥，说是给你安神！”

我直直盯住她，慢悠悠道：“锦儿……”

“姑……姑……娘，何……何……事？”锦儿忽然发现自己说漏了嘴，马上捂住嘴巴，一边结结巴巴地问，一边就想往门口退，还未退到门口，猛地一下撞到后面刚进来的九衡。锦儿吓得一声尖叫，还未转过身，就听后面一慵懒戏谑的声音说道：“锦儿，什么事吓得你这样，连‘娘’都快叫出来了？”

“扑哧”一声，我实在忍俊不禁，满肚子的火气就被九衡给挡了回来。九衡总有这样的本事，纵是我怒火冲天，他也能让我的火气在爆发出来之前烟消云散。

“好了、好了，下次不准多舌，这次就饶了你！你去给九衡也端碗粥来！”

锦儿如获大赦，飞似的跑了出去。九衡大喇喇地坐在桌子对面，看着我一勺一勺往嘴里送粥，说：“你吓锦儿做什么？昨天见你那样，今早就问了锦儿几句。”

“是啊，锦儿哪里能抗拒得了九公子的魅惑之力，只怕对她笑一笑，她就全给你倒出来了吧！”

“那个是自然，我九公子是什么样的魅力，整条街的女孩子哪个不向我投怀送抱？不过，我倒是奇了，就我这奇男子加美男子怎么待在你身边一百多年，也没见你动过心呢？你那既明不过一酸腐文人，哪里就有我好了？”说着，他拿起勺子就从我的碗里舀起一勺粥往嘴里送。

我低下头，拿勺子在碗里搅来搅去，心里一阵阵的酸涩。几百年前，我最大的愿望便是化身成人，可以真实地触碰他、感受他。几百年后当我化身成人，忽然觉得还是做一株花树好，起码那时他的身边只有我。我寻他千百度，这一世，我终究是来迟了！

山中岁月更迭，晨看轻雾，暮观晚霞。清晨的那一抹微笑是我所有的快乐，既明那一句“我以此花为妻”是我所有的执念。我一直以为这就是既明对我的许诺，这许诺生生世世不变，纵是转生几世，他也会等我，在我最好的时光再次与我在某一个地方相遇，他不记得前生又如何，冥冥中自是有定数的吧！岂知兜转几世后却成了我一个人的执念，奈何桥边徒奈何！

那年，既明隐在山中，做一懒散士子，虽有报国之心，却无报国之门。突然间狼烟遍地，山河破碎，既明再也坐不住，与一帮好友投笔从戎。走前几日，既明辗转难眠，日日伴我于树下，与我絮絮而语。

我拼了劲地盛开着，让我的花儿娇艳美丽、清雅绝伦，如此既明看着总是开心些吧！走前那个夜晚，既明怕是累极了，靠在我的身边睡着了，只是即使睡着，梦里却也有难解的心事。花瓣轻轻拂过他的眉头、他的脸颊、他紧抿的唇。我再也顾不得自损修为，透支自己所有的力量幻化成人形，虽然这人形虚幻难见，但是，我终是可以去碰触、去抚摸。我轻轻拥起他，抱他在自己怀里，一遍一遍抚摸他的眉头，泪一滴一滴落在他脸上。这一别，既明，你还会回来吗？五百年后，当我真正可以做人的时候，到哪里去找你？

天终究是亮了，晨雾弥漫，我在微风中轻轻摇曳，伸展着枝条护着既明不被朝露浸湿。既明醒来后却绕着我转圈圈，一边转，一边疑惑地说：“我昨晚做了个梦，梦见有个白衣女子抱着我哭。呵呵！难不成是你舍不得我走，化成精怪到我梦里来了？”

我心里一阵激动，一根枝条差点打到他脸上，原来既明是可以感应到我的！既明转了几圈，定定地站住，抚着我的枝干，轻轻说道：“你等着我，战事一停，无论结果如何，只要我还活着，就一定回来陪你，陪你一辈子。如果我不能回来，下辈子我也会来这里找你，继续陪着你。”

既明，我牢牢记着你的承诺，我一直在那里等你，可是几百年过去了，我始终没有等到你回来。直到九衡来到我的身边要带我走，我固执地不愿走，就是害怕你来了却又找不到我。九衡说你已转世，并说凡人在过奈何桥时都会喝一碗孟婆汤，忘记前世的恩怨情仇，心灵空明去转世投胎。他劝我与其等还不如去找，我知道九衡是想着法子让我离开山谷，但是我还是信了他，既然我等不到你，那么我便去寻你。我求了孟婆，求了菩提，可是他们都只说一切皆是缘，遇着也罢，错过也罢！如今我终于找到你、遇到你，却那么迟！

泪一滴一滴落到碗里，前尘往事齐齐涌进心里，酸痛一阵一阵翻涌。泪眼模糊间，一方丝帕递过来：“锦儿就要进来了，看见你伤心只怕又要大惊小怪了！”九衡的声音有些低沉，这是少有的，我不禁讶异地望了他一眼，仿佛看见他眼底一闪而过的疼痛！一向戏谑的九衡也会有这种眼神吗？我应该是泪眼模糊看错了吧。

“花后让我来跟着你，真是一件不幸的事情，陪着你千山万水的，累得我呀！”果然，九衡慵懒埋怨的声音又响起。

看来我真是看花眼了！

“那你就回去嘛！我可没让你跟着我！”我正难过呢，这家伙居然不怜香惜玉地劝慰一番，还要落井下石，实在可恶。

“九公子，你干吗又惹我家姑娘伤心？”锦儿端着一碗粥进来，见我还在擦眼泪，以为是九衡欺负我，把碗“啪”的一声丢到桌上，气鼓鼓地说，“看在今天你一大早给姑娘煮粥的分儿上，我就不和你计较了！”转身理也不理他，径自过来给我拿帕子擦眼睛。

九衡一时哑口无言，目瞪口呆，最后无奈埋头大口吃粥，一口刚进嘴，便龇牙咧嘴大叫起来：“锦儿，你是要把本公子烫死吗？”

3

为君一舞两翩跹

收到弋阳送来的帖子已经是四月，另附一封信，说是早要来拜访，只因荆羽这段日子军务繁忙，加之清雅小筑关门谢客，所以迟至现在。这些日子，锦儿见我情绪不佳，便关门谢客许久。我心里虽想再见荆羽，却又不敢再见，事已至此，徒呼奈何！见或不见都是烦恼。

到了荆羽来的这日，一早开始，我便心怀忐忑。明知见了无用，若是接到帖子退回去也未尝不可，但是我千寻万寻才见到他，就此变成陌路又怎忍心？欲要找九衡来说说话，可一大早的就没了他的影子，只好把昨日找芙蓉花精讨要的“琼花醉”交给了锦儿，说是今日待贵客用。巧手的锦儿把宴席摆在了海棠轩，四月的海棠正开得热闹，锦儿推开四面的窗，入眼处皆是玲珑精致、开成一团团的海棠花，粉色、白色相互掺杂，挤挤挨挨的争奇斗艳。

时值傍晚，海棠花浸润在夕阳余晖里，披上了一层金黄的光，愈发显得娇媚可人。我站在海棠轩门口，看见花径曲折处，锦儿领了三个人走过来。弋阳如往常一样，谦谦公子，温润如玉。荆羽是武将，虽朗月清风，眉目却比既明坚毅硬朗。云霓今日着了女装，却是大红的劲装，整个人如一团火般燃烧在荆羽身旁，果然是个如霁月般英朗的女子。而我一袭白衣显得如此苍白无力！

大家互相行过礼，云霓便亲热地搂着我的肩细细地看我：“清浅姑娘真是神仙般的人物，只恨晚了这些时候见着你，你站在这海棠花丛中，海棠花只怕都要失色了！”

“夫人过奖了，夫人才是美丽端庄之仙人，又不失巾帼英姿，清浅不及！”

“你们俩夸来夸去，是当我们隐形了吗？”弋阳不甘地叫道。

“姑娘与霓儿不分伯仲，一样风华无双！”荆羽的声音温柔亲切，竟不像是一个征战杀伐的军人。

大家一笑，各自落席而坐。因我是主人便坐了主人位，旁边是云霓，荆羽自是挨着云霓坐，倒是把弋阳撇在了一边，弋阳看了看，装模作样地叹了口气，转头对锦儿说道：“锦儿啊，你陪我坐吧，我这孤零零的。”锦儿是见惯了他的，也不当他是客，撇撇嘴说：“我还要张罗酒菜呢！”转身便走了，留下个背影给弋阳哀叹。

“这海棠轩倒是个雅致的地方，看这花径蜿蜒、轩窗回廊便知清浅姑娘定是个兰心蕙质、七窍玲珑的雅人，这儿海棠花成海，姑娘也爱海棠吗？”云霓见轩窗四敞，海棠簇拥在窗前，眼里欢喜无限，转头又对荆羽说道，“荆羽哥，看了清浅姑娘这海棠花园子，咱们府里的海棠园真正是落了俗套了！”

“将军府上也有海棠？”我一惊，心乱七八糟地猛跳起来，本已安抚平静的心一下子掀起滔天巨浪。

“自我记事起，便常常与荆羽哥玩耍，有时候也在他府上小住些时日，那时，他们府里便有好多海棠花，听母亲说荆羽哥小时候曾随大人去一座山里游玩，见那里海棠花开得漂亮，便央求婆母移回园子里栽种，说我定会喜欢……”云霓说着说着便有些害羞起来，接下来的话竟是不说了，只是瞧着荆羽笑。

“你怎么不接着说了？移栽回来后，荆羽见你竟真的那般喜欢，便又央求将军夫人专门辟了一个园子栽海棠，说什么‘霓儿长大后嫁到我们家，海棠就开了好多好多，她肯定欢喜’。霓儿就是他心里的海棠花。”弋阳接下她的话头。

云霓少见地涨红了脸，眼里掩藏不住的欢喜幸福。荆羽握了她的手，含笑看了看她，虽没有说话，那眼里的爱意宠溺却表露无遗。

我一颗忐忑的心顿时像被浇了寒冬的冰水般，冷得我颤起来。看到的那丝希望只弱弱地闪了闪就熄灭了！原来以为无论转生几世，他总记得我，却原来他这丝丝无意识的记忆是为了另一个他倾心相爱的女子！你记得海棠，却不记得我；你爱着海棠，却爱着那个你心目中的海棠女子。可是，可是那女子应该是我啊！

弋阳爱热闹，说笑几下，便离了席，走到窗边，那儿置放着一张焦尾琴。弋阳正襟而坐说道：“今天来是为了听清浅姑娘的琴音，我来抛砖引玉，先附庸一下风雅。”说完，调弄几下弦音，然后清越明亮欢快的琴声响起，弋阳意气风发，引吭而歌："今日良宴会，欢乐难具陈。弹筝奋逸响，新声妙入神。令德唱高言，识曲听其真。齐心同所愿，含意俱未申。"

"有歌怎能没舞，我今天就喧宾夺主，舞几回剑，清浅姑娘莫要见笑。"云霓兴致所至，叫锦儿拿剑过来。

琴音一转，已不再是旖旎欢快，转为激昂高亢，似有铮铮铁马之音，号角嘹亮之声。云霓一袭红裳，抽剑出鞘，剑花一挽，霎时寒光迸射，如玉轮冰魄乍裂。云霓犹如一只翱翔于九天的红凤凰，时而穿云而来，时而直入霄汉。琴音不减，越来越急促，眼见得她似无力再接时，她却纤腰回转，剑光闪烁间，犹如蛟龙出海，雷霆四方，观之山河失色，天地俱无，眼前只见红影游动。云霓越舞越急，剑光密不透风，窗边海棠被剑气扫中，落花缤纷，如下一场花雨。正紧要处，云霓却收剑回鞘，如波涛汹涌间突然风平浪静，反而让人回不过神来。

荆羽却已离席而去，走到云霓的身边，一只手扶了她的肩，一只手拿出丝帕细心给云霓擦去鬓边的细密汗珠。云霓双颊绯红，衬着凝脂般的肌肤，说不出的娇媚可人，明亮的眸子里满是笑意。

眼前男子玉树临风，女子娇媚如花，芝兰玉树，相依相伴！

我不忍再看，举起杯中酒一饮而尽。今夜，醉了可好？

"今日来本是听清浅姑娘弹曲的，我们自己却喧宾夺主了。清浅姑娘，听哥哥说你不仅曲子弹得好，舞也好，要不你也为我们一舞，我这舞剑气煞煞的，扰了气氛！"云霓跑到我身边，拉起我，一边又拉过荆羽，说，"荆羽哥，你来弹琴，可别弹那些擂鼓似的战曲了。"

我一怔，望向云霓，见她笑颜如常，眼神清亮；又望向荆羽，他的目光却是停在云霓脸上，眼神有一丝心疼、一丝恼怒，还有一丝无奈！

"迢迢山高远，皎皎月光明。纤纤擢素手，喑喑弄琴筝。终日不成音，泣涕零如雨。黄泉碧落间，前世盟空许。盈盈双泪垂，脉脉不得语。"

九衡讨回来的"琼花醉"果然是好酒，未饮几杯，我这便是醉了吗？

我边舞边吟，广袖如水般流动，白影翩飞间望向那个弹琴的男子。曾几何时，既明也是席地而坐，在我旁边抚琴高歌！我翩翩若凌波仙子，裙裾飞扬，如白云出岫。一刹那，我似乎回到了那个山谷，对面是既明抚琴，而我依然是那楚楚可人的白海棠，清颜白衫，风前翩翩而舞，低眉抬腕，轻舒云袖，莲步轻转。这一舞为既明还是为荆羽？眼前的荆羽那般熟悉又那般陌生，记忆里的既明那般清晰又是那般遥远。明明看到他就在眼前，却像是隔了三生三世那么远！

佛说这就是执念。如没有这一执念，我在这人间又寻找什么？

我想我是醉了，我只记得我旋转着旋转着，却倒了下去，闭上眼睛的那一刻看到的是九衡的脸，一脸的疼惜与恼怒，竟似荆羽看云霓的神情。我是真醉了，这是荆羽的神情，怎会在九衡的脸上出现？我记得我朝九衡笑了笑，笑得很无力。九衡，我累了，你带我回万花谷吧！不知道耽搁了这么久，花后会不会责罚我们？

4

五百年间一回眸

第二日醒来已近午时，宿醉过后人醒酒未醒，头依旧难受得紧，唤了锦儿几声却没有听见回应。隐隐地似乎听到海棠轩那边有琴声，不知九衡又在哪家姑娘那里得了好曲子自我忘情了！人说狐狸善于魅惑，即使九衡化身为男子，那骨子里的妖冶魅惑在涂山时已是迷得他的同类个个神魂颠倒，更何况这人间的女子！涂山与万花谷相邻，涂山一族一向与万花谷的百花交好，所以花后托了行走在人间的九衡带我回归万花谷。哪知我却为了寻既明在人间耽搁了一百多年。

“凤兮凤兮归故乡，遨游四海求其凰。时未遇兮无所将，何悟今兮升斯堂！有艳淑女在闺房，室迩人遐毒我肠。何缘交颈为鸳鸯，胡颉颃兮共翱翔！凰兮凰兮从我栖，得托孳尾永为妃。交情通意心和谐，中夜相从知者谁？双翼俱起翻高飞，无感我思使余悲。”

琴声先愉悦快乐，若春光明媚之下见心爱之女子的欢喜雀跃，见之倾慕的欣喜；再缠绵悱恻，幽婉辗转，是思之若狂的相思缠绵；最后激流飞溅，清脆急促，又似火烧烈烈，却是追求之热烈了！

一阵风过，海棠花飘飘洒洒，落在地上，飞在空中。九衡坐在海棠树下，白衣如雪，未束的乌发随风起伏于肩头，花瓣片片洒落肩头，哪里寻得到狐狸的妖魅，他恍如谪仙，清贵高洁，如雪的气质，纤尘不染，纯净幽深。

琴音虽已落，花瓣犹自舞。九衡抬眼见我站在他面前，刚才还感觉幽深如一湖碧水般的眼睛立即带上一丝戏谑："你没有睡到今日傍晚，说明酒量大涨，比起你刚到人间那会儿强！"

刹那间，我几疑刚才看到谪仙般的九衡似乎是在梦里，江山易改，本性难移，九衡果然还是那只讨厌的狐狸。

"你又看上哪家姑娘了？要不请我帮你提亲去？你在人间也游荡几百年了，怕是寂寞了吧！"我找个干净的地方，直接坐了下去，在九衡面前我从来不顾形象，跟他在一起总是洒脱快意，无须端着自己。

"一朝红粉，一朝骷髅，一朝花开，一朝花落！世事不过一场梦罢了，又何必执着当真？哪家的姑娘明日不是黄土一抔？"九衡淡淡道，"清浅，我们何时走？"

走，是啊！我说我想走了，这人间已没有留恋处，既明已有心爱之人相伴，前世今生终究是两个人了。我在寻他时不是没有想过，只是心中放不下那丝执念，如今寻到又能如何，他早已忘却前生事！

我正斟酌如何回答时，九衡又道："我给你讲个故事吧！"

我惊讶地看着他，堂堂九公子什么时候变成说书人了？

"有个美丽女子，正是二八年华，一日逛庙会，于拥挤人群中，回眸之间见一男子，这惊鸿一瞥让女子对这男子念念不忘，觉得那男子便是她等了许久许久的良人。只可惜，庙会太挤，她无法走到那个男子的身边，就这样眼睁睁地看着那个男子消失在人群中。自那之后，女子想尽办法去寻那男子，谁知那男子竟如空气般消失于人间，她如何寻也寻不到。女子无奈，便每天向佛祖祈祷，希望能寻见那男子。

"佛祖说：'你想再见到那男子吗？'女子说：'是的！我只想再看他一眼！'佛祖说：'你要放弃你现在的一切，包括爱你的家人和幸福的生活。'女子说：'我能放弃。'佛祖让女子修行五百年，然后才能见到那男子。佛祖把女子变成了荒郊野外的一块石头，经历了五百年的风吹日晒，孤苦寂寞。然后被人运到城里，把她凿成一块巨大的条石，用作了石桥的护栏。在某一天，女子终于见到了那个她等了五百年的男子！他行色匆匆，几步便从石桥上走过了，之后再也没有出现过。五百年的等待，仅仅只是匆匆看了一眼。女子伤心难过，问佛祖为何不能让她碰碰他，哪怕轻轻地碰到也好啊！佛祖说，万事皆有定数，怎么样的修行就有怎么样的结果，如果你想摸他一下，那你还得修炼五百年！女子为了触碰到她心爱的男子，变成了一棵大树，立在一条人来人往的道路上。这里每天都有很多人经过，女子每天都在观望，但是人来人往，她始终没有看到那男子，无数次地满怀希望又无数次希望破灭。日子一天天地过去，女子的心逐渐平静，佛说万事皆是缘，该来的该走的，该遇的不该遇的皆是定数，她每日静静地矗立，开满鲜花给路人快乐希望。又是一个五百年过去了，她知道他该来了！是的，他来了！中午的日光耀眼，他还是穿着那件她初遇他时的白色长衫，容颜俊美，‘瞻彼淇澳，绿竹猗猗。有匪君子，如切如磋，如琢如磨’。女子痴痴地望着他。这一次，他没有急匆匆地走过，他注意到路边有一棵开花的树，绿树荫荫，鲜花繁硕，他不忍离去，走到大树脚下，靠着树干坐下，感受树荫凉爽，花香袭人，微微地闭上眼睛，他睡着了。女子摸到他了！他就靠在她的身边！但是，她无法告诉他，这千年的相思，这千年的等待！她只有尽力把树荫聚集起来，为他挡住正午的阳光，似乎要把这千年的柔情瞬时全部倾注到他的身上！片刻之后，男子醒来，看了看这棵开着繁花的大树，微微笑了笑，轻轻地抚摸了一下树干。女子的心在颤抖，她想说些什么，可是什么也没法说。这一千年到最后竟还是沉默，男子最终还是走了！”

九衡讲到这里停住了，定定地看着我说：“清浅，这不是结尾，你还要听吗？”

我静静地坐着，心里虽惊涛骇浪般，却沉默不语。良久，我抬起头望着九衡说：“我想知道结尾，但不是现在。你给我些时间，让我想想，想想该如何结尾！”

九衡叹了口气，没有说什么，转身抱起琴，从扶疏花影中往前厅走去，一身白衣胜雪，那转眼而过的无奈落寞这次清晰地映在我的眼底。一百多年了，九衡一直陪着我，而我却总想着怎么找既明，从没有想过九衡是不是也有我所不知道的心事。我一直以为九衡洒脱不羁、散淡从容，却忽略了这一百多年来，九衡是否真的愿意在人间停留或是在人间停留得是否快乐？顿时，我歉意满怀！

5

海棠树下双心语

几日来，九衡的故事一直在我的心间萦绕，九衡说故事还没有结尾，那么结尾是什么？那女子该如何再对佛祖相求？我该如何？这人间已没有待着的理由，我是否应该随九衡走？

这天正在海棠轩里看书，听到细碎的脚步声，抬眼看到锦儿走了过来，花影交错间，锦儿的后面还跟着一人，细看过去，却是云霓！

云霓走近向我笑道："姑娘不会怪我打扰了你的雅兴吧！"

"怎么会？倒是夫人到寒舍来，却是让我吃惊！"

"我们就不必如此客气，见了姑娘几次，总是惊为天人，总是想与你亲近，所以便不由自主地跑来叨扰了。那日见你醉酒，心里挂念，一直想过来瞧瞧，只是杂事诸多，今日找着由头便过来了。我们以后也不必夫人姑娘地叫了，我就当你是妹妹，你若不嫌弃，叫我声姐姐便好！"

云霓是个爽朗明丽的女子，我也不客套，叫声"姐姐"，便吩咐锦儿上茶。云霓也不客气，只说："这海棠花下便很好，我们就在这里说说话。"

锦儿拿来小几，茶具摆在树下，我与云霓相对而坐。闲聊几句后，云霓便有些走神，端起茶杯，却未送到嘴边，目光有些恍惚。

"不知道姐姐有什么心事，如果不介意，告诉妹妹，虽不能帮你分担一二，却可做倾听者。"我轻轻拉过云霓的手，温和地说道。这个女子虽是既明这世的妻子，我却对她丝毫恨不起来，造化弄人，这一世我是迟来者！

"妹妹，你可知我与荆羽哥成亲多久？"云霓忽然没来由地说起她与荆羽的夫妻私事。

我心里一惊，愕然望着云霓，难道我醉酒那日奇怪的表现被云霓所觉，她今日来莫不是探听什么的？

“过了这个月便已经有三年了，能成为荆羽哥的妻子是我从小的愿望。我们两家世代交好，我父亲与他父亲是几十年的袍泽之情，几十年来他们以兄弟相称，所以我们从小便在一处玩，家里人也从未质疑过我们长大会成亲的事情。能与荆羽哥相伴一生，是我几千年修来的福分，也许是我上辈子德行不够，苍天终究不肯给我全部的幸福。成亲三年却未有孕，至今膝下无一儿半女，虽府里常年有医师单独为我调理身子，无奈到现在也没有任何好转。”

我顿时想起初遇那日我心情激荡以至于情绪不稳欲倒时，云霓让我回她府上调理的话，原来她常年有医师随侍是这个原因。

“按说三年未有所出，我应被休回家，只是两家交好，公婆也待我如女儿，怎会忍心休我回娘家，只是拿了好药来日日调理，荆羽哥更是从不因为此事对我冷落半分。可是我却于心难忍，总不能因为我让荆家断了后。所以日日难安，也曾劝荆羽哥纳妾，无奈荆羽哥坚决不同意，我也一时未访得德才兼备的好女子。”

云霓说着说着目光热切地望着我，我一时心里乱跳，云霓难道是……

她一把握住我的手，目光里满是期待地说：“自从第一次看到妹妹，我便觉得我寻了好久的人终于出现了，妹妹才艺容貌俱佳，又温柔可人，我第一次见到妹妹便莫名喜欢。只是说来这个实在唐突，也有些委屈了妹妹，如果妹妹同意，我绝不让妹妹做妾室，以平妻相待！”

我惊得目瞪口呆，一时不知如何回答，在人间百多年，虽然知道子嗣对于一个家庭的重要性，也更明白一个不能生孩子的女子无奈悲伤的心情，却怎么也没有想到云霓这霁风朗月般的女子也会有这样的悲伤无奈！竟然无奈到找另外一个女子来分享自己的夫君！

云霓见我怔住半天没有答话，焦急又带着恳求望着我，却不好再说什么。半晌，她见我仍像没回神似的，便试探地问道：“莫非妹妹已有心上人，是妹妹把荆羽哥错认的那个男子？还是那日你喝醉从外间进来抱住你的男子？如果是，那妹妹原谅我今日的唐突，以后你我仍是姐妹，从此不再提此事！”

听着云霓的话，我心底却像打翻了五味瓶，什么滋味都有，想笑却不知道是不是该哭，想哭却又觉得世事真是难料，这着实是件可笑的事！

我怎么回答云霓？告诉她荆羽就是我等了几百年，又找了一百多年的既明？告诉她我是既明许诺的他永生永世的妻子？今生已是无缘，如今又让我以这种方式去走近他，圆我几百年的执念？

我什么都不能说！什么都无法说！

迎着云霓期待的眼神，我哑口无言，慢慢从震撼惊讶中回过神来，缓缓地理清自己的思绪。以这种方式去走近既明是万万不能的，看荆羽对云霓的爱护体贴便知他们互相亲爱，纵然我有多想去靠近他、亲近他，告诉他关于我们前世的一切，然而我却不能破坏他今生的幸福。我是婉转心事只自知的海棠花，空守着前世盟约，欲说不能！

"妹妹并无心上人，姐姐说起的两人均是我要好的朋友和家人，只是姐姐的提议我不能答应，一来我本已打算离开此地，二来我不能搅了姐姐和少将军的幸福。只是姐姐有如此无奈心伤之事，我思索半天，既然姐姐当我是妹妹，那么我便不能不管不顾就此离去。上次我也跟姐姐说过我懂得一些岐黄之术，也许比不得姐姐府上的医师，不过我想你府上的医师因为种种原因，对你的医治总是中规中矩，而不孕之症少不得要用些偏方。如果姐姐信得过我，我过几日就到府上帮你诊治！"

"真的吗？"云霓低沉的眼中忽然放射出无比惊喜的光芒，一时明丽得竟连旁边的海棠花都失了颜色！

锦儿替我送走云霓后，我便一直呆坐在那儿，我不知道为何要替云霓诊治，我其实想离开，那天醉酒我说我想走，寻寻觅觅这么多年，我累了！可明知已没有希望，为何还要迟疑？难道这几百年的痴念总是放不下？

直到九衡走到近前在我身边坐下，我才发觉如水的夜色已经弥漫上来。

"九衡，你说我这么做对不对？即使是不相关的人有病痛，我也应该帮他们解除的，是吧？"

"好啊，机会很好啊，趁着诊治她的病情，倒是有机会让她消失，然后取而代之。嗯，这主意挺好！"九衡的脸在阴影处，看不清表情。

我愕然："九衡，开什么玩笑？"

"你不是说过要我带你走吗？现在却又搅进他们的生活中去？"九衡的语气已是愤怒了。

我一下子哑然了，九衡，对不起，我没有办法看着荆羽不开心，我想他们人生的遗憾应该就是没有孩子吧！我答应的是云霓，虽说是想帮云霓，其实真正的原因是我不想看着今生的既明有遗憾！美妻娇儿，天伦之乐，他此生才得圆满！

6
山有木兮木有枝

在我决定入住将军府的那天，九衡一脸怒气拂袖而去。这么多年，我都只是看见他云淡风轻，一派散漫从容戏谑的模样，这次他反应如此激烈，倒是我始料未及的，只想着他出去散散心也好，我这边给云霓医治好就真的随他回去！

云霓帮我安排的住处在海棠园不远处的慕香园，穿过一片郁郁葱葱的竹林，眼前是一处小院子，院内陈设简单，只几棵海棠花树开得繁茂，花树下一张石桌，几个石凳，花树掩映下，轩窗半敞，虽清简却雅致。院外修竹青翠，院内海棠葳蕤，这“慕香”二字倒是贴切，青竹无香本正常，可是海棠清贵华美、明媚动人，却也没有香味。九衡就常常取笑我，他说万花谷的花精个个体带花香，唯我身上只有草木清味，却无自然花香。

“我想着妹妹应该是喜欢这素净清雅的地方，所以擅自做主，给你安排了这个院子，不知道是否合你的心意？这儿离我住的地方近，竹林转出去右转就是。”

“多谢姐姐心意，我很是喜欢！不过，我与锦儿已经习惯两个人，其他的人姐姐还是带走的好。”

一切收拾停当，我便在将军府住下了。九衡若回来，以他的本事总是能寻到我这里来，所以我不担心他，只是想到荆羽，我不知该如何面对他。所幸，来到这里将近一个月，除了云霓每日过来之外，倒是没有见到其他什么人。我那种既怕见又想见到的心情在这一个月内渐渐平复。只是云霓的身子似乎没有好转，我有些疑惑起来，虽然我的医术不精，但她只是一个凡间女子，怎么会没有效果呢？

我百思不得其解，这日想得有些累了，信步走出院子，不知不觉便走到竹林。此时正是夕阳时分，青碧的竹林似是镀上了一层金黄的光，光彩夺目，一阵风过，清凉怡人。转过一道小径，竹影幽幽间见一青衣人负手独立，夕阳的余晖照在那坚毅卓然的背影上，泛着淡淡的光。

既明，又不是既明，我想念却不想见的人。我顿住脚步，竭力想让自己平静下来，可胸腔里一颗心怦怦地跳，就差跳出来了。原来这就是情怯，越是想念越是不敢相见，我使劲握紧双手，似乎这能够给我勇气和力量来单独面对荆羽。

荆羽似乎感觉到背后有人，缓缓转过身来，见是我，有一瞬间的愣神，然后很快释然一笑，道："原来是清浅姑娘，听云霓说你正在帮她调理身子，我早应该去道谢，只是这段时日公事繁忙，一时未能亲自去，今日既然遇见，便受我一拜。"说完便朝向我拜来。

我一惊，侧过身子躲开他的这一拜，他却正色道："这是应该的，清浅姑娘可能不知道你这一举动对我夫妇的意义，可我却知道。"

我心里一窒，忍着心中的酸痛，回了一礼："我与姐姐倾心，自是应该解她所忧，只是这一个月来却无进展，我自己也不知道何日能够有效，少将军这礼我实在受不起。"

"姑娘无须自责，即使医治不好，我与云霓亦是感谢姑娘。如果荆羽命中无子，我亦无所谓，只要能与云霓厮守一生，足矣！"荆羽的语气轻柔，转而又道："记得未成亲之时遇一看相之人，说我若与云霓成婚便会注定命中无子，原因是我负了前世之盟，此乃今生所得之报应。如果逆天改命，便有性命之忧。当时我只当他是一江湖骗子，哪里信！不过即使如此，我也不会改了娶云霓之心。我不知道我负了前世何盟，亦不知道我前世对何人许诺，只是今世我遇到云霓，谁又能知道情从何起，这一往而深是自己也没有办法的事情。如果真有因果报应，那也是我负人，何以要云霓来背负？这几年见她内疚难过失望，我亦心里难受，可却不能告知她内情，况且人生还短，谁知那个相面之人又是否为骗子而危言耸听呢！"

"少将军，你，是否相信前世今生？"迟疑许久，我慢慢吐出这一句话，无比艰难。其实他相信如何，不相信又如何，哪里能改变现状。

"说不相信，是假的；说相信，却无人来证明前生后世！都说人间轮回，走黄泉路、喝孟婆汤、过奈何桥，转世投胎便又是一世。只是既已喝过孟婆汤，谁又记得谁的前生前世？今生我只是荆羽，至于前世是谁，既已转世轮回，那又与我有何干系呢？”荆羽淡淡而笑，是不相信宿命轮回的坚毅，又是相信之后的洒脱淡然。微风轻轻拂过，竹叶沙沙，夜色渐渐笼下来，竹影更深，笼罩在荆羽身上的淡淡金色光影已被一层极淡的夜色代替，荆羽的面部有些不明起来，只是黑色的眸子在渐浓的夜色里泛起琥珀一般的琉璃光泽。

悲伤、冷寂、心伤……各种难明的情绪涌上来。山有木兮木有枝，心悦君兮君不知！你站在我的面前，触手可及，我却不能告诉你我爱你，不能告诉你前世你对我许下的承诺。这种绝望不是因为不能告诉你，而是我不能打扰你。我来兑现你前世对我许下的承诺，却错过了最好的时光，这错过的时光让我们背负了各自的伤痛。

握紧的手，指甲陷进肉里，我竟没有感觉到痛，心里的痛已远远超过手心的痛，全身似乎有密密麻麻的针扎进来，从皮肤到内脏，没有一处不疼痛。具体为何而痛，我却茫然不知。情不知所起，一往而深，谁又不是呢？只是我要的不是这样的结果，即使既明永生永世不再记起我，我却不想老天对他有任何的惩罚，我唯愿他生生世世都幸福圆满，即使那个让他幸福的人不是我！

“夜凉了，姑娘还请早点回屋休息，我今日告诉姑娘这些，一来不忍见姑娘内疚，二来告诉你内情后，你当可自行斟酌。”

我不知道自己是怎么走回慕香园的，一步一步挪到海棠树下的石凳时，已是全身无力，我该如何是好？继续诊治，大半没有结果，即使有结果，如果真是拿他们中任何一人的性命来换，又有何意义？荆羽不信天命，认为那相面之人只是江湖骗子。我是局内人，我如何不知这是真切的事实？荆羽虽说不在乎有无子嗣，可他语气中隐隐的失望和想保护云霓的愿望又那么明显。

我不知道自己坐了多久，当一件薄衫披上我的肩头时，抬头便见石凳旁多了道白色的身影。月色如华，白色的身影在月下清冷高洁，一头如墨的黑发披散在肩头。我忽然有一种想哭的冲动，每当我无助茫然时，九衡就这样默默地陪在我身边，不管是冷着脸也好，戏谑调笑也罢，我总觉得自己在这人间有了依赖的臂膀，安心温暖，不至于在渺茫的寻找中孤独寂寞。

“虽然知道海棠耐寒，不过我是怜香惜玉的翩翩公子，总不忍见美人在夜色里孤冷！”又是这语气，又是这语气！我无奈地瞥了眼这白色身影，九衡总有这本事，你开心也好，伤心也罢，只要他说话，你便没办法再继续自己的情绪。

我深吸口气，没有理他的自我标榜，细细道出刚才与荆羽的谈话。这一百多年来不管遇到何事，我总认为九衡都能够帮我解决，虽然这次是关于天命之说，但是我作为局内人，如果可以化解的话，应该只在我身上，如果真是在我身上能化解，总会有法子的。

“你很想让云霓遂心如意？”九衡目光灼灼地望着我。

“是的，只要有法子。九衡，我只想护他们安好，看着他们幸福恩爱，我便也开心。”开心，我真的开心吗？我嘴上说着开心，可心里为什么像针在扎？

“清浅，这次，我不会帮你的！”九衡定定地望着我，一字一句，如一颗一颗珠子直直地坠落地上，铿锵作响！说完便转身离去。

“九衡，即使你不帮我，我也会自己想办法的。”我轻轻地在他身后说道。是的，我一定会想办法的。即使让我付出代价，只要他安好！

九衡的身影顿了顿，但没有转身，白色的身影越走越快，直至消失在如水的月色中。

7

我擂战鼓送君往

当知道云霓的事不是身体的问题后，我便知道这不是药物可以解决的。我成花仙只有百多年，何况一直逗留在人间未去仙境，认识大能者不多，不像九衡这只千年狐妖，上天入地皆有神通，况且涂山一脉在妖界与仙界皆是有名。我细细想了想我在寻找既明的过程中拜访过或是遇到过的仙啊、精啊、妖啊等，可理来理去，似乎都作用不大，气馁的我接连几天都怏怏地提不起劲来。

云霓一如既往到我院里来，每次看她忍着痛被我扎针，皱着眉头喝下苦如黄连的药，我心里都难过得想要抱着她哭一场。这样的女子，值得荆羽爱她如生命！我可以去求谁？告诉这天命，我不要这前世盟约，我只要他们安好幸福！

仔细思量后，我不再给云霓扎针和配药，告诉她实情也不行，只有另想他法了。这日云霓过来，见我仍然端坐，并无诊治的准备，眼中那一抹光彩瞬间淡了下去。

“妹妹，如果你没有办法，不要强求，也不必为了这个烦恼，人生自有定数，我不怨的！”玲珑心思的云霓在我身边坐下，缓缓说道。她何其聪明！知道这些日子来的诊治没有任何效果，必然心里明白什么。

“姐姐，我自己确实是没有办法了，你不必着急失望，我还有师傅，我打算这几日离开一段日子，去找师傅帮忙。你放心，我定会让你如愿的。”我不忍云霓失望，又不能告知实情，只能扯谎说出师傅一说。哪里有师傅，我只是准备上天入地给她求灵药去。百年来我一直在寻找既明，今日找到既明，却要为既明爱的女子再次寻找。

压下心中的酸涩，我送走云霓后开始收拾东西。锦儿是不能跟我去了，九衡也不知道去了哪里，我也不知道该先去求谁，只能走一步算一步了。

其实行装很简单，此行不是在人间行走，这俗世的金银财帛就没有用了。盘算先去找谁，万花谷肯定不敢去，去了，花后只怕就不准我再到人间了，貌似以前山谷有个老树精，可以去他那儿打听下，他活了几千年总有些见识。

晚上，我给锦儿留下一封书信，就准备悄悄走。轻轻打开院门，正要提脚迈出，一个影子横在眼前，吓得我往后一跳，待看清是九衡，心里无端有些虚。

九衡却不说话，定定地瞧了我半天，抬手给我一样东西，面无表情地说：“这个你给她用上，应该就无碍了。”

我惊讶地望着他，半天作声不得，心里百感交集，口里却是说惯了的语气：“不是不理我了吗？”

“你要下地狱，我便陪你下地狱！”九衡甩下一句，转身就走。

我却站在门口呆了半天！

又是两月余未见到九衡，自从上次晚上送药后，他似乎就像在人间消失了般，人说神龙才见首不见尾的，这只狐狸居然也玩消失！心里没来由地有些记挂，他平日里虽会走开，但隔一两日总会在清雅小筑待着。这次却哪里也找不到他，我叫锦儿问了玉带街的姑娘们也说多日未见九衡。

想着他一身的本事，我便放下担忧的心。灵药已给云霓服下，想来在将军府久住也不方便，就想着过几日向云霓告辞，回清雅小筑，等九衡回来便随他走，人间事已了，是该走的时候了。

可我还未开口辞行，云霓却匆匆而来，告诉我邻国发兵，边境战事吃紧，不日荆羽就要领兵出征。荆羽要奔赴战场？我猛地站起来，桌边的茶盏被我衣袖一带，“啪”的一声，坠落在地碎成几片。

那年，既明随军出征一去不回，我等了一年又一年，始终未能等到他回归。如今，荆羽又要带军出征，这次他会不会，会不会也一去不回？“记得未成亲之时遇一看相之人，说我若与云霓成婚便会注定命中无子，原因却是我负了前世之盟，此乃今生所得之报应。如果逆天改命，便有性命之忧。”那日荆羽的话语再次回响在我脑海，难道、难道，这就是天命？巨大的恐惧紧紧抓住我的心！

云霓反而更加镇定，她过来扶我慢慢坐下，叫锦儿过来收拾。她握住我的手，轻轻安慰道：“荆羽哥以前也带兵出征过，你放心，这次荆羽哥带的是他的荆家军，荆家军向来以骁勇善战闻名，此去必将得胜归来。”

我猛然察觉自己的失态，我不知道云霓能够察觉到什么，玲珑如她怎会不知？我已无暇掩饰，心里只有一个念头：怎么办？怎么办？一时之间，心里翻腾，到最后还是无奈的结局：我不能插手人间的战事！

想了会儿，慢慢冷静下来，横竖那一天如果真的到来，我来换他的命好了，此事因我而起，最终以我结束也是应当！

荆羽出征当日，云霓带着我，登上城楼，送大军出城，云霓不是凄凄复凄凄的小女子，这个见过沙场征伐的女子镇定如常，临别的凄然欲泣在她明艳的脸上完全找不到，她的眼睛里涌现的是坚毅而果敢的光芒，如寒夜的星辰般闪亮。

荆羽领着大军在城外，两边送别的家属亲人殷殷叮咛，切切嘱咐，却没有离别的痛哭之声。将士身披黑甲红袍，如一道道即将出鞘的利剑直指天际。这就是荆家军，不仅将士豪情壮志，家属亦是坚强勇毅。

荆羽一身银甲红袍，骑马立于军队前方，红袍烈烈，如熊熊燃烧的火焰。他静静地望向城楼处，他的眼里心里应该都是我身边这火红如凤凰的女子吧！

“荆羽哥，你出征时，我擂鼓为你壮军威；你凯旋之日，我温酒相迎！荆羽哥，你且听我唱。”云霓亦望向那挺立如松柏的男子，声音如珠玉清脆，穿过城楼上下的距离。远远地，我似乎看到荆羽唇边那一抹温柔的笑意。

“咚”的一声，如平地一声惊雷炸响，云霓手中金槌擂响战鼓，随后一声高亢清亮的声音响起：

岂曰无衣，与子同袍，蟊贼来犯，修我戈矛，与子同仇！岂曰无衣，与子同泽，送我甲兵，征战沙场，待而同归，饮酒几觞。

战鼓激昂，歌声高亢，城下万千军马竟无一丝喧哗，肃然而立，静默如松，只有这战鼓与歌声激昂雄壮，穿云裂石般直冲云霄。

歌声停，战鼓声消，云霓含笑而立，望向城楼下那雄健的英姿，眼里的温柔缱绻与城楼下的目光交织，如一张密密而织的柔情蜜意的丝网，网里只余二人千言万语凝于互望的双眸！

一刹那似乎便是永远！

“出发！”荆羽转过身，右手一挥，一马当先，绝尘而去。瞬时，大军如一股红潮翻卷而去！

我与云霓静静而立，一直到望不见大军的踪影，我心意已决，但有什么不测我纵是舍了这条命也会让荆羽全身而归，所以心中平静如常。转头，云霓目光留恋于大军消失的远处，泪流满面，我轻轻拉过她的手，紧紧握住，知道她此时才泪流不舍，定是不忍见荆羽难过，所以直到现在才现出离别难忍之情。

云霓，不要担心，我定会让荆羽好好地回到你的身边！你们的一生还长，到时儿女绕膝，共享天伦！

8

沙场纵横痴儿女

转眼三个月已过，前方战事虽吃紧，但是捷报频传，荆家军果然不同凡响。只是我的心里总有那么一丝忐忑，所幸九衡已经归来，虽对我淡淡的不想原谅我似的，但总不再消失了，经我几番耍赖纠缠，他渐渐恢复往日的言笑，日日陪我在慕香园看书下棋抚琴。

心里的不安随着云霓告诉我的喜讯而更加强烈，当云霓来告诉我，她已有孕数月时，那种不安更加明显，一方面为云霓和荆羽开心，一方面却更加担心天命之说。如今云霓有孕，那么天命已违，荆羽是不是便有生命危险？

在我还未找到理由离开将军府前往战场的时候，云霓却匆忙来到慕香园，脸色苍白如同白纸一般，往日那个明媚鲜艳的云霓此时眼睛里满是惊慌失措，昔日在大军前擂鼓而歌、镇定自若的女子满是无助慌乱："清浅、清浅，荆羽哥他、荆羽哥他……"

看云霓如此慌乱无措，我的一颗心顿时往深渊下沉，难道该来的终究是来了，前几日不是还传来大捷的消息吗，为何如此突兀？

"今日刚收到加急军情，半月前荆羽哥率军前往落凤关，几日奋战收回此关，正整顿军队准备继续进军时，不料军队中出现叛徒，勾结敌军，敌军趁我军几日奋战疲乏休整时整合周边敌军再度杀回，十五万大军围住落凤关，距今日已十日有余。荆羽哥手上总共才五万兵马啊！"云霓一口气说完，苍白的脸上突现一片艳红，握着我的双手急剧地颤抖，冷如寒冰。

我一时也如坠冰窖，人间的战场这一百多年来不是没有见过，总认为朝代更替，一起一落，天命使之，终不过是岁月的闹剧罢了。原来，那是因为没有自己在乎的人在其中，自己便带了旁人的眼光来看这世事变迁，沧海桑田。当自己在乎的人卷入更迭的潮流中时，那一份超脱世外的淡然轻易就碎掉了，取而代之的竟是痛彻心扉的感觉。

云霓此时慢慢从慌乱中镇定下来，理了理鬓边有些散乱的头发，看着我说："刚看到军情，一时急乱难安，想也没想就跑到妹妹这儿来，我等不及朝廷集结兵马赴援，打算马上集合云家和荆家剩余的兵马先赶去支援。”

“姐姐，我同你一起去！你不要拒绝我，姐姐赶快去安排其他事宜，姐姐走时我会陪姐姐一起。姐姐已有身孕，一路上定要注意身子。”

云霓深深看我一眼，没有多话，只是紧紧握住了我的手，道：“云霓何其有幸，茫茫人海中能认识妹妹。也罢，你我姐妹同去，任何事一起担当！”云霓果然是云霓，那份坚毅果敢的巾帼英姿在暂时的慌乱后已完全恢复，此刻更显一往无前的勇敢从容与担当！

云霓走后，我才想起自己不会骑马，如果坐马车，势必影响速度，正踌躇急乱间，一边看书的九衡走过来拉起我往府外走去。

云霓办事利落快速，不多时已集结人马一万余，各个方面已是安排停当。云霓见我和九衡出来，拉过一匹黑亮神俊的战马交给九衡，只说一句：“照顾好清浅！”水晶心肝的云霓似乎已隐隐觉得九衡的不凡。九衡翻身上马，然后探身抱我在他身前坐好，却沉默异常，我隐隐觉得不安，叫了声：“九衡……”再不知道说什么好。

“你到哪里我总要陪着你，即使下地狱也是。这一百多年来，我已经习惯了！”耳边是九衡淡淡的声音。

我心一暖，九衡，有你陪着其实很好，似乎我也习惯了，只是让你这样子陪我，我实在歉疚！

一万余兵马在城外集结，随着云霓的一声令下，如旋风般向落凤关赶去。

没有亲身经历战争不知道战争的惨烈，这一路下来，路上尸骨无数，有将士的，有难民的，白骨露野，却无人收，可怜无定河边骨，犹是春闺梦里人。

千里无人烟，田野何萧索，只余摇摇欲坠的残阳照着这惨绝人寰的大地。

一路往北，天气渐冷，距落凤关还有两日路程的时候，北风嘶吼，天边黑沉沉的云压下，似乎让人透不过气来。入夜，渐渐飘起雪花来。

云霓和我心急如焚，却又不能冒进。这种天气，荆羽被困落凤关，只怕粮草棉被补给不够，即使没有战死，只怕也要冻死饿死。而这一万余兵马又能取得多大的效果，我们心里并没有数！

接近敌军驻扎地之前，九衡与云霓商谈许久，然后便看云霓指挥军士砍下周边的大树，让军士拖在马后，战马奔驰间只见地上积雪被树枝卷起，满天白雪飘扬，声势如奔雷般滚滚而过。

安营扎寨时，云霓又故布疑阵，只见帐幔连片，举目望去怕是有足足五万的兵马驻扎。我正疑惑着为何不更多些，九衡说太多敌人反而生疑，如果敌军杀过来，我们这一万余兵马只怕瞬时灰飞烟灭，太少则又让敌军起轻敌之心，这五万疑兵虽不多，却也让敌军不敢大意。

云霓一袭红袍，站在风雪之中，如一朵绽放在皑皑白雪中的火红木棉花。她静静地望着十里外团团围住落凤关的敌军的大营，眉头紧蹙，穿过层层风雪，她似乎看到那城墙上也如她一样静静而立的身影。

斥候已经出去几波，但是云霓并没有指望他们能够跨过这重重的包围到落凤关报信，她想打探之后，分小股部队偷袭敌军大营，打乱敌军的部署，让落凤关的荆羽有喘息之机。

接连几日，云霓派出小股精锐部队，按计划骚扰敌营，夜袭、放火，但绝不正面冲突，敌军追来则快速退回，一来骚扰敌军，让敌军不能全心攻打落凤关；二来则可以告知荆羽，有援兵来救，以振将士们的士气。但是云霓深知此计不可持久，等敌军反应过来之后只怕就要正面对上了。

几日之后，云霓知道此计已不能再用，率军拔营弃帐，军队呈锥子形，如一把利剑般插入敌军薄弱的南边大营，一时号角连天，马嘶人喊。随即落凤关内亦有人马向外冲出。昨晚，九衡潜入落凤关告知荆羽今日行动，两军朝一处进攻，如能撕裂一条口子，那么大军便可解被围的困局，将士们知道这是决定性一战，人人神勇无比，只杀得天昏地暗，日月无光。一时鲜血飞洒，残雪飞扬，刀光剑影战马奔腾，低沉惨烈的嘶吼声、急促凄厉的号角声响彻云霄。整个雪原被这惨绝的杀意笼罩，人马踩踏处，白雪污泥掺杂，雪水伴着血水恣意横流，惨不忍睹！

云霓在大军进攻前把我交给九衡，只说一句，如此计失败，便让九衡无论如何要带我走。

云霓并不知道九衡与我不得参与人间战争，九衡昨夜潜入报信已是违反天规，今日却是万万不能在人间制造杀戮。九衡知道我无论如何是不会走的，便护我在身前，随着将士一起往敌营冲，他不造杀戮，只是用巧劲挡住周围的敌军，紧紧跟在云霓的身后。

正杀得山河震颤之时，后方传来如奔雷般的嘶吼声，我转头看去，见一股黑色潮流奔腾冲向敌军阵营，为首的银甲红袍，却是久不见的弋阳。敌军阵势大乱。云霓见哥哥来援，精神大振，一杆长枪上下翻飞，飞舞处便有鲜血飞洒，人仰马翻，在敌军阵营中如一朵移动的红云，又如烈烈燃烧的火焰，烈火过处便是阎罗收割人命之时。

9

情起处一往而深

此战从清晨杀到正午，荆家军见有援军到，个个拼了命地杀向敌军，以解多日来被围困的气闷。云霓已与荆羽会在一处，四目交织间千言万语凝于眼眸，荆羽顿时豪气干云，长喝一声：“霓儿，与我一同杀敌！”云霓盈盈而笑，那一刹那的惊艳让我也为之失神。

我见大局已定，心想天命终究不忍拆散这对有情人，顿时一身轻松，悬着的心渐渐落下，正准备让九衡带我离开战场时，忽听云霓惊骇的叫声：“荆羽哥！”

我转头一看，顿时浑身冰凉，只见一根箭矢如流星般飞射过来，森寒的箭头正对着荆羽。

我再也不管自己是不是战争的局外人，也不管我该不该插手人间的战争，正当我准备飞扑过去之时，一抹红影在我面前闪过，然后便看见荆羽惊骇欲绝的眼神，还有那半空中跌落的红色身影，如折翼的凤凰，坠落下来。

“霓儿！”荆羽悲怆地呼喊，那喊声却是堵在喉咙处，只余困兽般的悲鸣！

敌军如潮水般败退，弋阳没有率军追击，大军整顿安营扎寨。荆羽帐内，云霓静静地躺在毡毯上，脸色苍白如帐外的冰雪，平日里明亮的眼眸紧闭，军医进进出出，却不敢有任何声音。荆羽依旧穿着染满鲜血的战袍，双目赤红，紧紧握住云霓冰凉的双手，一眼不眨地盯着毯上气息微弱的云霓，沉默如同山雨欲来的大山。

“少将军，让我来看看姐姐吧！”入夜，人都退去，云霓却丝毫没有苏醒的迹象。

云霓，我不会让你有事的，护着荆羽的那个人应该是我，怎能让你代我？

九衡，你不要拦我，她不在了他会不快活，我怎能让他不快活？

九衡只是深深看了我一眼，紧紧抓住我的手慢慢放松，紧绷的脸上忽然露出一个笑容：“我不拦你，我总是习惯听你的，就如我习惯陪着你一样，你要怎样都行！”

我笑了笑，九衡，谢谢你！

九衡抬手拂过荆羽的面庞，然后荆羽便静静躺在云霓身边睡去，我吐出用精魂孕养几百年的灵珠送进云霓的嘴里。

在我倒下的瞬间，我看见云霓紧闭的双眼上睫毛如蝶翼般轻轻扇动了几下，然后一个温暖的怀抱接住了我，我知道那是九衡的怀抱，我忽然感到无比安心。

我的魂魄似乎在天地间荡荡悠悠，我看到那片山、那间小屋，看到一株盛开着莹白色花朵的海棠树，看到海棠树下饮酒的既明，我想叫却发不出声，难道我又变回了花树？然后我又好像看到了九衡，他一身白衣飘飞，站在海棠树前，静等我化身。还有云霓、锦儿、荆羽和听我弹琴的弋阳。

我似乎又做了一个很长很长的梦，这个梦跨越了几百年，前生后世、欢喜忧愁、相伴相离、等待寻找……好累，能不能就此长睡不醒呢？耳边有低低的声音，似耳语，又似风吹来的遥远的声音。

“清浅，你曾经告诉我一句话：情不知从何起，一往而深。喜欢上一个人真是没有办法的事情啊，枉我修炼千年，也抵不过这‘情’之一字。你开心我便开心，你难过我便难过，真是没法控制自己，你要做什么，我便由着你做什么，你要在这人间寻人，我便陪着，在你身边一天便抵过那仙境十年。究竟从哪天开始呢？我竟想不起来了，那日，我说要到人间游玩，花后便说望岐山有一株海棠树修炼即将圆满，让我带着她回万花谷。我到望岐山，看到那株开满白色花的海棠，花儿晶莹，沾着滴滴晨露，清雅绝伦，晶莹剔透，我便想，这株海棠幻化后会是什么样子呢？我竟收了玩心，一日日地在树旁守起来。然后有一天看到你绰绰约约地走出来，笑意清浅，眉目如画，向我盈盈一拜，说：‘我叫白清浅，多谢你在我身边相守这些时日！’

“应该就是那一刻吧，我竟迷失了自己的心，千年修得的圆满道心就在那一刻似乎裂开一条细细的缝隙，有什么东西钻了进去。这裂缝随着时日愈久愈是裂得大，这裂缝我也不想去补，裂就裂吧！清浅，我看着你便好。你要违天命让荆羽有后，我便依着你，我回涂山求山主带我见天帝求得灵药，天帝下道惩罚在我身上又有何惧呢？只要你开心！你说云霓不开心，荆羽便不会开心，荆羽不开心你便不开心。可知你不开心，我也会不开心。如今你要救云霓，舍了自身的修为，那么便救吧，我说过你下地狱，我便跟着下地狱好了，怕什么呢？这千年从未有这一百年快活，既无快活，接下来有千年万年又如何？

“如今你修为尽失，我找来续魂草。呵呵！和守着续魂草的蛇妖打了一架，加上天帝给我的惩罚，我们俩的修为差不多都没了，在这人间相依相伴正好。清浅，你醒了后会同意吗？

“上次给你讲的故事还没有结尾呢，我讲给你听可好？

“那个男子感谢花树给他一个繁花般的梦、给他一片艳阳下的清凉，但是，触摸过后，他还是走了。佛祖说男子的妻子也为他修炼过千年，吃过无数苦，修得今生的相守相爱。女子沉默了，说我也能为他修炼，但是不必了，每个人皆有自己的缘分。佛祖见女子没有再坚持，轻舒一口气，似是轻松许多。女子很奇怪，便问是否因为自己不再坚持让佛祖轻松。佛祖说不是她让他轻松，而是因为有个人为了能够看她一眼，也已经修炼了千年！”

“九衡！我答应你！”我无依的魂魄似乎有了安身处，醒来时，已是泪流满面，一双清亮的眼睛带着从未有过的澄澈望着低低而语的九衡。

“呃！你……你……都听到了！”九衡似乎吓了一跳。

我点点头，含泪望着他，似笑非笑！

然后，我看见九衡居然红了一张狐狸脸！

后 记

人们所在的“大千世界”被称为“娑婆世界”。“娑婆”，梵语音译，意译为“堪忍”，为释迦牟尼佛教化的世界。此界众生安于十恶，堪于忍受诸多苦恼而不肯出离，为三恶五趣杂烩之所。人生虽有生、老、病、死、怨憎会、爱别离、求不得之七苦，却也有生之欢、求之乐、爱相惜，这便是众生能忍安于十恶，忍受苦难而在这娑婆世界不肯出离的缘由吧！

香十九

这一次，我来护你吧，这也是我能为你做的唯一一件事了。

1

香十九本名不叫香十九，但是叫什么，没有人知道。兵荒马乱间，流云戏班捡到香十九的时候，这孩子才五岁，一个人在荒野里，大大的眼睛里含着晶莹的泪，却固执地不让人抱。班主觉得奇，便带在身边，因是流云戏班捡到的第十九个孩子，便叫“十九”。更奇的是，你若是靠近这孩子，便能闻到一股淡淡的香气，此香不同于任何花香，却又若有若无地绕在孩子身上。班主啧啧称奇，想来这史上记录的也就乾隆爷得到过一个身怀异香的妃子。如今，这样的孩子被他得了，也不知是福是祸。

于是“香十九”这个称号便在班子里叫开来了，这孩子看着像是大户人家丢的，本以为弱不禁风，可练功时那股吃苦的韧劲非常人能及。

香十九长到十三岁，第一次独自登台时，唱的是《西厢记》，其莺莺的扮相已是惊为天人，那嗓子更是如黄莺出谷，婉转清丽，秋波顾盼流转间，把人的魂儿也吸了去。

自此一唱成名。

香十九的旦角、青衣，没一样不好，唱《牡丹亭》，他就是那天然自风流的闺阁怀春少女，水袖轻甩间，姹紫嫣红的园子里，一个自怜自伤春的杜丽娘唱那“姹紫嫣红开遍，似这般都付与断井颓垣”；唱《锁麟囊》，他就是那“收余恨，免娇嗔，且自新，改性情”，历经悲欢离合，了悟人生的薛湘灵。

穿上戏服，簪上翠羽，他体味戏里百味人生；卸下浓墨重彩，脱下霓裳羽衣，他是清雅的翩翩佳公子，只在屋子里喝茶练功作画，从不与人应酬。

香十九甚少走出位于画楼巷子的流云戏班，往来密切者唯一人，那就是七贝勒。戏迷们虽对香十九的戏痴迷，一些纨绔子弟却也不敢骚扰。坊间传言，香十九是七贝勒的人，是以纨绔们虽在心中意淫，动真格的却少。

香十九若是一朵遗世而芳的莲，七贝勒便是那细致的守莲人。七贝勒的朋友笑言：“你若是喜欢那香十九，何不把戏班子买下，养在府里？”

七贝勒优雅地笑了笑，一如他平日里的清贵，道：“鸟儿养在笼子里，很快就失了灵性；花儿被折下，很快便失了颜色，我不做他不喜欢的事。”

此话传到香十九的耳朵里时，他正在泡一壶碧螺春，青碧的叶子在琉璃杯里浮沉，似乎漾了整个初春的青幽翠嫩。并未见他有何感激之言，只是慢慢啜了口唇齿含香的清茶，淡淡笑了笑，那一笑，如春花绽放。

秋日转凉，树木凋零，几只大雁盘旋着叫了几声飞远。画楼巷子在淡凉的秋意里宁静，间或一句“劝君王饮酒听虞歌，解君忧闷舞婆娑。嬴秦无道把江山破，英雄四路起干戈。自古常言不欺我，成败兴亡一刹那。宽心饮酒宝帐坐，且听军情报如何”的唱戏声响起。那是流云戏班里传来的练唱声。

整齐清洁的屋子里，七贝勒靠窗而坐，随着外间那《霸王别姬》的调子拍打着手中的折扇，笑道："这虞姬倒是个烈性子，都说红颜祸国，这项楚的落败却真怪不得她。"

"到头来是非成败皆付唱词，这人生如寄，也不过是一身臭皮囊来人世走一遭罢了，成又如何，败又如何。"香十九正对着镜子上装，听闻七贝勒如此说，抬眼淡淡瞟一眼，遂又细细一笔一笔地描着眉。

七贝勒见他此时的装已上得停当，柳眉斜飞入鬓，腮边一抹海棠红如醉，本已爱极。又被这盈盈的一双眼觑了一眼，心中一荡，遂有些坐不住，把折扇放在一边的桌上，站起来，走到他身后，轻轻伏到他肩上，望着镜中艳若芙蓉的香十九，道："今儿晚上要唱杨贵妃吗？"

"是啊，蒋府的老爷包了场子，他那如夫人爱看《长生殿》。"

"在天愿做比翼鸟，在地愿为连理枝。想那如夫人正是盛宠，自是一番缱绻意。"

"十九。"七贝勒的双手攀着香十九的双肩，把头埋在香十九的后颈处，一股淡香袅袅绕绕，他一时迷醉，轻轻呢喃道："十九，你若是个女子，我便什么也不顾，也要把你带回府里，如此在我眼前，我才能真正安心。"

香十九的后颈处是七贝勒温软的呼吸，他停下手中的眉笔，镜中那国色天香的容颜掠过一丝晦暗，心中亦有一丝丝凉凉的风吹过，他强笑道："你那府里的日子只怕不比这院子里好过，既然如此，哪里都一样，只要你时时在跟前就好。"

七贝勒在他身后亦是轻轻一笑："只要你懂就好，我总有些难处的。"

"听说南边打起来了。"香十九不想再在这个问题上纠缠，转开话题。

"是啊，大清只怕要没了，若是大清没了，我这闲散贝勒只怕也不是贝勒了。我只担心，若真如此，我如何再能护着你。"许是头埋在颈项处，七贝勒的语音有些含混不清。

香十九的身子轻轻一震，眼中的晦暗更深。

"到时便由我护着你吧，我这嗓子在那些个爷的面前只怕还有些作用。"他自嘲地笑笑。

"你不说，我倒忘了一事。"七贝勒把头从香十九的后颈处抬起来，撩开衣襟，露出一把火枪来。

他把火枪取下，递到香十九的手上，说道："若出什么事，我不在，你拿这个防身。"

香十九伸手接过，低下头把玩着手中的火枪，轻轻念道："浩浩阴阳移，年命如朝露。人生忽如寄，寿无金石固。如若真有什么，又有什么干系？大不了一死罢了。"言毕，冷冷一笑。

七贝勒听到却一惊，心中顿时黯然。这些年来，有他在，香十九总还能过些安稳日子，若是他再也护不了他了，该如何是好？

窗外菊花怒放，秋阳冷冷，一阵秋风过，黄叶飘离树枝，在秋风中打转，旋转着，终还是落下，怎一个天凉好个秋！

2

十丈红尘软，戏中人生短。香十九却觉得日子若真如折子戏，只唱那烈火烹油的一段，倒是生之幸事。谁愿意唱到那曲终人散、涕泪交横呢？他望着窗外飒飒秋风，手中握着一杯刚沏好的茶，细想着七贝勒带人传来的话。宫里的那位与革命军谈判，揣其意，最多明年初，宫里可能就会妥协，一众的皇室成员虽有优待，但终不是以前了。

若是有机会能走，七贝勒的意思是带他一起走。难道要抛了这一众的师兄弟自己走吗？走了就真能安身立命吗？茶水渐凉，他却未碰一口。

世事熙攘，不管局势如何紧张，却减不了看戏人的雅兴，台上依然咿咿呀呀地唱，台下依旧醉生梦死地活。这乱世中，什么可以当真？

这一日，正唱《西厢记》。台上，香十九扮的崔莺莺体态婀娜、清丽明艳，正如张生所唱："柳眉弯弯，樱桃红绽，玉齿含嗔。未语人前先腼腆，恰便似黄莺呖呖花外啼，行碎步千般袅娜似柳动晚风前。"

长亭送别，依依难舍，心思缠绵。

"伯劳东去燕西飞，未登程先问归期。虽然眼底人千里，且尽生前酒一杯。未饮心先醉，眼中流血，心内成灰。"

七贝勒坐在台下，嘴角含笑，看着那倾国倾城的美人儿，右手有一搭没一搭地敲着身侧的桌面。桌上盘碟里盛着应季的果子与瓜子花生，青花瓷的茶盏里袅袅冒着热气。

“那台上美人儿是谁？怎的这么好看？”身后一个粗鲁的声音响起。

“陈督军，那便是香十九了，城里没人不晓得的角儿。”另一个人嘻嘻答道，随即又带淫邪地说道，“听说，体带异香。”

“真的？那老子要去闻闻。”被称为“督军”的人道。

七贝勒的手指停止敲桌面，微微蹙了蹙眉，面色冷峻肃杀。这位陈督军他是知道的，据说曾经就是一泼皮无赖，因在枪林弹雨里不要命地冲杀，倒给他冲杀了功名出来。此人好男风，听说军营里俊秀的小兵被他整死了好几个。

此刻见了香十九，他如何能按捺得住？

身后桌子凳子一阵乱响，一个督军模样的人大踏步地往台上走去，身后跟着几个荷枪实弹的兵士。

台上的唱腔戛然而止，香十九站在那里，面色虽无浪无波，内心却一片苍凉：终究，这样的时刻还是来了。

“哈哈哈！给老子闻闻，你身上有多香。”陈督军上得台来，满脸淫秽，就要往香十九身上凑去。

只是陈督军的头还未凑到香十九身上，就凝固在那里，面部一阵扭曲，一把枪不偏不倚正抵在他的后脑勺上。

“你若再往前伸一点点，这枪子儿肯定会钻进你的脑袋。”身后响起一个冷冷的声音。

陈督军艰难地转过头，看到一双冰冷的眼睛，像两潭寒冰，冰冷彻骨，他不由得打个冷战。这又是谁？

身后的兵士反应过来，“唰唰”地举起枪，对准了七贝勒。台下观众一时惊吓，纷纷往园外跑去，一时间，园子里桌椅倒地，茶盏跌落，纷乱不堪。

“督军，这个是七贝勒。”旁边一名兵士凑到陈督军耳边，轻声道。

“清朝都要没了，哪里还有贝勒？”

“是、是，没有贝勒、没有贝勒。”兵士连忙道。

“大清就是没了，这里也不是你撒野的地方。若你们不怕他先死，尽管开枪，我这命倒也不怕随大清一起没了。”七贝勒的声音冷硬如铁，面色坚定沉静。

“他奶奶的，今天认栽，都给老子回去。”陈督军终究舍不得自己的脑袋，一时恼羞成怒，大声呵斥道。

“小子，你等着，看爷怎么收拾你。”

随着咒骂声远去，一片狼藉的戏园子里寂静无声，台上台下众人早吓得跑掉。香十九与七贝勒静静地互相望着，谁也没有说话。

“你先走吧！远远地离了这里，我来安排。”良久，七贝勒走上前，握住香十九的手，轻轻说道。

“天下之大，除了在你身边，哪里又有安身立命之处？”香十九淡淡说道。

“我只怕再也护不住你了。”七贝勒的手抚过香十九头上颤颤悠悠的翠羽。

“那我来护你。”香十九笑笑。

香十九是在画一幅冬雪红梅图时得到七贝勒被抓的消息的，他脸上未见任何惊讶慌急，像是早已预料到，只是笔下本应一笔淡墨的梅花被重重地上了彩。

“跟班主说，让他收了东西换个地方吧。然后给陈督军送一封信，告诉他，我在这流云戏班里给他唱一出戏，请他来听。”

“终究要走到这一步啊！人生飘飘无寄，这些年来，有你护持，我活在戏里，不想出来，只愿这样的日子有一日便过一日也好。只是，要面对的问题总要自己面对，这一次，我来护你吧，这也是我能为你做的唯一一件事了。”

香十九从抽屉里拿出七贝勒交给他护身的那把火枪，一边轻轻摩挲，一边喃喃自语。

陈督军走进流云戏班院子里的这一天，没有太阳，天阴得厉害，秋风一阵凉过一阵，院子里没有了以往唱念做打的热闹，空寂里只听见哀婉缠绵的几声清唱：“听得道一声去也，松了金钏；遥望见十里长亭，减了玉肌。此恨谁知？”

还未见人，只听到这如泣如诉的袅袅几声，陈督军的心尖儿都颤了几颤，心急火燎，犹如猫爪挠心一般难耐。

只是还未等他急匆匆地走到香十九的近前，却见火舌闪过，他缓缓倒在地上，圆睁了眼，满脸的不可思议。

香十九举起枪对着自己时，眼前闪过七贝勒暖暖的笑脸，他一如以往，一手拿着折扇，轻敲另一只手的手心。

七贝勒，愿你余生依旧喜乐！他在心里轻轻说道。

院外跟随督军来的兵士听见院内两声闷响后便再也没有了声音。迟疑许久的兵士推门而入，看到的是倒在地上的督军与香十九。

屋檐下的秋菊依然开得清淡，只几滴溅在丝丝缕缕花瓣上的鲜血红得触目惊心。香十九倒在一簇怒放的菊花旁边，一袭月白的衣衫，面色的苍白遮不住精致的容颜，嘴角含着一丝若有若无的笑意。

七贝勒从大牢里出来时，城里正下着冬日里的第一场雪，细碎而晶莹的雪花纷纷扬扬，转眼又化于天地间……他不知不觉就走到了曾经的院子前，轻轻推开那无数次推过的院门。此时，白雪飘飘，满院寂寥，仿佛曾经的一切也都随雪花化去，没有丁点儿的痕迹，只有他一人穿着早已污秽不堪的袍子，孑然而立。

也不知过了多久，风雪忽然紧了起来，他恍惚看见那日里，香十九眉眼不动地说来护着他，不由得笑了，喃喃低语："如果可以，我更愿意护你一辈子，让你无忧，可……我无能！大清无……"透过迷蒙的风雪，不知是挂着泪水还是雪水的双眼，好像看见了香十九正在那繁茂如雪的槐花树下。一树的槐花香也比不过香十九身上那袅袅缭绕的天香，他着了一身白衣，眉眼婉丽，明明是情意缱绻时，却唱起那：

"碧云天，黄花地，西风紧，北雁南飞。晓来谁染霜林醉？总是离人泪……"

小鹿六六

六六，快醒吧，别睡了。这鹿神山少了你，可真寂寞啊！

1

当六六发觉自己置身于一片山远天高烟水寒的山涧时，她很是诧异，想着自己周末贪睡，又不知道梦里把自己带到什么地方了，总之这段时间忙忙乱乱，一睡觉就做梦，也习以为常了，况且梦里还有那么多有趣的事儿。

她抬眼望去，只见远山苍茫，云雾缭绕，层峦叠嶂，云雾隐隐中又见霞光万道，瑰丽奇绝。山上到处是奇花异树，山涧水流淙淙，清澈碧绿，脚边碧草凝翠滴绿，奇花争芳斗艳。

六六一边惊叹，一边沿着山谷溪涧缓缓而行，只觉“千岩万转路不定，迷花倚石忽已暝。熊咆龙吟殷岩泉，栗深林兮惊层巅。云青青兮欲雨，水澹澹兮生烟。

列缺霹雳，丘峦崩摧。洞天石扉，訇然中开。青冥浩荡不见底，日月照耀金银台。霓为衣兮风为马，云之君兮纷纷而来下”。这哪里是人间，分明是仙境啊！

六六见碧水如莹润的宝石，心下甚喜，蹲下身子正要掬一捧水来嬉戏，忽然一声凄惨的惊叫声响起。

在离这里不远的山峰上，陡然听这声凄厉的惨叫，一时从树林间、草丛中、鲜花里飞快窜出不同的身影，如风一般向惨叫声响起的溪涧边飞奔而去。

澄碧如洗的溪水边，六六睁大了眼睛看着水中的倒影：一头七彩的小鹿正惊恐地睁大了眼睛，不可思议的表情凝固在一张鹿脸上。六六惊恐不定，天啊！我这是有多喜欢小鹿？做梦也能把自己梦成一头七彩鹿？想着自己车上、客厅、床头、办公桌上成堆的小鹿公仔，六六一时无语！

“六六、六六，你怎么啦？”远处有喊声。

六六惊魂未定，谁在叫我？这里还有谁？

转头望去，比自己变成鹿还要惊奇的情景霎时出现了，小溪上游飞快奔来无数个小小的身影，她睁大眼睛望过去，兔子、飞鸟、猴子、野鸡、猫头鹰、松鼠、孔雀正像一支五彩的军队一样向自己奔来，一边飞奔还一边大叫：“六六、六六，你又怎么了？”

“爱丽丝漫游仙境？”六六喃喃自语，瞬间蒙了。

“可是也不应该把我变成一头鹿啊！”她惨叫一声。

“六六，仙界的仙使马上就要到了，你还不回去啊？”一只兔子精说道。

“六六，你刚才叫什么？”一只花雀儿问道。

“六六，听说这次来的仙使可是上仙玄烨。”

“玄烨？康熙大帝？”六六呵呵傻笑。

“六六，你怎么变傻了？刚才没什么事吧？”猴子精蹦到她身上，左看右看。

“走吧、走吧，再不走，等会儿可没有好位置给我们了。”美丽端庄的孔雀精催道。

这支彩色军队又浩浩荡荡地朝小溪上游奔去。六六想反正是梦，没有关系了，我就是小鹿六六，六六就是小鹿。只是她没有想到，她是这一方仙山鹿王神君的小女儿六六，只因年幼，还未幻化成人形。

2

一众还未化形的各路小仙拥着六六往山顶奔去，六六只觉自己腾云驾雾般，山涧、树林、花草在身边倏忽而过。

忽然，“砰”的一声，一头七彩的美丽小鹿撞上一棵千年大树，只撞得她晕头转向，龇牙咧嘴，耳边听到一个苍老的声音哀声叫道：“哪个不长眼的小家伙撞到老神仙我了？”

六六正晕头转向间，一个清越脆亮的声音响起：“老神仙宽宥则个，这小鹿奔得快了，不小心撞到您了。”

“啊！上仙驾临，老朽有失远迎，又是鹿神家那个莽撞的孩子吗？这都不知道多少次了！每次叫她小心些，可每次还是会在这方仙山里惹下不少祸事。”

六六茫然地看过去，一个修长的身影站在老树仙旁，含笑而立，丰神如玉，一抹笑意挂在嘴边，恍如玉树绽花，黑发如同泼墨一般泻在洁白的衣襟上。

还未等她从痴傻的状态反应过来，那白色身影便如一朵洁白的云朵般飘然远去，消失在绿树繁花间。

只是这一撞，头脑中各种记忆纷至沓来，梦里梦外的记忆汹涌而来，六六忽然知道自己是谁了。

不过不管是谁，六六还小，不知道上仙来鹿神山做什么，但是据说这玄烨乃是仙界、魔界、妖界三界中出名的美男子，法术高强，是三界女子神往已久的夫君人选。

六六忽然很忧伤，自己年岁尚小，未化人形，不知道自己化成人形后美丑如何，三界中美丽的女子如天上的云彩一样多，自己不过是弱水三千中一滴水，哪里能够入人眼眸？

想到这里，六六有些兴味索然，低着头给老树仙道了歉，垂头丧气地驾起一团小彩云去追众小仙。

宴席开在鹿神殿后的流玉苑，鹿王神君因到东方蓬莱云游，鹿神山一切事务皆交给儿子三三打理。鹿王神君与君后有两个孩子，儿子三三，女儿六六，儿子三月初三生，便叫了“三三”；女儿六月初六生，便叫了“六六”。鹿王神君夫妻二人喜欢云游四方，一百年倒有九十九年不在神山，可想鹿王神君夫妻二人在教育儿女一事上是何等懈怠。所以，这六六仗着无人管，哥哥三三对她又是宠溺无比，在这仙山稀里糊涂地不知道干过多少啼笑皆非的事。

3

流玉苑里，一身紫衣的三三正温文尔雅地与另一个身着白衣的美男子相对而坐，桌上的仙果美酒芳香四溢。

“千年前，魔界祸乱三界，三界大乱，后仙界之主至尊仙散去全身法力才把魔界封印在绝域。千年过去，封印渐渐有松动迹象，只怕再过千年，封印便要被魔界破了，到时魔界卷土重来，三界将再次陷入灾乱。”上仙玄烨忧心忡忡地对三三说道。

“确实是让人忧心啊！不知道仙使这次来有何传达？”

“仙帝此次让我到各处仙山，便是告诉各位仙君做好防范措施，时刻警惕绝域的封印迹象。至尊仙当初虽说是把魔界封印在绝域，却是用全身法力，并借用天地各处仙山之灵力，才能封印，所以封印并不只限于绝域一处，各仙山都有可能被魔君破印而出。”

“原来如此。谨遵仙帝之命，鹿神山一定严加防范，不留疏漏。”三三一边说，一边抬手微微向上一揖，以示对仙帝的敬重。只是抬手至半空，便张大了嘴巴，一时无语。

此宴席摆在一棵流光溢彩的仙树下，此时，仙树的枝丫间密密麻麻不知道藏了多少个小脑袋，正睁大了圆如宝石的、狭长如弯月的、椭圆如橄榄的各式眼睛看着那个第一美男子玄烨。

更要命的是，天天闯祸的六六正趴在一根枝杈上，俯着身子，眼睛眨也不眨。三三一阵头痛，这妹妹实在无法无天，这片仙山就没人管得了她，他只盼她赶快长大，快快找个仙家给嫁了，从此鹿神山便清静了。

“仙兄，可有哪里不舒服吗？”玄烨见三三表情古怪、歪嘴瞪眼，不禁诧异道。

“哦！没事、没事。”三三正在使劲向六六使眼色，就盼着她带着她的“仙军”们撤退。可六六压根不朝他看一眼，眼睛只在玄烨身上打转。

“从小到大，还没有见过这么美丽的人呢，若要是个女仙子，那不是要祸害三界？”六六一边看，一边在心里品评，随即又幻想自己化形后要是也能如他一样倾倒三界，那滋味得有多美！

4

六六一边神往，一边咂着鹿嘴，却没有注意到，一根晶莹的细线从嘴角悄悄地往下滴去。

坐在下面的三三一边应对着玄烨，一边趁玄烨不注意的时候往上使个眼色，一时脸上表情无比丰富。

此时三三正往上看，惊见六六嘴角垂下一条涎水，而这涎水滴下的位置正是玄烨面前装满美酒的五彩琉璃杯，顿时惊得心都跳到了嗓子眼，吓得他一下从凳子上跳起来，慌乱中竟然连法术也忘了施出，只伸了手来接，却已来不及。

玄烨见三三如此奇怪的动作，低头看过去，见一条晶亮的水正落在自己的酒杯里，轻轻荡开圈圈涟漪。

三三脸色惨白，呆在那里，一句话都说不出来。他心里一片哀号，平日里怎么闹也是关起门来自家山里闹，这次闯祸闯到了仙使这里，这仙使该如何降罪？

树上众小仙见六六闯了祸，非常没有义气地“呼啦”一声，跑了个干净，只剩六六呆呆地趴在树杈上莫名其妙。

玄烨听见头上声响，抬头看去，见从树杈间窜出无数小东西，向四处飞散而去，其中一根树杈上却还趴着一头七彩小鹿，呆呆地瞪眼看着自己，这不是撞了老树仙的那头小鹿吗？

“六六！”三三实在是忍无可忍，厉声叫道。

“啊！哥哥，你发现我啦？”六六一惊，终于从痴傻状态中回过神来，四下一看，原来整棵树上就只剩自己了，她心里一阵腹诽：这群没良心的家伙。

六六不情不愿地从树上飞下来，涎着脸看着气得吹胡子瞪眼睛的哥哥。啊，不对，哥哥没有胡子，那就吹鼻子瞪眼睛吧！

“这位是？”玄烨问道。

“这是舍妹六六，看在年岁还小的份上，请仙使大人有大量，不要责罚于她，要降罪便降在我身上吧。”

玄烨转头看了看酒杯里的美酒，涟漪已平静，只剩美酒晶莹剔透。

“仙兄的妹妹纯真可爱，让人喜爱还来不及，哪里能够责罚？这酒不知道是不是更美味？”玄烨看着这头七彩小鹿，心里莫名喜欢，转身拿起酒杯，轻轻啜了口。

六六惊讶地看着他：这是那个美男子神仙？喜欢喝人家的口水？她忽然发现自己凌乱了，三观都被毁了的感觉。

三三在一边也是讶异地看着这个上仙，心里更是无数巨浪奔腾。

“仙兄，事情既已说好，便就此告辞了。”玄烨轻轻招来一片云，飘上去，一时白衣飘飘，黑发飞舞，说不出的轻灵梦幻。

“小姑娘，我们下次再见，到时看看你化为人形的样子。”远远的声音飘来，落到六六的耳里，仙乐一般好听！

5

绝域，古铜色的山脉绵延纵横，山中怪石嶙峋，如刀劈斧砍，暗黑的河水如同一条黑色的怒龙翻腾滚动，苍白的月色惨淡地映照在赤红的大地上，魔影重重在大地一掠而过，发出“呜呜”的嘶吼之声，闻之双耳轰鸣，恶心欲倒。

在一座笔直陡峭，如一柄古铜色的利剑直指黑暗苍穹的山峰上，坐落着魔殿，近两千年来，受了重伤的魔君在此殿中养伤，未踏出魔殿半步。魔界众生除了魔君身边的心腹，没有人知道魔君是死是活。

此时，魔殿里，一身穿黑袍的男子双手结印，男子身前七色光线幻彩迷离，斑斓的光线中，一颗七彩的珠子不停地旋转，随着珠子越转越快，珠子里也散发出更加璀璨夺目的光彩，与围绕着珠子的光线融合、缠绕。夺目的彩光把大殿映照得五光十色，与殿外的黑暗恐怖仿如两个世界。

时间缓缓流逝，七彩珠子慢慢停止了散发光彩，黑袍男子亦停了结印，面前的珠子悬在空中，静止不动，敛了绽放的华彩，变成一颗猫眼大小的紫红色珠子。

黑袍男子沉默地盯着这颗珠子，良久，再次双手结印，猛地一声吼，珠子如风似电般疾飞而上，穿透大殿的穹顶，流星一样划过魔界浑浊的上空，转瞬不见。

“恭喜帝君，终于炼成七彩灵珠。”旁边一人惨白着一张脸，低声祝贺道。

“七彩灵珠会破印而出，只是到底落到哪里，我却感应不到。封印虽有松动，可还是无法撼动，我用当初至尊仙封在封印里的仙力与我一生的魔力炼成此珠，便是要靠它来解除封印。”

说话的黑袍人正是魔界魔君，一千多年来，他无一日不在思量如何打破封印，再次进入三界。

“只是这珠子如何解除封印呢？”苍白脸疑惑道。

“世道轮回，三界平衡，此乃天道，纵使他至尊仙封印我魔界又如何，自有一切重新开始的时候。可笑仙界众人总以正道自居，以为他们才是三界主宰，我偏要让魔道横行。”魔君冷哼一声道。

6

流玉苑，奇花绽放，宝树流彩，祥鸟歌声婉转，瑞兽恣意徜徉，一弯泉水蜿蜒回转。泉水边站立着一个身着七彩羽衣的女子，紫色的长发披泻在七彩的羽衣上，光华流转。

“六六、六六，昨天我们在山上发现一处好玩的地方，你要不要去？”细看，女子旁边一只白色小兔正咧着三瓣嘴说道。

女子转过头来，顿时宝树奇花都在女子的容貌下失了色彩。女子肤如凝脂，面如白玉，美目流转，桃腮带笑，端的是灿如春花，皎如春月。

这着华彩羽衣美艳不可方物的女子正是鹿王神君的小女儿六六，又是一千年过去，那头七彩的小鹿终于长大，幻化人形。

“唉，你说，我怎么就这么美呢？”六六叹息一声，还不忘转头再看一眼澄澈的泉水里那美丽的影子。

“六六，你还能再作一点吗？我都被你羞死了。”另一边的假山上吊挂着的一只猴子掩面哀叹。

“你说，我这么美，总比得过三界那些妖啊、精啊、仙啊吧！”六六还在感叹。

“嗯，你美，你美冠三界，那个玄烨一定会喜欢你的。”石头上的一只松鼠懒洋洋地嘀咕道。

“真的？”六六一蹦三尺高，然而，“啪”的一声，摔倒在石头上的松鼠旁，吓得松鼠也一蹦三尺高。

“真讨厌，这衣服真讨厌。”六六不耐烦地扯了扯七彩羽衣，原来是裙摆太长，六六自己绊倒了自己。

“你到底要不要去那里玩？”白色的兔子不耐烦了。

“可今天是我的成人礼，我跑了，回来挨骂怎么办？”六六有些迟疑。

“偷偷地，一会儿就回来了，反正客人们还没有到齐，没那么快。”猴子怂恿道。

“走！”六六下定决心，一声吆喝，大伙儿像得了令似的飞也似的冲出了流玉苑。

六六招来一片云彩，正准备腾云而上，想想，又停下，捞起拖地的裙摆，结结实实地打了几个结，然后爬上了云彩。

一溜烟地出了流玉苑，六六驾起云彩往兔子说的方向飞去，只觉天高地阔，畅意无限。六六正自得意间，忽见前面一朵白云，白云上一个身影风姿翩翩、飘逸出尘，不正是自己心心念念的玄烨吗？

六六一时呆住了，待在云彩上愣愣地看着前面飘过来的白云以及白云上那个美貌的男子。玄烨正自遐想，这鹿王神君的女儿化形成人是何模样，千年前见她时是一头莽莽撞撞的七彩小鹿，这次会是什么样呢？一抬眼，正看到六六盯着自己，一脸的呆相，玄烨不禁微笑起来。

天啊！他笑得真是好看啊！

六六又痴了，一个愣神间，云彩也忘了驾，等她醒悟过来的时候，她发现自己正一个跟斗栽下云彩去，底下是莽莽苍山。她吓得尖叫一声，手忙脚乱地在半空乱抓乱蹬，却忘了再念诀招云。

正惊慌间，一只手搂住了她的纤腰，她撞进一个温暖的怀抱，惊魂未定间，迎上了一双含笑的眼睛。

“没想到，你都长大了，还是这般莽撞！”声音温和。

六六满脸羞红地站定，低头不语，心里却像擂鼓似的“咚咚”直响：“哎呀！我不能站在他旁边，我的心快跳出来啦！”

“这么着急去哪里？今天不是你的成人礼吗？”玄烨低头看着这个美丽的女子，心里想过千百遍这头小鹿是什么样，没承想千年前那头呆呆的小鹿变成如此可人的模样，纵使他见过三界无数美丽女子，还是被这头小鹿给惊艳到了。

“我……我……”六六有些语无伦次，总不能说自己偷跑出来去玩耍吧，男子不都喜欢端庄高雅美丽温柔的女子吗？自己要是说自己贪玩，他肯定不会喜欢啊！

想到这里，六六站定了身子，正了正衣襟，故作端庄大方地朝玄烨微微一揖，道：“小女子六六见过仙使大人，奉家父之命，在此迎候客人。”

玄烨见六六忽然一本正经起来，一愣，再看她满脸羞红，长裙下摆被胡乱打了几个结，头上碧玉簪摇摇欲坠，知道她是故作姿态，心里忍了笑，想女儿家脸皮薄，也不拆穿，只说：“如此甚好。”正待要再说什么，后面传来几声高叫："玄烨仙君，这么凑巧，你也来这鹿神山？"

玄烨往后看过去，却是几位认识的仙人，未及答话，只用身体把六六挡在了身后，轻轻说道："六六，你的裙子可不好见客人。"

六六一惊，随即想起自己临走时的模样，顿时羞得只想找个地洞钻进去，偏偏这又是在半空之中，哪里能躲？慌急之间就去扯自己的裙子，谁知道越是扯，越是结得紧。急得她两眼泛泪，来不及再解，她念了一个驾云诀，逃也似的驾云而去。

"玄烨仙君，怎的还有一位女仙子？"仙人们拢过来，歪头歪脑地对着玄烨嘻嘻笑道。

"哦！那是我家仙娥，我落了点东西，差了她去拿。"

众仙君一阵说笑，驾云而去，浑不知刚才那位逃跑的女仙子才是今天的主角。

六六落到地上，刚才一个耽搁，兔子、猴儿们早已不知道跑出多远了，她快快不乐地在林子里瞎转悠，经刚才一闹，也没有了去玩的兴致。心中又是懊悔又是羞怒，恨恨地扯了扯自己的裙子，都怪母亲，非要自己穿这一身麻烦的七彩羽衣，今天可是在玄烨面前丢了大丑了。六六越想越是难过，越想越是觉得自己在玄烨的心中只怕更是形象不堪了。

一路走，一路踢，路上的小石子被她踢得四处横飞，还不解气。

"咦？这颗石子这么漂亮！"六六停下脚，诧异地低头看去，那是一颗猫眼大小的紫红色的圆石子，细看过去，石子里面氤氲着七彩的光芒，各色光线在石子里面交错纠缠，梦幻迷离。

六六越看越喜欢，忍不住捡起来准备细看，谁知，石子刚一沾上手，便倏忽间无影踪。六六惊讶地四下望去，谁在跟自己闹着玩？

"出来，兔子、猴子，本大仙在此，你们跟我玩什么把戏？"

半晌，四周没有任何回应，只见四周山林苍茫，宝树奇花，山石嶙峋，空山寂寂，水流淙淙，却没有了以往的热闹。想来山中小仙都去凑鹿王神君女儿成人礼的热闹去了。

六六喊了一阵，见无人应答，更加提不起兴致，又想到玄烨已来，心里又是想见，又怕刚才那样子被玄烨耻笑，纠结徘徊间，终是抵不过想见玄烨的愿望，遂驾起云彩又往回飞去。

7

六六偷偷溜回鹿神殿，回到自己房间，首先把这该死的七彩羽衣给脱了下来，找来殿里的小仙娥，让她们帮忙解开结。自己则趴在窗台上，盘算着等会儿见到玄烨该怎样表现，才能把自己的形象扳回来。

正自想得出神，外面匆匆跑进来一个小仙娥，一边跑一边喊道："外面吵起来啦！"

六六一下子蹦起来，以为是父母亲找自己，慌慌忙忙又穿上今儿成人礼要用的七彩羽衣。

"可是都在找我？"她问道。

"不是、不是，是神君大人与天上来的仙人吵起来了！"小仙娥慌乱说道。

"啊！这是为何？"六六大吃一惊，她知道自己的父亲虽恣意随性，可是与天上诸仙争吵，就不怕仙帝责罚？

"好像还有仙兵仙将！"小仙娥真是语不惊人死不休。

六六吓得腿都软了，仙兵仙将？那可是捉拿仙界犯人才出动的。

她从房间冲出来，就要往流玉苑赶去，慌乱间，又被长长的裙摆绊到，她一急，"刺"一声，直接用双手把羽衣的裙摆给撕了下来，急匆匆地赶过去。后面一众小仙娥也随她慌慌乱乱地跑。

流玉苑里，奇葩异景已无人欣赏，流觞美酒已无人畅饮，大摆宴席的白玉广场上站了各路仙人，鹿王神君爱四下云游，所以交友甚广，今天是鹿王神君最宠爱的女儿的成人礼，来贺喜祝福的各路神仙无数。

只是此刻，大家都严阵以待地站在广场上，另一边是仙界将领，鹿王神君正在与仙界将领争着什么，六六不识与父亲争执的将领是谁，半空中，黑压压地列着一排排仙兵。

六六偷偷溜到父亲身后的哥哥三三旁边，拉了拉他的衣袖，低声问何事。

"你跑来干吗？赶快回去。"三三一见这个闯祸精跑来，吓得他直推她回去，此时父亲这边已然焦头烂额，这家伙可千万别再弄出什么乱子。

"你告诉我什么事，我就走。"六六不依，赖道。

"飞廉将军认为有一魔界的魔物藏在咱们鹿神山，所以带兵过来搜，父亲不允，责怪他扰了你的成人礼，是以两人争执起来。"三三满面忧愁。

"啊！魔物？什么魔物啊？"六六惊讶地叫道。

三三一阵头痛，赶紧捂住了她的嘴巴："你还要叫多大声？"

"那个魔物是个什么样子的？"六六压低了声音问道。

"仙界法宝乾坤镜只是感应到有魔物破除封印落到这一片神山，具体是什么样的谁也没有见过。"一个温和的声音在六六耳边响起。

六六如听魔咒，顿时定住了身形，连转头看的勇气都没有，忽然想起自己着急跑过来，裙摆被扯得长短不一，便满面羞红，尴尬不已，只在心里默念无数遍别让他看到自己这个糟糕的样子。

"神君大人，飞廉敬你为一片仙山之主，所以三番请情，你只是阻挠不让，敢问神君大人，这后果，你能担当吗？"飞廉将军脸上已有不耐之色。

仙帝感应到乾坤镜有变，立即查看，才知魔君已有动作，用魔物破除封印，如若被利用，则封印只怕瞬时可破，届时魔军大举冲破封印，又将掀起三界战乱。仙帝遂急派飞廉带兵往魔物落下的方向追来，希望能够早一步掌握在手，毁掉此物。

"你哪里就能确定我这仙山与魔物有关，你这不是毁我仙山名声吗？况且今日乃是小女成人之礼，你这般打扰，已是无礼，还要带兵搜山，就更是无礼。"鹿王神君心头更是窝火。

"你们这般争执，于事无补，不若这样，看在我东海蓬莱的面子，待鹿王神君的女儿成人之礼完成，再计较不迟。"蓬莱与鹿神山向来交好，此时便也站出来帮老友调解。

"不成！若是此魔物已被人所得，那么便有可能提前让魔界破开封印。此事万万不可，蓬莱仙君，此事重大，无人能担得此后果。"飞廉竟是寸步不让。

"哼！那将军你若搜不出来呢？"蓬莱仙君本欲做和事佬，见飞廉如此不讲情面，也恼了。

"将军，你看，乾坤镜亮了！"飞廉将军旁边一个将士指着飞廉手中的乾坤镜大声叫道，声音里竟是有些害怕。

一时，白玉广场上所有的眼睛都往飞廉将军那里看过去，果然，那法宝乾坤镜如明月一般闪烁着耀眼的白光。众仙互相望望这个，又望望那个，心中惊疑不定，乾坤镜乃仙界最重要的法宝，能感应世间一切魔物。此时，乾坤镜如此闪耀白光，说明魔物就在乾坤镜附近。

鹿王神君一脸讶异，旁边的君后已是满脸苍白，一向温文尔雅、处事冷静的三三也满头冷汗。只是六六看着那个乾坤镜，心头竟有一种想毁掉乾坤镜的邪恶念头。

“六六，你没事吧？”旁边那个温和的声音又响起。

六六一惊，回过神来，却吓出一身冷汗，自己怎么会有这样的念头？她有些茫然地转过头去，旁边是玄烨关切的眼神，她摇了摇头，心里却有些后怕。

乾坤镜的白光在闪烁一阵后，四散的光芒突然凝成一束白光，直向一个方向射去。众仙心里跟着一惊，随着白光射去的方向看过去，那是一个身着七彩羽衣的女孩，只是羽衣裙摆被扯得长长短短，凌乱不堪，女孩脸上如白玉无瑕，两腮若桃花轻点，双眸似秋水含波。

女孩在白光照射下渐渐升离地面，这白光似乎有奇异的功能，让人可以透体而视，只见女孩的身体内一颗滚圆的紫红色珠子在白光里浮浮沉沉。

众仙一阵骚动，难道这就是飞廉要找的魔物？

六六一脸诧异地看着自己渐渐离开地面，她低头看看父母哥哥，又转头看看那个飞廉将军，一脸迷茫，不知道出了何事，为何自己莫名其妙就被白光抬离了地面？

“六六！”一时，各种不同的声音喊道，那声音里有惊惧，有诧异，还有悲痛、难过、震惊……

“魔物就在这女子身上，神君可还有什么话说？”飞廉一脸冷漠地说道。

“这个女子就是今天要行成人礼的神君幼女，六六。”飞廉旁边一个仙人连忙低声说道。

飞廉心中一震，暗道今天这事只怕自己做不了主了，若是在山中搜得，只要带上魔物回去复命便可，料想鹿王神君也是识大体的，不会在此事上纠缠，但此事若涉及他的女儿，依着鹿王神君的脾气，只怕是不能直接拿了他的女儿。

“父亲、母亲，究竟出了什么事？”白光一直锁定六六，白光不散，六六便全身无法动弹，她终于着急慌乱起来，似乎有什么重大的事情在自己身上发生了。

“六六。”君后心中焦急，看着爱女被白光锁定，心内慌痛，就要扑过去抱住女儿，还未走到近前，便被一束白光打倒在地。

鹿王神君赶紧扶起妻子，一时间心痛、恼怒涌上心头，纵是平日里云淡风轻，此时也有些六神无主了。

“六六，不要怕，也不要动，等会儿就没事的啊，你别急，哥哥会帮你。”三三冲着六六喊道，然后转身对飞廉请求道，“请将军放我妹妹下来，事情总要问个清楚才有解决之道。”

“若放她下来，魔物作乱，谁能担当？事情既然牵扯到神君爱女，本将军无法做主，我这就派人回仙界禀明仙帝，如何处置，听命于仙帝。”

“你快放我下来，我又不是魔物，你干吗要定住我？你这个大坏蛋。”六六一听，急了，大声骂道。

飞廉看她了一眼，念她年纪小，倒是不与她计较。

8

六六在白光中不停地挣扎，心中似乎有一团火在熊熊燃烧，体内灼热难当，似要把她烧成灰烬，她心里害怕，又恼怒自己被无缘无故定住，那个什么珠子她怎么知道是什么，只是一时好奇，便惹来这大的事情。她拼命挣扎，想要把珠子从身体里弄出来，可是那珠子进体之后似乎与她的血肉魂魄融在一起，怎么也摆脱不掉。那股火烧般的灼热感越来越强，随着这股灼热感，她发现自己似乎拥有了毁天灭地的能力。

“啊！”六六狂叫一声，全身猛力一挣，周边的白光被震成万千的碎片，纷纷消散。六六惊魂未定间，见自己已身在半空，任何祥云未驾，就那样悬空而立，却已不在鹿神山，周身黑雾滚滚，黑雾中隐隐有金光闪烁。

“六六。”就在六六冲天而起时，玄烨一声惊叫，紧随着六六而去，只见眼前滚滚黑雾，他在黑雾中轻轻唤着六六的名字。

黑雾渐渐散去，那个女子渐渐现身，紫色的长发如同利剑根根四射开去，平日里纯净明亮的眼睛变成深深的黑色，如九幽的黑潭，鬼魅地闪着幽光。

“六六。”玄烨试探着再叫道。

六六一双深黑不见底的眸子盯着他，眸子里幽光闪烁，又似茫然无措，挣扎几下，深黑褪去，紫色长发顺着细肩垂下。她像是从一场梦里醒过来，看见眼前的玄烨，六六再也禁不住，“哇”的一声大哭出来，扑到玄烨的怀里。

玄烨轻轻拍着她的背：“六六，告诉我怎么回事，你身上怎么会有那魔物。”

“我也不知道，那个时候与你分开后在山上闲玩，见这颗珠子漂亮，一时好奇，捡到手里，谁知刚刚到手上珠子就不见了。我还以为，我还以为是小兔子他们与我开玩笑，谁知道竟是什么魔物啊！”六六想起这无端的事情，心急无比，再次大哭起来。

“六六，你能把珠子逼出来吗？如果能够逼出来，我们把它交给飞廉，便没事了。”

“我试过了，逼不出来，它好像与我的血肉魂魄融在了一起。哇哇哇，我只是小鹿六六，我哪里知道什么魔物，这个、这个、这个到底是什么？干吗要到我身体里去？我不要、我不要。”六六一边哭，一边拼命甩手。

“六六，日前我与仙帝在一起，仙帝感应到魔界内魔君在抽取封印上至尊仙的仙力炼丹，我想这应该就是那颗炼好的魔丹，此丹融合了魔君的魔力与至尊仙的仙力，如果你动用这股力量，只怕这三界没有人能打得过你了。”玄烨沉思道。

这三界的安危全系在六六的身上，若六六魔力入体，便会被魔君乘虚而入，如若六六动用此股力量对抗魔界，只有丹毁人亡才可以再次封印魔界。更让玄烨担忧的是，如果六六被送到仙帝面前，只怕仙帝会在六六还不懂得运用此股力量前，直接把六六与魔丹一同打得魂飞魄散，借用此丹的力量再次封印魔界。

“六六，你在此等我，我去找仙帝想想办法。”玄烨想着不如主动禀明仙帝，希望仙帝能有两全其美的办法。

“那你还会回来吗？”六六两眼泪汪汪地看着他，此刻孤苦无依，惶然无措，唯有玄烨是心中的依靠。

“会的，你等着我。”玄烨替她擦掉泪水，转身往仙界飞去。

9

白云苍狗，岁月轮转，六六只见树叶绿了又黄，黄了又绿，太阳月亮日日更迭，长庚启明亮了又暗。她不知道自己等了多久，心中惶惑害怕，日日只盼着那个熟悉的身影出现，却日日只见白云悠悠。转瞬百年已过，在这百年中，六六内心如火灼烧，胸口如同要爆裂般，每次在自己想要随着这焚烧自己的火去焚烧万物的时候，便会想到那个身影，仿佛一股清凉的泉水漫过全身，让灼烧感渐渐褪去，再次恢复清明。

六六一直坚信玄烨会来，可是，一日日地等待，一日日失望，让她渐渐失去了耐心与信心。当她看到飞廉带着天兵天将降到这片山头时，她的心底一片冰凉与绝望，玄烨，你骗了我！

愤怒与绝望是燃烧的火焰，还未等飞廉有任何动作，六六胸口的那股烈火再次腾腾而起，转瞬黑雾弥漫，她如同魔王降世，携着这滚滚黑雾，穿过层层天兵，向鹿神山飞去，身后惨烈的呼号声瞬间消失在天际。

冷风萧瑟，残阳如血，乱石横陈，血迹斑驳，昔日满山奇花异树已成枯树干枝，山林间到处是被焚烧过的痕迹。巍峨雄壮的鹿神殿已成断壁残垣，唯剩鼠虫乱窜，蚊蝇横飞，流玉苑内暗淡无光，蓬断草枯，玉泉染血，昔日仙境竟成一片地狱。

六六心底冰冷一片，失魂落魄地行走在鹿神山，兔子呢、猴子呢、孔雀呢？父亲、母亲、哥哥，你们在哪里？究竟是怎么回事？谁来告诉我？谁来告诉我？

她慢慢蹲下身，双手捧住脸，失声痛哭。

“你逃走的当日，你家人被我带回仙境，交与仙帝，如今被囚在困仙楼。那日你走后，魔界魔君趁你失神被魔物夺取神志时突破封印，封印突破之地离这鹿神山不远，可能是感应到魔物的位置，魔君带领众妖魔首先便与这鹿神山众仙打起来，当日你父母哥哥不在，这座鹿神山众仙被魔界屠戮一净。”

飞廉不知道何时来到六六身边，看着这个失魂落魄的女孩，心有不忍。

“你是如何知道我的藏身之所的？”六六怎么也要弄明白，玄烨、玄烨真的欺骗了她吗？

“玄烨回仙界找仙帝寻求解决之法，可是当时魔界已破封印，已经于事无补，仙帝要玄烨告知你的藏身之地，玄烨不说，被仙帝囚禁，仙帝施展搜魂大法，经过百年，才从玄烨的记忆中搜到你的位置。”

六六冰凉的心终于有丝丝暖意回升，泪水再次忍不住滑落面颊，终是没有负我吗？

“搜魂大法？这种惨绝人寰的手段，那仙帝与魔君又有何区别？”她冷冷说道。

“你带我去见仙帝吧！”六六擦干眼泪，原来逃避、躲藏，任何问题也无法解决，因为自己的调皮贪玩任性，致使整个鹿神山毁于一旦，使得伙伴惨死、亲人被囚、家园被毁。如果，如果那日不逃，是不是这些就不会发生？

仙帝看着这个憔悴无神的紫发女孩，轻轻叹息一声，世事无常，命运难测，纵是仙家又如何？是不是只有那消失的神才能主宰自己的命运，扭转这无测的乾坤？

“你可想好了？”他问道。

“我想看看我的父母哥哥与玄烨。”

仙帝袖袍挥动，六六看见结界内，父母哥哥失神的表情，心中一痛。玄烨平静地端坐在蒲团上，双目微闭，似有感应一样，他睁眼看过来，六六顿时泪流满面，五内俱焚，只要你们安好，便好！

“我可以让他们见你一面。”

“不用了，我不想他们难过，就当我从未来过。”六六摇摇头。

“仙帝，为什么会是这样，我只想做小鹿六六，每天开心地与朋友们在鹿神山玩耍，可为什么一切变成这样？”六六心痛难忍，终是又哭了出来。

“命运难测，世事无常，谁又能知道明天会发生什么？众神消失，唯留仙魔妖三界，这三界众生谁又能主宰自己的命运，想那几千年前的至尊仙法力无边，几近于神，可是他也无法脱身世外，而卷入这三界世事，骨肉魂魄法力化为封印。只是你还小，可苦了你了！”

“仙帝，你可以开始了。”六六闭上眼睛，眼前却掠过仙帝给她看的这三界被荼毒的景象，如果牺牲我一个，能够换得父母亲人安康，换得玄烨自由，换得这三界平和，也值得吧！

流玉苑，奇花绽放，宝树流彩，祥鸟歌声婉转，瑞兽恣意徜徉，一弯泉水蜿蜒回转。千年的时光如白驹过隙，昔日的家园又开始仙气氤氲，只是少了那个七彩羽衣的紫发女子，少了那洒落鹿神山的一片脆亮笑声，少了一支跟随在一头七彩小鹿后面的彩色“军队”，这座鹿神山便寂寞空荡起来。

流玉苑内，一白衣男子静静地坐在泉边，手中执一银壶，时而仰头长吸一口仙酿，时而蹙眉沉思。

“玄烨，你已守了千年了，还是没有动静，你……”白衣男子身后是一紫衣男子，温文儒雅，内敛冷静。

“三三，当时仙帝用六六重新封印魔界之时，因怜惜六六弱小，抽出一丝魂魄养在养魂珠里，而散去自己五成的仙力补足这一丝魂魄之力。仙帝说只要耐心等待，六六总是会醒的。”

“可是仙帝也说了，六六即使是醒了，却不一定记得以前的事情和人，你还等吗？”

“不记得又如何，大不了重新开始！”玄烨微微一笑，映得这些宝树奇花更加璀璨明亮起来。

六六，快醒吧，别睡了，这鹿神山少了你，可真寂寞啊！

一叶知秋在四夕

漫漫黄沙，茫茫戈壁，一行人渐去渐远渐不见，此去山长水阔戈壁远，永不见！

四夕手上拿着一本书靠坐在南边的窗台上，冬日的阳光暖暖地从窗外照进来，温暖迷蒙，这阳光暖如早春，竟有些让人懒洋洋的。一只小猫蹲在脚边，晒着太阳，与四夕一样眼睛迷迷蒙蒙。不一会儿，一人一猫竟都睡了过去。

漫漫黄沙，茫茫戈壁，一轮骄阳悬挂在天空，如同火炉一样炙烤着大地，四下望去，眼前无一丝绿色。一支有两千人的队伍已经在这戈壁滩行走了半月有余，马匹疲劳不堪，将士们满面风霜。出了玉门关，便不属于大汉地界，将士们更加不敢掉以轻心，随时神经紧绷，进入备战状态，身体与心情双重疲累，让人倍加辛苦。队伍前面的举旗官被烈日炙烤得无精打采，锦旗上的绣字“大汉”亦蔫蔫无劲。

队伍中间是一辆豪华的金光耀眼的马车，却被封闭得密不透风，也不知道里面的人到底热成什么样了。

紧随在马车边的是一匹浑身无一丝杂色的神俊黑马，高大矫健，毛色黑亮油滑，马上坐着一个年轻将领，眉目英挺，俊逸明朗，脸上有历经风霜的疲惫之色，但眼神却晶亮如寒星，只是此刻眉头紧皱，像是有极重的心事。

不一会儿，前面过来一个人，到年轻将领的身边道："一叶将军，此时日头正毒，兵士们已经疲惫不堪，是不是原地歇息一会儿再走？"

年轻将领听闻此话，看了一眼身旁的马车，又看了一眼头顶的毒日，想着要休息一下，又想尽快赶路，就怕万一有个闪失，此次跟来的人只怕是脱不了干系。正犹豫不决时，马车内传来一个温柔婉转的声音："一叶将军，将士们已经累极了，就让他们歇息一番再走不迟。"

"是，公主！"一叶将军听闻公主下令，于是向来人挥挥手，来人自去前面吩咐。

马车停了下来，一叶将军右手示意一下，便有一众军士背向马车，团团围在马车边以保护马车内的人。

马车内，一宫装年轻女子安静地坐在凳子上，仪态万方，端庄明丽，如盛开的牡丹般娇艳，只是如画的眉目间隐含的一缕愁思若淡淡的烟霭笼罩在倾国倾城的面庞上。

"公主，喝点水吧！"一旁的宫女端过一个碧玉杯，递到她面前。

"我不渴。"公主摇摇头，眉间始终笼罩着轻愁。

"离开玉门关，便离长安更远了吧？终此一生，我是不是就再也回不来了？"

"公主。"一旁的宫女怜惜地叫道。

马车内正是当今尊贵的四夕公主，只是再如何尊贵，身为皇家的人，命运却由不得自己，如今更是被选中远嫁匈奴，以平息战事，保大汉边境清平、百姓安居乐业。

"一叶将军。"四夕公主在车内唤道，转头吩咐宫女拿来一个装满水的羊皮水囊。

"公主，何事？"一叶将军驾马来到车窗边，低头问道。

车内没有回答，一只白玉般的手掀开帘子，递出来一个精致的羊皮水囊。

“公主。”一叶将军正要下马拜谢，车内公主温柔说道：“在外，不必拘泥于这些礼节，将军一路护送辛苦了，本宫心下感激。”

一叶接过羊皮水囊，怔怔地看着帘子再次放下，眼中闪过一丝痛楚，随即，便又隐去，小心地把羊皮水囊系在自己的腰间。

车内，四夕公主眼中隐隐泛泪，只是从小接受宫中教习，是以隐忍未落。一边的宫女心下不忍，想到若不是匈奴的王子点名要娶四夕公主，只怕公主便会下嫁给车外那位一叶知秋将军了吧，毕竟一叶知秋将军出身将军府，他的母亲又是长公主——当今皇上的姐姐，他与公主自小便是青梅竹马。

正思量间，忽听车外喧哗声起，一时马嘶人吼，枪剑铿锵。公主与车内伺候的宫女们心下一惊，不知出了何事，正惊慌间，车外传来一叶的声音：“公主勿慌。”

四夕听到这声音，惊慌失措的心慢慢安定下来，她想，有他在，便什么也不怕。

远处沙尘漫天，日光变成一片炙热的雾气，雾气中隐隐见一股黑色铁流滚滚而来。阵阵马蹄声轰隆如雷鸣，夹杂着听不懂的粗暴吼声。

前方将士飞驰过来，疑惑道：“离匈奴王子迎接公主之地还有一日路程，难道他们先来了不成？”

“只怕不是，你马上发出鸣镝，然后备战。”一叶蹙眉道，如今匈奴内部四分五裂，不知道是哪一个部族不愿意看到匈奴王与大汉和亲，从中捣乱，以挑起战事。

众军士团团举盾举枪围在公主的马车边，只是大多人脸上惊疑不定，少有镇定自若、坚毅勇敢者。一叶知秋见此等将士，心下暗叹：竟没落至此吗？难怪堂堂大汉朝只能靠着一个年轻的弱女子来换取和平。想起四夕公主，心下更是痛楚难忍。

黑色铁流汹涌奔来，迎头一个匈奴人上前并不搭话，举弓一箭飞射而来，一叶知秋上前挥剑挡开，未及喝问，就见大军掩杀过来。

一时沙尘漫天，刀枪在阳光下泛起刺目白光，箭矢如流星般在黄沙地上飞舞。马嘶声、刀枪相击声、众将士嘶吼之声，响彻大地，不过片时便尸体满地，血流戈壁。

一叶知秋紧紧地护在马车边，滚滚烟雾中，这一架金光闪耀的马车竟如汪洋中的一叶小舟，随波漂流，随时有覆没的危险。

“将军，你护着公主先走，我们断后，我已发鸣镝，匈奴王子见有变故，定会赶来支援。”一名将官杀到一叶知秋跟前，急急说道。

一叶知秋左右看过去，敌方人数虽不多，却是惯于马上作战的匈奴人，凶狠残暴，哪里是汉朝将士能比的，此时性命攸关，众将士虽奋力作战，却不知道能够抵挡到何时。

他隔着帘子，对着车内的四夕说道：“公主脱下外衣与华冠，穿上简便衣服，我带公主杀出去。”

车内四夕见双方已然交战，正自惊慌无措，听一叶知秋如此说，反而镇定下来，说道：“我怎能独自逃生，我若一走，这众将士该当如何，如果他们目的在我，便把我交出去，保大家一命。”

一叶知秋知道多说无益，自小便知四夕性子仁慈却执拗，如果让她独自逃生，只怕万万不肯。他顾不得许多，趁敌军离马车距离还远，掀开帘子，只见四夕一双如秋水流波样的明目看过来，他心中一颤，随即低低叫一声：“公主息怒。”一掌劈向四夕后颈，四夕软软倒下，身边的宫女含泪脱下她的外衣，取下头上的凤冠，披了一条薄羊毛毯在她身上。

一叶知秋一把搂过四夕放在自己的胸前，随即一提缰绳，看准敌军薄弱的一处，黑马箭一般向外冲去。

他一边挥枪格挡箭矢，一边纵马狂奔，胯下神驹似乎知道主人焦急的心情，撒开四蹄如流星般奔驰而去。

敌方将领见一马如神驹飞驰，知道他们要的人定是在马上，呼喝着匈奴语，手指黑马奔去的方向。敌军竟舍了汉朝一众将士，奔腾着朝一叶知秋追来。一时只听马蹄声震，卷起黄沙飞扬，如一条土黄色的怒龙在黑马身后追赶。

汉朝将士奋力阻截，只杀得天昏地暗，天地肃杀。

一叶知秋并不去管身后厮杀如何，心中只想着保四夕一命，其他一概不重要，幸而黑马神俊异常，堪比千里马，奔驰半日，身后渐渐听不到追赶的马蹄声与呼喝声。此时日已西斜，一轮如血残阳挂在戈壁上空，显得茫茫戈壁更加苍茫孤凉。

一叶知秋提缰缓缓而行，打量着周边的环境，夜晚即将到来，戈壁夜晚寒冷，得找一个避风的地方让四夕歇息。他低头看着怀中的四夕，奔驰这半日，他还未来得及看清她的情况，哪知他一低头，却看到四夕一双明亮的眼睛正一眨不眨地盯着他，他心头一紧，又一颤，心里愧疚无比。

“公主，你……你醒了？”

“我们逃出来了吗？我们的人呢？宫女呢？”四夕焦急地问道。

一叶知秋摇摇头，沉默不语，一路奔驰而来，他哪里知道身后将士伤亡如何、敌军又如何，到现在连敌军是哪个部落也没有搞清楚。只是现在不知匈奴王子是否已赶来救援，一路慌不择路打马飞奔，他连他们在哪里都不知道。

“公主，稍安毋躁，我们先找个地方歇息，明日一早，再去寻他们。”

“表哥，到这个时候了，我们连能不能回去都还未知，你还叫我公主吗？”四夕坐直身子，幽幽说道。

一叶知秋心中一酸，不知如何是好，想起自小随母亲进宫，虽然皇上的公主皇子众多，但他只与四夕相处最好。渐渐大了后，再见多了些礼节，多了些羞涩，多了些他自己也说不清楚的渴望。只是公主渐长，已不能如小时候那般随意胡闹，只偶尔望一眼过去，便低下头来心跳半天。

皇上也喜欢他这个外甥，大有赐婚之意。两人见面却更是礼节周到，怕被人谈笑了去，只是心内都渴望皇上早早开金口。没想到事情却风云突变，此次和亲，匈奴王子称久闻四夕公主之美名，早有仰慕之意，要求娶四夕公主为王妃。

四夕不知道自己暗暗流过多少眼泪，心中只恨朝廷衰败如此，却要一个弱女子来换取和平，然而自己身为皇家子女，自有背负国家太平之重任。想想牺牲自己一人幸福，换取天下太平，百姓安居乐业，不再受战乱流离之苦，心中虽酸楚不堪，却也坦然受之，只是从此负了表哥一片情意，心中痛如刀割，夜夜辗转难眠。

如今在这荒凉之地，见一叶知秋拼了性命地保护自己，四夕一时悲喜不能自禁，难道这是上天安排的吗？

“四夕，我们要找个地方躲避晚上的寒冷，戈壁上白日如盛夏，到了晚上便冷如寒冬了。”一叶知秋不忍四夕伤心，不得不放下君臣之礼。

到晚时，天气骤冷，四夕自小在宫中锦衣玉食长大，几时受过这等苦楚，只冷得牙齿打战、浑身发抖，唯一温暖的地方便是一叶知秋的怀抱。她紧紧地靠在他的胸前，攫取一丝丝的温暖，心中却比往日在宫里的任何一天都满足快乐。

好不容易在一小丘处找到一个背风的凹口，一叶知秋抱四夕下马，给她裹上毛毯，轻轻放在地上。小丘周边横七竖八地有些枯枝乱树，他却不敢取来生火，他不知道自己身在何方，怕火光引来敌人。

看着瑟瑟发抖的四夕，他疼惜地叹口气，顾不得男女、君臣之别，此时她只是那个从小跟着自己的小四夕，他把她揽到自己怀里，让她在自己怀里休息。

夜空繁星点点，一轮明月如玉盘，映照在沙尘上，如在上面覆上了一层白霜。四夕痴痴地望着天上的明月，一时竟忘了两人身处险境，饥寒交迫，想自己以前在宫里望着月儿，心中无时不在思念宫外的表哥，如今夜夜思念的人儿就在身边紧紧抱着自己，心内欢喜无限，只想永远这样就好。

“表哥，你看，月亮多好看！”她像个小女孩般清澈地笑起来。

一叶知秋看着怀中的人在月光的映照下清丽秀美，如同孩童般纯净无瑕，心内一时柔情无限，只想着往后的日子也能如此天天一同望着月儿该是多好。

“四夕。”他轻轻喊道，心里温情脉脉。

四夕靠在他的胸口，听着他的喃喃细语，感受着他强烈的心跳，渐渐困意袭来，渐渐睡去，这一觉竟睡得甜美无比。

连着两日，两人在茫茫戈壁跋涉前行。一叶知秋依据日升日落的方位向来路寻去，黑马虽神俊无比，却抵不过干旱饥饿，已然倒下。那日里四夕给一叶知秋的羊皮水囊幸而是系在他的腰间，匆忙间带了出来，两人靠着这羊皮水囊里的水度过这两日，只是现在羊皮水囊里的水已所剩无多。

四夕何曾受过此罪，早已无力再走，一叶知秋背着她缓缓而行，时不时滴几滴水在她干裂的嘴唇上。看着憔悴不堪、日渐消瘦的四夕，他的心只疼得如针扎般难受。

“表哥，我要死了吗？”四夕在他背上昏昏沉沉地说道，她只觉得头顶上的烈日就像是火球般炙烤着她。

“四夕，不会的，表哥不会让你死的。”他心疼无比，却无比坚定地说道。是的，他不会让她死的，即使他死，他也不会让她死。

“表哥，其实死了也好，我就不用嫁给匈奴的王子了，我就可以和表哥永远在一起了。”四夕淡淡一笑。

“四夕，你不能死，如果你不想嫁给匈奴的王子，表哥带你走，我们走得远远的，找一个山清水秀的地方永远在一起。”

“真的吗？”四夕昏暗的眸子里闪过一丝亮光。

“真的，你要答应我好好活着。”一叶知秋心中酸楚难忍。

“表哥，我好想回长安，我想念母亲。”

“好，我带你回长安。”

“表哥，我好像看见前面有一面好大好大的镜子，你说我现在是不是很难看，我想去看看。”四夕恍恍惚惚间看见前面一片粼粼波光。

一叶知秋猛然抬头看去，前面不远处果然一片炫目的光芒，他心中一喜，难道竟走到绿洲了吗？如果是海市蜃楼怎么办？他站定，仔细看过去，一丝清凉的风拂过面颊，隐隐含着水汽。

“四夕、四夕，我们找到绿洲了。”他一阵狂喜，生怕四夕睡去，大声叫道。

他用尽力气狂奔过去，果然前面不远处，一片绿洲，中间水光灿灿，四周绿草茵茵。他奔到近前，轻轻放下四夕，伏到水边，用手掬起一捧清水，转身喂到四夕干裂出血的嘴唇里。

“我们不用死了吗？”四夕满眼是泪，颤声问道。

“四夕，我们不会死的，我还要带着你回长安呢！”

两人喝足水，恢复了些力气，一叶知秋下到水里，捉了几尾鱼，又在周边找了些干枝，从怀中摸出打火石，幸而这些都是以往作战时所得的经验，一些必备之物必定随身携带。

他拢起一堆枯枝，生了火，用枝条穿了鱼在火上烤，不一会儿，一股香味弥漫开来，引得两人食指大动。烤鱼虽然无盐无油，两人却是吃了一顿从小到大从未吃过的美味。

一叶知秋看着四夕狼狈不堪、风霜满面的样子，心中无限心疼。四夕抬眼看他，见他正望着自己，心中陡然一惊，是了，只怕自己这两天不知变得如何丑陋了，连忙放下手中的烤鱼，忐忑不安地问道：“表哥，我是不是变丑了？”

“不丑，四夕总是那么美。”他摇摇头，理了理她鬓边的乱发，在他眼里，她怎会丑？

四夕灿然一笑，任是满面风尘，也掩不住她的璀璨风华。

正说笑间，却听闻马蹄声声，远处卷起一堆堆黄沙，两人面色一变，互相看一眼，同时想到，竟然被追到了吗？

一叶知秋紧紧抓住四夕的手，两人同时往后看去，后面一湖碧水金光荡漾，大不了，一起跳湖死了罢！总可以在一起的！

为首一人见湖边站着两个人，手一挥，身后的黑甲兵士停了下来，一时寂静无声。

“前面可是大汉四夕公主？”前面一人策马向前问道，此人挺鼻深目，英挺不凡。

“或是匈奴王子寻来，四夕，不用害怕。如果，你不想跟他走，我们便不承认，此后，我带你千山万水，只过自在逍遥的日子。”一叶知秋心中一喜，又一痛，喜的是四夕不用在沙漠奔波难过，痛的是此人却是四夕未来的夫君。

“表哥，如果护卫公主不力，父皇会如何责罚一叶家？”四夕轻轻抽出被握在他手心的手，轻轻问道。

“此乃大罪，只怕、只怕……”一叶知秋颤抖着说不下去。

“表哥，你要好好活着，建功立业，怎可以身犯险，还累及家人？”四夕何尝不想随他远走天涯，可是她怎忍心他从此偷偷摸摸地活着，怎忍心姑母一家几百口人因此丧命。如果他们寻不到她，或许可以当他们俩死了，纵然有罪，还不累及家人。可是如今寻着，现在不认，以匈奴王子之精明，只怕也藏不住，如此大罪，让一叶一家怎么背负？

四夕强忍内心悲痛，转身对着湖面轻轻梳理一下自己，缓缓走向前，这几步走得如此之艰难，从他手心抽出她的手开始，他们之间便隔了跨不过的千山万水，鸿沟深壑，从此两相别离，再无瓜葛！

一叶知秋在后面看着四夕一步步走远，心痛得无法呼吸，只想狂怒大吼，为何？为何这天下的太平竟要靠一个弱女子来换取？

前面那人果然是匈奴王子，接到鸣镝一路赶来救援。叛乱者是另一零散部落，不想匈奴与汉结盟，只想着劫了公主便可以破坏盟约，如今已被匈奴王子踏平部落，斩的斩，俘的俘。大军寻了公主的行踪几日，知道这里有一绿洲，便寻了过来，没想到果然在此遇到。

好在匈奴人敬重好汉，见一叶知秋拼了性命保护公主，都对他钦佩有加，当英雄看待。

大军行了几日，与汉朝护送军队会合，可怜来时两千多将士，经此一役剩下不到八百人。四夕被扶上马车，带来的宫女几十人也只剩下不到十人，她们见到公主，一时惊喜后怕，大哭不止。四夕亦是泪水涟涟，这一去万里，长安，只怕再也回不去了；表哥，你我只怕再也不得相见。四夕心中大悲，泪如雨下。

公主的马车被匈奴兵围在中间，重重保护，一叶知秋策马缓缓跟在后面，望着那金光灿灿的马车，魂也似乎跟了过去，心内空空如也，忽然听到马车内传出嘈嘈切切的琵琶声，伴着一女子凄婉悱恻的歌声在漫漫黄沙中响起：

行行重行行，与君生别离。
相去万余里，各在天一涯。
道路阻且长，会面安可知。
胡马依北风，越鸟巢南枝。
相去日已远，衣带日已缓。
浮云蔽白日，游子不顾反。
思君令人老，岁月忽已晚。
弃捐勿复道，努力加餐饭。

众人知是公主远离故国，心中挂念难舍，汉朝将士只听得泣涕涟涟；匈奴人虽听不懂所唱之曲，但听得悲声如失群的孤雁哀啼，亦心有戚戚。

一叶知秋只觉内心激荡难忍，如根根细针狠狠扎入心脏，虎目含泪，心中悲泣！

漫漫黄沙，茫茫戈壁，一行人渐行渐远渐不见，此去山长水阔戈壁远，永不见！

一声“喵”，窗台上的懒猫忽然跳起，四夕一惊，茫然睁开双眼，手中的书滑落在地，怎么心这么痛？脸上有些刺痒，她伸手拂去，却发现自己已泪水满面，忽忆起梦中境遇，心中依然疼痛难忍。

四夕是谁？谁是四夕？我是四夕？四夕是我？

窗台日已西斜，谁是谁的梦中人？